UWE KLAUSNER

Kennedy-Syndrom

DAS MAUERGEHEIMNIS Berlin, im August 1961. In einer S-Bahn Richtung Wannsee wird ein erschossener Mann entdeckt, allem Anschein nach ein Amerikaner. Doch der Mann wurde nicht einfach nur erschossen, sondern regelrecht exekutiert.

Kurz darauf wird ein weiterer Toter gefunden, diesmal auf einem Schrottplatz in der Nähe des Flughafens Tempelhof, versteckt im Kofferraum eines schrottreifen Opel Rekord.

Schnell wird dem ermittelnden Hauptkommissar Tom Sydow klar, dass es zwischen den beiden Fällen einen Zusammenhang gibt. Doch damit nicht genug: Sydow stellt bei seinen Recherchen fest, dass beide Opfer in höchst brisante politische Angelegenheiten verwickelt waren. Er kommt einem Komplott auf die Spur, dessen Fäden bis ins Hauptquartier der CIA zu reichen scheinen. Offenbar ist es jemandem gelungen, das bestgehütete Geheimnis der DDR zu lüften: die Pläne zum Bau der Berliner Mauer.

Uwe Klausner, Jahrgang 1956, studierte Geschichte und Anglistik in Heidelberg. Heute lebt er in Bad Mergentheim. 2007 startete er im Gmeiner-Verlag seine überaus erfolgreiche historische Romanserie um den Zisterziensermönch Hilpert von Maulbronn. Im Frühjahr 2009 erschien mit »Walhalla-Code« sein erster Roman in der zeitgeschichtlichen Krimireihe des Verlags. »Kennedy-Syndrom« ist bereits der vierte Fall für den Berliner Kommissar Tom Sydow.

Bisherige Veröffentlichungen im Gmeiner-Verlag:
Bernstein-Connection (2011)
Die Bräute des Satans (2010)
Odessa-Komplott (2010)
Pilger des Zorns (2009)
Walhalla-Code (2009)
Die Kiliansverschwörung (2008)
Die Pforten der Hölle (2007)

UWE KLAUSNER

Kennedy-Syndrom

Tom Sydows vierter Fall

Original

GMEINER

Besuchen Sie uns im Internet:
www.gmeiner-verlag.de

Im Ehnried 5, 88605 Meßkirch
Telefon 07575/2095-0
info@gmeiner-verlag.de

1. Auflage 2011

Lektorat: Claudia Senghaas, Kirchardt
Herstellung / Korrekturen: Julia Franze / Sven Lang
Umschlaggestaltung: U.O.R.G. Lutz Eberle, Stuttgart
unter Verwendung eines Bildes von: Getty Images
Druck: Fuldaer Verlagsanstalt, Fulda
Printed in Germany
ISBN 978-3-8392-1185-4

Die als ›fiktive Hauptpersonen‹ aufgelisteten Charaktere sind frei erfunden. Ähnlichkeiten mit lebenden oder toten Personen sind rein zufällig und nicht beabsichtigt.

REALE HAUPTFIGUREN

José Pérez ›Pepe‹ San Román (1930–1989), Anführer der Brigade 2506

Allen Welsh Dulles (1893–1969), Direktor der CIA

John F. Kennedy (1917–1963), 35. Präsident der USA

Robert F. Kennedy (1925–1968), US-Justizminister und Bruder des Präsidenten

Walter Ulbricht (1893–1973), Erster Sekretär des ZK der SED

Iwan Stepanowitsch Konew (1897–1973), Marschall der Sowjetunion

FIKTIVE HAUPTFIGUREN

(in der Reihenfolge des Auftretens)

Luciano Calabrese, Leiter der Abteilung für verdeckte Operationen* (DECOP) der CIA

Jermaine Ross, CIA-Agent

Juri Andrejewitsch Kuragin, CIA-Agent

Jim Brannigan, Kuragins Führungsoffizier

Tom Sydow, Kriminalhauptkommissar

Lea, seine Frau

Eduard Krokowski, sein Assistent

Alfred Juskowiak, genannt ›Jumbo‹, Hilfsarbeiter

Heribert Peters, Gerichtsmediziner

* Department of Covert Operations (fiktiv)

Waldemar Naujocks, Leiter der Spurensicherung

Mischa Bartosz, Oberleutnant des Ministeriums für Staatssicherheit, kurz: Stasi

Ferdinand Oelßner, Kriminalrat

Andris Peterson, Stabschef Kennedys

›And ye shall know the truth, and the truth shall make you free.‹

›Und ihr werdet die Wahrheit erkennen, und die Wahrheit wird euch frei machen.‹

(Johannes 8, 32)

Inschrift in der Eingangshalle des CIA-Hauptquartiers in Langley, Virginia

»The potential for the disastrous rise of misplaced power exists and will persist.«

»Es gibt einen Nährboden für die unheilvolle Zunahme von fehlgeleiteter Macht, und diesen Nährboden wird es auch in Zukunft geben.«

(Aus der Abschiedsrede von Präsident Dwight D. Eisenhower am 17.01.1961)

»Damals waren die Geheimdienste und viele Sowjet-Experten in Washington überzeugt, Moskau sei auf dem besten Wege, die USA ökonomisch zu überholen. Eine Konfrontation war langfristig unvermeidbar, je früher, desto schwächer war der Gegner noch.«

(Aus: Robert von Rimscha: Die Kennedys. Glanz und Elend des amerikanischen Traums. Bergisch Gladbach 2003, S. 150)

PROLOG

Südküste von Kuba

(Dienstag, 25.04.1961)

1

*Ciénaga de Zapata** | *kurz vor Sonnenuntergang*

Seit heute, seinem letzten Tag in Freiheit, hatte der Verrat einen Namen.

Und der lautete John Fitzgerald Kennedy.

»Zur Hölle mit dir, Hurensohn.« Rasend vor Wut, packte der drahtige Endzwanziger sein Funkgerät und schleuderte es in hohem Bogen ins Gestrüpp. Er war am Ende. Ausgelaugt. Fertig.

Und wütend. Wütend wie nie zuvor.

Dafür würde dieser Bastard bezahlen. Sobald sich ihm eine Gelegenheit bot. Und diese Scheißkerle von der CIA, denen er all das hier zu verdanken hatte, mit dazu.

So wahr er José Pérez San Román genannt wurde.

Der dunkelhaarige, mit olivfarbenem Tarnanzug und Armeestiefeln bekleidete Exil-Kubaner schulterte seinen Rucksack, packte seinen Karabiner und setzte seinen Weg durch die schier endlosen Sümpfe fort. Die Mangroven warfen lange Schatten, der Morast, durch den er watete, roch nach Fäulnis und Verwesung. Am schlimmsten aber waren die Stechmücken, die seit einer Woche seine

* dt.: Zapata-Sümpfe

ständigen Begleiter waren. Maßlos erbost, stieß der ehemalige Elitesoldat einen Fluch nach dem anderen aus. Castro stürzen – von wegen. Da hatten sich diese Schlauberger in Washington verrechnet. Und zwar gründlich. Nur keine Panik, Muchachos, hatten die Yankees geprahlt, von denen er und circa 1.200 weitere Kameraden der Brigade 2506 in einem Camp in Guatemala monatelang auf den Tag X hin gedrillt worden waren. Immer mit der Ruhe. Wenn die Sache in die Hose geht, hauen wir euch raus. Pepe San Román, Sohn eines kubanischen Generals, hochdekorierter Absolvent der Militärakademie und strammer Antikommunist, lud seinen Karabiner durch und lachte verächtlich auf. Raushauen, so nannte man das also. Luftunterstützung durch amerikanische Jets. Auf höchsten Befehl sozusagen. Damit bei der Landeoperation in der Schweinebucht nur ja nichts schiefgehen würde.

Denkste.

Schiefgegangen war vor gut einer Woche nämlich so ziemlich alles. Völlig überraschend und wesentlich schneller als geplant waren Castros Milizen zur Stelle gewesen. So früh, dass seine Männer geglaubt hatten, hier ginge es nicht mit rechten Dingen zu. Nur mit Mühe und unter großen Verlusten war es schließlich gelungen, die Landungsboote zu entladen, nicht nur Pepe hatte sich gefragt, woher all die kubanischen Kampfflugzeuge so plötzlich kamen.

Wie aus dem Nichts, eine B-26 nach der anderen. Und dann auch noch eine T-33. Kein Wunder, dass die Brigade 2506 so gut wie chancenlos gewesen war. Spätestens dann, als eines der Transportschiffe versenkt und 30.000 Liter Flugbenzin in die Luft geflogen waren. Munition in Hülle und Fülle, Verpflegung für zehn Tage, Medikamente und jede Menge technischer Krimskrams. Auf dem Boden der Karibik, begafft von den Haifischen, die über seine im Meer treibenden Kameraden hergefallen waren. Deutlicher hätte sich die bevorstehende Niederlage und der Sieg dieser Kommunistenschweine nicht abzeichnen können. Eine Demütigung, für die der ehemalige Anführer der Brigade 2506 bereits einen Schuldigen gefunden hatte.

Und der hieß John Fitzgerald Kennedy.

Doch so schnell würde er, José Pérez San Román, nicht aufgeben. Dafür steckte nämlich noch zu viel Widerstandskraft in ihm. In den vergangenen sechs Tagen, seit er und ein paar versprengte Kameraden in die Sümpfe geflüchtet waren, hatten sie die reine Hölle erlebt, vor lauter Hunger das rohe Fleisch von Schlangen, Eidechsen und sogar Krokodilen hinuntergewürgt. Es waren die schlimmsten Tage ihres Lebens gewesen, manche von ihnen waren so durstig, dass sie Reptilienblut und den eigenen Urin getrunken hatten. Übrig geblieben war allein Pepe, dank seines Instinkts, seiner Zähigkeit und der Gabe, jede noch so widrige Situation zu meistern.

Und dank des Hasses, der ihm am Leben erhielt.

Die Yankees, allen voran ihr ach so populärer Präsident, würden dafür bezahlen. Darauf, und nur darauf, kam es an. San Román biss die Zähne zusammen, schulterte seinen Karabiner und griff zur Machete, um sich einen Weg durch das Dickicht aus Schlingpflanzen, messerscharfem Schilf und scheinbar undurchdringlichem Mangrovengeäst zu bahnen. Dabei fluchte er was das Zeug hielt. Luftunterstützung – denkste. Ein halbes Dutzend anstatt der versprochenen 15 B-26-Bomber. Castros Piloten hatten leichtes Spiel gehabt, mithilfe von russischen T-34 Panzern, Flugabwehrgeschützen und Mörsern regelrecht Hackfleisch aus seinen Männern gemacht. Und weshalb? Weil diese Dilettanten von der CIA sie verheizt und zu Kanonenfutter degradiert hatten. Allen voran ein Verräter namens Kennedy.

Drauf und dran, vor Wut den Verstand zu verlieren, blieb San Román ruckartig stehen. In die übel riechende Brühe, durch die er gewatet war, kam Bewegung, und als ein Schwarm Flamingos das Weite suchte, ahnte Pepe, was die Stunde geschlagen hatte.

Er war nicht allein hier.

San Román sah sich blitzschnell um. Ringsum nichts als Schilf, abgestorbene Bäume und wild wucherndes, undurchdringliches Gestrüpp. Und diese Kloake, die ihm mittlerweile fast bis zur Gürtellinie reichte und im Schein der untergehenden Sonne wie ein Meer aus Blut aussah. Sowie eine Sandbank, knapp 50 Meter von ihm entfernt.

Madre de Dios![*], durchzuckte es den Elitesoldaten, als er das Rautenkrokodil erspähte, welches dort auf der Lauer lag, sich bei seinem Auftauchen in Bewegung setzte ohne erkennbare Hast in die brackige Brühe eintauchte. San Román steckte seine Machete in den Gürtel, riss sein Sturmgewehr hoch und zielte. Mierda![**], fuhr es ihm durch den Sinn. Da hatte er sich ja was Schönes eingebrockt. Halb tot vor Hunger und Durst, kaum noch Mumm in den Knochen und eine klaffende Wunde in der rechten Schulter. Dazu Castros Leute im Nacken, die nur darauf warteten, dass ihnen der Anführer der verhassten Contras ins Netz gehen würde.

Während sich das Krokodil langsam näherte, biss Pepe die Zähne zusammen und hielt den Atem an. Zum Glück hatte er noch sein Sturmgewehr, eine nagelneue M 14. Wenigstens auf sie war Verlass.

Kaliber 7,62 mal 51 Millimeter. Reichweite: knapp 700 Meter. An die 800 Schuss pro Minute. Das würde reichen. Garantiert.

Ganz schöner Brocken!, dachte San Román, um

---

[*] dt.: Heilige Muttergottes!
[**] Scheiße!

die drei Meter lang. Wenn nicht gar vier, wer weiß. Und er, Pepe San Román, nur wenige Armlängen von diesem Monstrum entfernt.

Nervenkitzel pur. So richtig nach seinem Geschmack.

Den Karabiner im Anschlag, kniff San Román die weit auseinanderstehenden dunklen Augen zusammen und zielte auf einen Punkt, der die Mitte zwischen den Augenwülsten der Riesenechse markierte. Schon als Junge hatte er gelernt, mit einer Knarre umzugehen, ruhig Blut zu bewahren, kaltblütig zu töten. Okay, damals, auf seinen Jagdausflügen mit Vater, hatte er nur auf Kaninchen geballert. Ein Rautenkrokodil war da etwas anderes. Da durfte man sich keine Fehler erlauben. Sonst war man geliefert. Ein für alle Mal.

Höchste Zcit also, diesem Biest eins auf den Pelz zu brennen, beschloss Pepe, hielt die Luft an und drückte ab. Nur um festzustellen, dass dieses Scheißding von Sturmgewehr nicht funktionierte. Weder bei diesem, noch beim zweiten und schon gar nicht beim dritten Versuch.

Ladehemmung, vermutlich aufgrund dieser verdammten Brühe hier. Ausgerechnet jetzt musste ihm so was passieren.

Starr vor Entsetzen, schleuderte San Román sein Sturmgewehr von sich, griff zur Machete und harrte der Dinge, die da kommen würden. In diesem Aufzug, noch dazu in seinem Zustand, hatte er nicht die geringste Chance. Da machte er sich nichts vor. Ein paar Sekunden noch, dann würde das Krokodil zuschnappen, ihn in Stücke reißen und sich anschließend kräftig den Bauch vollschlagen.

Hasta la vista, Pepe. Pech gehabt.

Es war ein Schuss, der den Anführer der Brigade 2506 aus seiner Erstarrung riss. Oder waren es mehrere gewesen? Am Ende gar vielleicht sogar eine MG-Salve? Pepe San Román vermochte es nicht zu sagen. Eines jedoch war gewiss: Keine drei Meter mehr von ihm entfernt bäumte sich das Rautenkrokodil abrupt auf, begann wie entfesselt zu zappeln. Sein Rachen stand weit offen, und Pepe konnte die furchterregenden, fast zehn Zentimeter langen Zähne sehen.

Sekundenbruchteile später, nach einem letzten verzweifelten Hieb mit seinem Schwanz, war es vorüber. Das Krokodil trieb tot im Wasser, von Dutzenden Kugeln durchsiebt.

»Bienvenido, comandante![*]«, drang eine Stimme an Pepes Ohr, während sich das Wasser ringsum zu röten begann. »Schön, Sie zu treffen!«

»Comunistas de mierda![**]«, gab San Román zur Antwort, die Machete immer noch in der rechten Hand. »Pudrios en el infierno, bastardos![***]«

»Aber, aber, wer wird denn gleich so vulgär werden.« Auf den Anführer der kubanischen Milizio-

---

[*] dt.: Willkommen, Kommandant!
[**] dt.: Scheiß Kommunisten!
[***] dt.: Ihr sollt alle in der Hölle schmoren, ihr Bastarde!

näre, von denen ihn mindestens ein halbes Dutzend im Visier hatte, machte dies nicht den geringsten Eindruck. Der bullige, beinahe aus den Nähten platzende Fettwanst in der olivgrünen Uniform schob seine Armee-Mütze in den Nacken, klemmte die Finger hinter den Gürtel und brach in schallendes Gelächter aus. »Schlechter Verlierer, was?«

»Wird sich zeigen, wer hier am längeren Hebel sitzt.«

»Stimmt, comandante«, wieherte der Fettwanst amüsiert. »Und deshalb Hände hoch, aber ein bisschen plötzlich! So leid es mir tut, aber ich sehe mich gezwungen, Sie mit nach Havanna zu nehmen. Zu einem Gespräch unter Freunden. Wie Sie sich sicher vorstellen können, gibt es da ein paar Herren, die sich brennend dafür interessieren, wer genau hinter dem Fiasko in der Schweinebucht steckt.« Der Anführer der Milizionäre spie aus, steckte sich eine Zigarre an und lästerte: »Pech gehabt, San Román. Mit den Gringos sollte man sich eben nicht einlassen. Als Mann von Welt hätten Sie das eigentlich wissen müssen.«

Geraume Zeit später, während er mit hoch erhobenen Händen ans Ufer watete, stieß San Román ein gallenbitteres Lachen aus. Er hätte es wissen müssen, in der Tat. Auf die Yankees konnte man sich nicht verlassen.

Insbesondere nicht auf einen Verräter, dessen Name John F. Kennedy war.

›Die Landung am 17. April in der Playa Girón, der Schweinebucht, endete innerhalb von nur vier Tagen mit einem Fiasko der Invasoren und einem glänzenden Sieg Castros. Für den neuen Präsidenten bedeutete das eine blamable Niederlage. Er zog daraus die Lehre, den etablierten Institutionen CIA und Pentagon sowie deren angeblicher Unfehlbarkeit zu misstrauen.‹

(Aus: Karl Drechsler: Gegenspieler: John F. Kennedy und Nikita Chruschtschow, Frankfurt am Main 1999, S. 126)

EINS

»Ich spüre in meinen Knochen, dass Präsident Kennedy nicht wirklich Führungskraft aufbringen wird. In der amerikanischen Presse und Öffentlichkeit macht sich offenbar der gleiche Eindruck breit.« (Time, 30. Juni 1961)

Harold Macmillan (1894–1986), britischer Premierminister von 1957–1963

»Gentlemen, Sie müssen sich darauf einstellen. Die Nation ist ohne Führung.«

Dean Acheson (1893–1971), amerikanischer Außenminister von 1949–1953

ZAPATA

Washington D. C.

(am gleichen Abend)

2

Washington D. C., 2430 E- Street N. W.
| 20.38 h Washingtoner Zeit

Die Maske, hinter der Allen Welsh Dulles seine wahre Identität verbarg, war nicht leicht zu durchschauen. Wer ihn zum ersten Mal sah, hielt ihn für alles Mögliche, nur nicht für den Leiter der CIA. Dulles war bereits 68 Jahre alt, hatte eisgraues Haar, einen sorgsam zurechtgestutzten Schnurrbart und eine Vorliebe für Tweedjacken. Er wirkte wie die personifizierte Seriosität, genau so, wie man sich einen Harvardprofessor, Friedensrichter im fortgeschrittenen Alter oder schrulligen Notar vorstellte, nicht aber den Mann, bei dem die Fäden des teuersten und verzweigtesten Spionagenetzes der Welt zusammenliefen. Ein wahrer Meister seines Fachs, verstand der Akademiker aus Watertown sein Handwerk wie kaum ein anderer und weitaus besser als mancher Politiker, der glaubte, ihm ungefragt auf die Finger sehen zu müssen. Er hatte es sich zur Gewohnheit gemacht, immer auf den richtigen Moment zu warten, vermied es, sich in die Karten schauen zu lassen und legte eine Gerissenheit an den Tag, vor der nicht einmal der Präsident sicher war.

Dulles hatte jede Menge Erfahrung gesammelt, zum Beispiel als Anwalt einer renommierten Kanzlei, Vertreter des US-Geheimdienstes in der Schweiz und Leiter streng geheimer Operationen im sowjetischen Machtbereich. Die Ernennung zum Direktor der CIA war im Jahre 1953 erfolgt, in einem Alter, wo viele seiner Mitarbeiter bereits ans Aufhören dachten. Böse Zungen, an denen es in Washington nicht mangelte, stellten die Behauptung auf, der Jurist mit der randlosen Brille und dem markanten Kinn habe seine Ernennung durch Präsident Eisenhower weniger seinen Fähigkeiten als seinem Bruder, dem amtierenden US-Außenminister, zu verdanken gehabt, doch es dauerte nicht lange, bis Dulles sie zum Verstummen brachte.

»Herein.« Auf ein Klopfen hin, das ihn abrupt aus seinen Gedanken riss, verließ Dulles den Platz am Fenster seines Büros, einem Eckzimmer mit Blick auf den Potomac, machte einen Bogen um das hinter seinem Schreibtisch aufgepflanzte Sternenbanner und setzte sich. Links von ihm befanden sich drei Telefone, von denen ein weißes die Direktverbindung zum Weißen Haus herstellte, zu seiner Rechten mehrere Aktenstapel, welche die neuesten Geheimdossiers enthielten. Die gegenüberliegende Wand war von einer Weltkarte bedeckt, auf der die Flugroute einer unlängst getesteten russischen Interkontinentalrakete eingezeichnet war. Auf dem Tisch, der an einer der beiden Längswände stand, befanden sich alle möglichen Gegenstände, unter anderem Bücher, Tabaksdosen, das Modell eines Atom-U-Boots und ein ungerahmtes Farbfoto seines Bruders. Die gegenüberliegende Wand wiederum war einem grünledernen Schlafsessel mit hoher Fußstütze vorbehalten, auf dem sich der CIA-Chef von seinen Gichtanfällen oder seinem Hobby, dem Tennisspielen, auszuruhen pflegte.

»Na, was ist – herein!«

Der 25. des Monats war ein typischer Apriltag, nasskalt, windig und für die Jahreszeit viel zu kühl. Ein Tag, den Dulles am liebsten aus dem Gedächtnis gestrichen hätte, genauso wie die hinter ihm liegenden Wochen und Monate. Selten zuvor hatte er eine derartige Serie von Rückschlägen erlebt. Und wurde das Gefühl nicht los, dass sie noch lange nicht beendet war. Vorläufiger Höhepunkt: Mittwoch, 12. April 1961. An diesem Tag, einem der schwärzesten seines Lebens, hatte sein Land eine Schlappe einstecken müssen, an der es mit Sicherheit noch eine Weile zu kauen haben würde. Dulles seufzte gequält auf. Schlimmer hätte es für ihn und die USA wirklich nicht kommen können. Zuerst ein Satellit namens Sputnik, als Nächstes ein Köter namens Leika und dann, vor genau 13 Tagen, dieser Gagarin, den die Russen ins All geschossen hatten. Einfach so. Vor den Amerikanern. Der Abschuss einer U-2* über russischem Territorium, welcher ihm immer

* Lockheed U-2 Dragon Lady, amerikanisches Spionageflugzeug

noch Kopfzerbrechen bereitete, nicht zu vergessen. Fazit: Erneut hatten die USA den Kürzeren gezogen, nicht zum ersten und vermutlich auch nicht zum letzten Mal.

Doch damit nicht genug. Abgesehen von dem Schlamassel in Vietnam, den der Präsident geflissentlich ignorierte, war es vor allem Castro gewesen, der Dulles zusehends Kopfzerbrechen bereitet hatte. So sehr, dass er einen großen, wenn nicht gar den größten Fehler seines Lebens gemacht und eine Operation abgesegnet hatte, von der er hätte wissen müssen, dass sie zu einem Fiasko werden würde. Dulles starrte geistesabwesend ins Leere. Kein Wunder, dass er langsam Gespenster sah und befürchtete, die Kette der Hiobsbotschaften, die ihn in letzter Zeit erreicht hatten, würde nicht mehr abreißen, schon gar nicht an einem Tag wie heute.

»Ach, sind sind's, Luke.«

Der CIA-Chef sollte recht behalten. Allein das Gesicht, welches der Leiter der Abteilung für verdeckte Operationen beim Eintreten in sein Büro machte, bestätigte seinen Verdacht. Trotzdem oder gerade deswegen ließ er sich nichts anmerken, stopfte in aller Seelenruhe seine Pfeife und lehnte sich entspannt zurück. »Mein Gott, wie sehen Sie denn aus!«, ließ er im Anschluss daran mit wohl einstudierter Gelassenheit verlauten, nur zum Schein auf die fachmännische Handhabung des sündhaft teuren Stopfers aus Ebenholz konzentriert. »Irgendwas nicht in Ordnung?«

»Kann man wohl sagen.« Luciano Calabrese, 42-jähriger Spross italienischer Einwanderer und rechte Hand seines Chefs, ließ sich durch die aufgesetzte Lässigkeit und das unterkühlte Gebaren von Dulles nicht in die Irre führen und schloss die Tür. Er ließ sich Zeit damit, weniger, weil er sie im Übermaß besaß, sondern weil er nicht wusste, wie sein Vorgesetzter auf die Mitteilung, die er ihm zu überbringen hatte, reagieren würde. »Wenn das so weitergeht, können wir beide unseren Hut nehmen, Sir.«

»Tatsächlich?« Dulles horchte auf. »Dann schießen Sie mal los, Luke!«, forderte er den Leiter von DECOP auf, über dessen vielfältige Verbindungen die absonderlichsten Gerüchte kursierten. Mithilfe von Dulles, der stets seine schützende Hand über ihn hielt, hatte er es bis zum Abteilungsleiter gebracht, und es gab nicht wenige, die sich fragten, wie so etwas überhaupt möglich war. Calabrese neigte zur Fettleibigkeit, trug eine Hornbrille mit verstärkten Gläsern und bevorzugte altbackene und schlecht sitzende Anzüge, alles Dinge, die nicht gerade zu seiner Popularität beitrugen. Qualle, sein Spitzname, kam somit nicht von ungefähr, doch hütete man sich davor, ihn als willfährigen Lethargiker abzustempeln. Chief Executive Calabrese war mindestens ebenso gerissen wie sein Chef – und ihm in puncto Skrupellosigkeit um ein Vielfaches überlegen. Das hatte er bereits mehrfach unter Beweis gestellt. »Oder hat es Ihnen etwa die Sprache verschlagen?«

»Keinesfalls, Sir«, versicherte der gelernte Ökonom, von dem es hieß, er höre die Flöhe husten. »Hoffentlich geht es Ihnen genauso wie mir.«

»Castro?«

»Wer denn sonst.«

»Hab ich mir beinahe gedacht.« Dulles sog an seiner Pfeife, blies den Rauch in die Luft und ließ die giftgelben Zähne über seine blutleere Unterlippe gleiten. »Zäher Bursche, muss ich schon sagen.«

»Verdammt zäh sogar.« In der für ihn typischen Art pirschte sich Calabrese nahezu lautlos an den Schreibtisch von Dulles heran und wartete geduldig, bis sich der Tabaksqualm verzogen hatte. »Sieht ganz danach aus, als würde er uns noch geraume Zeit in Atem halten.«

»Mit anderen Worten: Operation Zapata* hat unserem Image großen Schaden zugefügt.«

»Harmlos ausgedrückt, Sir.«

»Inwiefern?«

Calabrese gab ein verlegenes Räuspern von sich und knetete die zerfurchte Stirn. »Insofern, Herr Direktor, als dass mittlerweile über 100 Exilkubaner dabei draufge … äh … dabei auf der Strecke geblieben sind, Sir.«

* Deckname für das Landeunternehmen in der Schweinebucht

»Und der Rest?«

»Die übrigen 1.400 Mann? Vermisst, desertiert, in die Sümpfe geflüchtet, in Gefangenschaft – Fiasko auf der ganzen Linie.«

»San Román?«

»Verschollen.«

»Materialschäden?«

»Immens, Sir. Ein Transportschiff versenkt, ein weiteres auf Grund gelaufen, acht von insgesamt 15 Flugzeugen abgeschossen.«

»Und die Piloten?«

»Alle tot, Sir.« Calabrese kratzte sich im Nacken, nahm seine Hornbrille ab und betupfte die schweißglänzende Stirn. »Unter ihnen vier Amerikaner.«

»Gott sei Dank.«

In seiner Eigenschaft als Abteilungsleiter von DECOP war der schwergewichtige, kurzsichtige und bis auf ein paar fettige, nach rechts gekämmte Haarsträhnen nahezu kahlköpfige Italo-Amerikaner einiges gewohnt und durch nichts zu erschüttern. Die Abgebrühtheit seines Vorgesetzten ließ jedoch selbst ihn nicht kalt, weshalb ihm beim Anblick des in aller Seelenruhe vor sich hinpaffenden CIA-Direktors zunächst die Worte fehlten. »Habe … habe ich Sie gerade eben richtig verstanden, Sir –«, stammelte er und hatte Mühe, seine Hornbrille wieder in die gewünschte Position zu bringen. »Sie sind tatsächlich der Meinung, es sei …«

»... besser, so wenige Spuren wie möglich zu hinterlassen, Luke. Von unerwünschten Zeugen, aus denen man die Wahrheit herausprügeln und sie anschließend im Triumphzug durch Havanna schleifen könnte, ganz zu schweigen.«

»Aber ...«

»Kein Aber, Chief Executive –«, beharrte Dulles, »je weniger Mitwisser, desto besser. Bedauerlich, dass der Schaden so hoch gewesen ist, keine Frage.« Dulles fuhr mit der Spitze seines Zeigefingers über den eisgrauen Oberlippenbart, reckte sich und schloss mit den Worten: »Bedauerlich, aber nun mal nicht zu ändern.«

»Und ein Schlag ins Gesicht unserer Verbündeten.«

»Falls nötig, korrigieren Sie mich, Luke –«, begehrte Dulles auf, »waren nicht Sie es, über dessen Schreibtisch die Planungen für Zapata gelaufen sind? Oder sollte ich da etwas verwechselt haben?«

Calabrese verzog keine Miene, wenn der CIA-Chef mit einer Antwort gerechnet hatte, wurde er enttäuscht. Sein Protegé wusste genau, wie er Dulles zu nehmen hatte, weshalb er eine Kunstpause einlegte und so tat, als habe ihn sein Gegenüber auf dem falschen Fuß erwischt. Anschließend jedoch, als sich der Direktor des US-Auslandsnachrichtendienstes bereits als Sieger wähnte, zog er ein Tonband aus dem Jackett, wartete die Reaktion von Dulles erst gar nicht ab und fädelte es mit versteinerter Miene ein. »Ich denke, Sie sollten da mal reinhören, Sir«, beschied er seinem Vorgesetzten, während er mit gerunzelter Stirn auf den Abspielknopf drückte. »Bin gespannt, was Sie dazu sagen.«

»Zuerst möchte ich einmal wissen, worum es hier überhaupt …«

»Keine Bange, Sir –«, tat Calabrese kund, nicht ohne Überheblichkeit, wie Dulles nebenbei registrierte. »Das, was Sie auf dem Band hören werden, spricht für sich.«

*

Aus der Stimme auf dem Band, den Worten eines offenbar noch recht jungen Mannes, sprach die nackte Verzweiflung. Verzweiflung pur und darüber hinaus eine gehörige Portion Wut, Zorn, abgrundtiefe Enttäuschung – und Hass. Hell auflodernder, unbändiger Hass. »Wir haben keine Munition mehr, kämpfen am Strand. Bitte schickt Hilfe. Können nicht mehr lange durchhalten.«

»Funkspruch vom 19. April, Sir. 11.18 Uhr Ortszeit.« Calabrese hielt das Band an, zog die buschige Braue hoch und fragte spitzzüngig: »Mehr davon, Sir?«

Dulles gab keine Antwort. Stattdessen atmete er tief durch, bettete die Pfeife in den eigens für ihn angefertigten Aschenbecher aus echtem Bergkristall und rang sich ein knappes Nicken ab.

Calabrese quittierte es mit einem Lächeln und drückte wieder auf die Starttaste.

»Keine Munition mehr. Die Männer kämpfen bereits im Wasser«, tönte es aus dem Lautsprecher, und es schien, als stünde José Pérez San Román direkt neben ihm. »Wenn nicht bald Hilfe kommt, geht Blue Beach verloren.«

»11.31 Uhr, Sir«, erläuterte Calabrese, stoppte das Band und sah Dulles über die Ränder seiner Brille hinweg an. »Ich denke, das genügt, oder?«

Dulles schüttelte unwirsch den Kopf.

»Befinde mich im Wasser. Keine Munition mehr. Sind umzingelt. Wenn Hilfe, dann innerhalb der nächsten Stunde.« Ein kurzes Rauschen, dann die Worte: »Wann wird eure Hilfe hier eintreffen und wie?« Sekunden später: »Warum helft ihr uns nicht? Zerstöre die gesamte Ausrüstung, inklusive Funkgerät. Panzer in Sicht. Habe nichts mehr, womit ich mich verteidigen kann. Setze mich in die Sümpfe ab. Kann mich nicht mehr ...«

»Danke, Chief Executive, das reicht.« Allen Welsh Dulles, von dem es hieß, ihn könne nichts aus der Fassung bringen, hatte genug gehört. Sichtlich mitgenommen, stützte er die Ellbogen auf die Tischplatte, bettete das Kinn auf die verschränkten, mit Altersflecken besprenkelten Hände und starrte minutenlang vor sich hin. Calabrese wusste, dass es unklug gewesen wäre, jetzt das Wort zu ergreifen, weshalb er einfach stehen blieb, die Augen niederschlug und sich nicht vom Fleck rührte.

Er tat gut daran. Dulles war außer sich, und als es der sichtlich zufriedene Leiter von DECOP wagte, einen Blick auf seinen Vorgesetzten zu werfen, fuhr er instinktiv zusammen. »Kennedy!«, grollte der Direktor der CIA und hieb mit der Faust so heftig auf den Tisch, dass seine Pfeife aus dem Aschenbecher katapultiert wurde. »Und alles nur wegen diesem Kennedy!«

Hochzufrieden über die Wendung des Gesprächs, musste Calabrese seine ganze Schauspielkunst aufbieten, um die Genugtuung, die er empfand, zu verbergen. »Kennedy?«, heuchelte er, »darf man fragen, was der Präsident mit …«

»Jetzt tun Sie doch nicht so, Luke!«, empörte sich Dulles, sprang auf und stapfte mit hochrotem Gesicht vor dem Fenster hin und her. »Sie wissen doch ebenso gut wie ich, wem wir diese Schlappe zu verdanken haben. Erst wirft dieser irische Hosenscheißer unsere ursprünglichen Pläne über den Haufen, und dann kriegt er im letzten Moment kalte Füße.«

»Nun ja, schließlich ist er der Präsident.«

Die Hände hinter dem Rücken verschränkt, blieb Dulles abrupt stehen. Von der Aura der Seriosität, die ihn umgab, war nichts mehr übrig geblieben, lediglich ein verbitterter alter Mann, der vergeblich um Fassung rang. »Mal ehrlich, Luke –«, schnaubte der Direktor der CIA, »sind Sie wirklich so naiv, oder tun Sie nur so? Gagarin, Kuba und am Ende vielleicht auch noch Vietnam – wir können uns keine Schlappe mehr leisten! Noch so ein Reinfall wie vor acht Tagen und kein Mensch nimmt uns mehr für voll – am allerwenigsten die Russen!«

»So düster würde ich die Lage nicht sehen, Sir.« Calabrese spulte das Band zurück und steckte es wieder ein. »Kein Grund, die Flinte ins Korn zu werfen.«

»Finden Sie? Kommt drauf an, in welche Fettnäpfchen diese Sippschaft im Weißen Haus noch tappt. Für Überraschungen ist dieser Appeaser* ja immer gut.« Dulles ließ seinem Ärger freien Lauf. »Zieht in letzter Minute die Luftunterstützung zurück. Ich darf gar nicht dran denken. Und warum? Weil er Schiss hat, Luke – ganz einfach Schiss. Vor Castro, Chruschtschow, den Russen und insbesondere vor der eigenen Courage. Glauben Sie etwa, die kriegen das nicht mit? Und ob! Noch so ein Reinfall, und die ganze rote Brut tanzt uns auf der Nase herum. Darauf können Sie wetten.«

»Es sei denn, wir lassen uns etwas einfallen, Sir.«

---

* dt.: Beschwichtiger (Anspielung auf die nachgiebige Politik des britischen Premierministers Neville Chamberlain gegenüber Hitler)

»Na, Sie machen wir vielleicht Spaß. Dazu müssten wir erst mal wissen, was Chruschtschow im Schilde führt.«

Calabrese kratzte sich an der Braue und drückte seine Brille gegen die schweißglänzende hohe Stirn. »Genau das ist die Frage, Sir, da haben Sie recht.« Ein hintergründiges, an Überheblichkeit grenzendes Lächeln auf den Lippen, rieb der Mann, auf dessen Schreibtisch sich mehr Geheimakten häuften als irgendwo sonst, die schwammigen Handflächen aneinander und überlegte. »Obwohl ich mir sehr gut vorstellen kann, wo es demnächst zum Showdown kommen wird.«

Hellhörig geworden, blieb Allen Welsh Dulles stehen. Er traute Calabrese nicht über den Weg, am heutigen Tage weniger denn je. »Und wo, wenn man fragen darf?«, hakte er nach. »Nun kommen Sie schon – oder hat Ihre Glaskugel etwa den Geist aufgegeben?«

Die Antwort kam schneller als gedacht, und der Tonfall, in dem dies geschah, war derart ernst, dass Dulles die Lust am Foppen verging. »In Berlin, Sir«, murmelte Calabrese, während sein Blick an Dulles vorbei zum Fenster wanderte, auf dem der Aprilregen lange Schlieren hinterließ. »Wo anders als in Berlin. Und soll ich Ihnen etwas sagen, Sir? Mein Instinkt sagt mir, dass wir bis zum nächsten Kräftemessen nicht allzu lange warten müssen.«

»Und dann?«

»Dann werden wir Sorge tragen, dass das Kennedy-Syndrom keinen Schaden mehr anrichten kann. Mit allen uns zur Verfügung stehenden Mitteln!«

ZWEI

»The NATO shield was long ago extended to cover West Berlin, and we have given our word that an attack upon that city will be regarded as an attack upon us all.«

»Der Schutzschild der NATO wurde vor langer Zeit zum Schutz von Berlin ausgedehnt, und wir haben unser Wort gegeben, dass ein Angriff auf diese Stadt als Angriff auf uns alle angesehen werden wird.«

(Aus der Fernsehansprache von John F. Kennedy vom 25. Juli 1961)

»Das Weiße Haus war schon einige Zeit vor dem August 1961 zu dem Schluss gekommen, dass die USA eine physische Barriere zwischen Ost und West weder verhindern konnten noch wollten.«

(Aus: Seymour Hersh, Kennedy. Das Ende einer Legende, Hamburg 1998, S. 267)

CAMELOT

Washington D. C.

(Dienstag, 25. 07.1961)

3

Weißes Haus, Oval Office

| *20.12 h Washingtoner Zeit*

John Fitzgerald Kennedy, 35. Präsident der USA, war ein schwer kranker Mann. Niemand wusste das besser als er. Im Verlauf seiner Karriere hatte der erste katholische Präsident der Vereinigten Staaten bereits zweimal die Sterbesakramente empfangen und sich von seinem Leiden, der Addison'schen Krankheit, nie richtig erholt. Gegen ihre Symptome, zum Beispiel Verdauungsbeschwerden, Fieberschübe und Schwächeanfälle, kam er einfach nicht an, weder mithilfe herkömmlicher Medikamente noch durch Kortisonpräparate, die ihm in immer kürzeren Abständen verabreicht wurden. Darüber hinaus hatte er mit weiteren Gebrechen zu kämpfen, darunter Migräne, Magenkrämpfe und Rückenbeschwerden. Vor allem Letztere sorgten dafür, dass er sich vor Schmerzen mitunter kaum rühren konnte, und wäre der eigens für ihn angefertigte Schaukelstuhl und die Fußstütze unter seinem Schreibtisch im Oval Office nicht gewesen, hätte er am heutigen Tage, einem der wichtigsten seit seiner Amtsübernahme vor gut einem halben Jahr, vermutlich passen müssen.

Krank sein war somit Alltag für ihn, beschwerdefreie Tage die Ausnahme. Da half keine Hydrokortison-Injektion und auch keine Wärmepackung, kein Ultraschall, Präparat gegen Durchfall, Antibiotikum oder Schlafmittel, in welcher Form auch immer. Ohne seinen täglichen Medikamentencocktail wäre der Liebling der Medien und unwiderstehliche Charmeur nicht imstande gewesen, die Probleme, mit denen er sich herumschlagen musste, auch nur annährend in den Griff zu bekommen. »Und wenn es Pferdepisse ist – Hauptsache, es hilft!«, pflegte der Präsident zu scherzen, doch gab es Tage, an denen ihm das Lachen verging.

Heute, an einem brütend heißen Juliabend, war genau dies der Fall. Sein trockener Humor, eines seiner hervorstechendsten Charaktermerkmale, war ihm abhandengekommen. Müde und abgekämpft wie selten, lockerte der Präsident seine Krawatte, schloss die Tür, die vom Oval Office in den Säulengang führte, und gab einen lang gezogenen Seufzer von sich. Hier draußen, im Rosengarten des Weißen Hauses, konnte man es im Gegensatz zum Oval Office wenigstens aushalten, und so ertappte er sich bei dem Gedanken, dass er am liebsten alles stehen und liegen lassen und auf dem Familiensitz in Palm Beach mal wieder richtig ausspannen würde.

Das wiederum konnte er sich abschminken, nicht nur aus einem, sondern einer Vielzahl von Gründen. Da war zum einen der Bürgerkrieg in Laos, wo laut

Geheimdienstberichten die Kommunisten weiter auf dem Vormarsch waren. Jenseits der Grenze, in Vietnam, sah es nicht viel besser aus. Wie lange sich der mit den USA verbündete Süden ohne massive Unterstützung würde halten können, stand in den Sternen, genauso wie die Antwort auf die Frage, was aus den Exilkubanern, die sich in der Hand von Castro befanden, wohl werden würde. Viel Gutes war von seinem Intimfeind nicht zu erwarten, eher das Gegenteil. Dieser Bastard war immer für eine Überraschung gut, worauf er im Moment getrost verzichten konnte.

Er hatte andere Sorgen, weiß Gott. In Berlin stand es nicht gerade zum Besten, man musste kein Prophet sein, um zu erkennen, dass es dort demnächst zur Sache gehen würde. So richtig, wohlgemerkt. Auf Biegen und Brechen. Mit diesem Bauerntrampel von Chruschtschow war nicht gut Kirschen essen, die Frage war, welchen Schachzug er wohl als Nächstes machen würde. Um ihm, dem verachteten Sohn schwerreicher Eltern, eins auszuwischen, war Stalins Nachfolger jedes Mittel recht. Wenn nötig, sogar die Drohung mit Krieg.

So schnell wie von Chruschtschow erhofft, würde er sich den Schneid allerdings nicht abkaufen lassen. Da kannten ihn die Russen schlecht. Okay, in letzter Zeit hatte er ordentlich Federn lassen müssen, doch was Berlin betraf, verstand er keinen Spaß. Aus diesem Grund, aber auch, um nicht als flügellahmer Adler dazustehen, würde es dort kein Zurück geben. *No way*. Vor gut einer Stunde, in seiner landesweit ausgestrahlten Fernsehansprache, hatte er den Russen noch mal ordentlich die Leviten gelesen. In Berlin würde alles so bleiben, wie es war. Sonst würde sich Chruschtschow auf etwas gefasst machen müssen.

Hier die Alliierten, dort die Russen und ihre Statthalter im Osten der Stadt. Hier Freiheit, dort Knechtschaft. Hier die rettende Insel, dort das Meer der Unfreiheit.

So und nicht anders lautete die Devise.

Roger, Mister Chruschtschow?

»So allein, Bruderherz? Na komm schon, so schlecht war deine Ansprache nun auch wieder nicht.«

Am Ende des Säulenganges angekommen, in dem er geraume Zeit hin und her spaziert war, hellte sich Kennedys Miene beim Anblick seines Bruders Robert merklich auf. Bobby, so sein Spitzname, war seine rechte Hand. Für ihn, den um acht Jahre Jüngeren und amtierenden Justizminister, galt das Gleiche wie für die täglichen Muntermacher: Ohne sie und seinen engsten Vertrauten war er aufgeschmissen. So sicher wie das Amen in der Kirche.

»Jedenfalls nicht so schlecht wie die Neuigkeiten, die du auf Lager hast«, flüchtete sich der Präsident in Galgenhumor. Vor Bobby brauchte er sich wenigstens nicht zu verstellen, weswegen er sich merklich zu entspannen begann. »Mehr kann man ja wohl nicht verlangen.«

Robert Kennedy, je nach Bedarf Prellbock, Seelentröster oder Mann fürs Grobe, grinste breit. »Wie heißt es so schön: Ein Unglück kommt selten allein«, feixte er. »Weshalb der uns beiden ans Herz gewachsene CIA-Direktor, der sich nicht hat abwimmeln lassen, sein Alter Ego gleich mitgebracht hat.«

»Dulles und Calabrese – womit hab ich das verdient!«, stöhnte Kennedy mit fatalistischer Miene auf, straffte seine Krawatte und machte sich auf den Rückweg ins Oval Office. »Ausgerechnet jetzt, wo es mir dreckig geht.«

»Keine Sorge«, versicherte sein engster Vertrauter in der offenkundigen Absicht, den Bruder und Präsidenten aus seiner düsteren Stimmung zu reißen. »Mit den beiden Ränkeschmieden werden wir schon fertigwerden. Schließlich wissen wir genau, mit wem wir es zu tun haben.«

»Mit den durchtriebensten Bastarden weit und breit, ich weiß«, versetzte Kennedy, ließ seinem Bruder den Vortritt und flüsterte ihm im Vorbeigehen zu: »Fragt sich nur, was sie diesmal ausgeheckt haben.«

*

»In die Offensive gehen – und wieso?«

»Weil wir es uns meiner Ansicht nach nicht mehr

leisten können, andauernd den Schwanz einzu … äh … eine Schlappe nach der anderen zu kassieren, Mister President. Noch so ein Schnitzer, und unser Imageverlust bei den Verbündeten wird so groß sein, dass uns kein Mensch mehr für voll nehmen wird, Sir«, schulmeisterte Dulles, wobei er den Justizminister, der ihm am liebsten an die Gurgel gegangen wäre, wohlweislich ignorierte. »Dessen bin ich mir absolut …«

Der wiederum ließ sich jedoch nicht beirren. »Fragt sich nur, was Sie unter Schnitzer verstehen«, fiel Robert Kennedy dem CIA-Direktor ins Wort. »Für den Fall, dass sie auf das Schweinebucht-Desaster anspielen, steht ja wohl fest, auf wessen Kappe es geht, oder?«

Calabrese, auf den der Seitenhieb des Justizministers gemünzt war, nahm ihn ohne erkennbare Regung hin. Ganz anders Dulles, der Bobby Kennedy direkt gegenübersaß. Nur mit Mühe konnte der erboste CIA-Chef seine Erregung verbergen, zuckte zusammen und stierte den gerade einmal halb so alten Intimus des Präsidenten wutentbrannt an. »Bei allem schuldigen Respekt, Attorney General*«; entrüstete er sich, auf dem besten Weg, gegen die herrschende Etikette zu verstoßen, »wäre es nach der CIA gegangen, hätten Castros Truppen keinen Fuß auf die Erde bekommen. Das wissen Sie so gut wie ich. Nur ein halbes Dutzend B-26-Bom-

* am. Bezeichnung für ›Justizminister‹

ber mehr, und wir hätten diese roten Insurgenten in die Steinzeit zurückge …«

»Jetzt hören Sie mir mal gut zu, Dulles«, schäumte der Bruder des Präsidenten, nahm den Arm von der Lehne des Sofas, auf dem er kurz zuvor Platz genommen hatte, und beugte sich ebenfalls nach vorn. »Schreiben Sie sich das, was ich Ihnen jetzt sage, hinter die Ohren: Weder Ihnen noch sonst jemandem aus Ihrer Firma steht es zu, Entscheidungen des Präsidenten zu kommentieren. Geschweige denn zu kritisieren.« Kaum imstande, sein irisches Temperament zu zügeln, holte Bobby kurz Luft, stellte sein Whiskyglas auf den Beistelltisch neben dem Kamin und nahm seinen Kontrahenten mit durchdringendem Blick ins Visier. »Haben wir uns diesbezüglich verstanden, Allen? Und wenn wir gerade dabei sind – so dämlich, Korallenriffe mit Algenfeldern zu verwechseln, ist ja wohl nicht einmal der BND*. Wenn schon Luftaufnahmen, dann scharfe, finden Sie nicht auch?«

»Wollen Sie etwa damit sagen, wir hätten unsere Arbeit nicht richtig …«

»Tun Sie Ihre Arbeit, und wir tun die Unsrige, klar?«

Dulles lief vor Erregung rot an. »Ich verbitte mir diesen Ton!«, japste er und sprang mit erhobenem Zeigefinger auf. »Sonst …«

Der Justizminister tat es ihm gleich. »Sonst was?«,

* Bundesnachrichtendienst

herrschte er sein Gegenüber an. »Heißt das, Sie wollen mir drohen?«

»Schon gut, Bobby – das reicht.« Die Ellbogen auf den Schreibtisch gestützt, von wo aus er den Disput mit wachsendem Unbehagen verfolgt hatte, bedeutete der Präsident seinem Bruder, sich zu mäßigen und richtete den Blick auf die beiden CIA-Beamten. Er misstraute ihnen genauso wie Bobby, verstand es jedoch, seine Antipathie hinter der Maske vorgetäuschter Leutseligkeit zu verbergen. »Und nun zu Ihnen, Allen: Was verschafft uns die Ehre Ihres Besuchs? Muss sich um etwas Wichtiges handeln, sonst hätten Sie Luke nicht gleich mitgebracht, oder?«

»In der Tat, Sir«, bekräftigte Dulles, in Gedanken immer noch bei seinem Disput mit dem Justizminister, der sich mit ostentativer Gelassenheit in seinen Sessel sinken ließ und so tat, als sei sein Gegenspieler Luft für ihn. »Wichtiger geht es fast nicht.«

»Lassen Sie mich raten, Allen – es geht um Berlin.«

Der Leiter der CIA bejahte und nahm wieder Platz.

»Wieder mal Ärger?«

»So könnte man es ausdrücken, Sir«, bestätigte Dulles und nahm die Kladde zur Hand, die neben ihm auf dem Sofa lag. »Nach meiner Einschätzung braut sich dort ganz schön was zusammen.«

»Eins muss man Chruschtschow lassen«, lästerte Kennedy und ließ sich in seinen Sessel sinken, darauf bedacht, sich seine Rückenschmerzen nicht anmerken zu lassen. »Wenn es darum geht, uns eins auszuwischen, läuft der alte Choleriker zur Hochform auf. Fragt sich, wie tief er diesmal in die Trickkiste gegriffen hat.«

»So genau wissen wir das auch nicht, Sir«, räumte Dulles kleinlaut ein. »Sicher ist jedenfalls, dass im Ostsektor eine größere Aktion im Gange ist.« Dulles öffnete die Kladde und blätterte die darin enthaltenen Akten, Notizen und Schriftstücke durch. Auf einem von ihnen, der Transkription eines decodierten Funkspruchs, blieb sein Blick schließlich haften. »Laut unserer Quelle in der sowjetischen Botschaft in Ostberlin …«

»Hört, hört.«

»… soll Botschafter Perwuchin am 6. Juli Himmel und Hölle in Bewegung gesetzt haben … tun Sie mir bitte den Gefallen und lassen mich ausreden, Attorney General? Verbindlichen Dank! Wie gesagt: Vor knapp drei Wochen hat der sowjetische Botschafter in Ostberlin einen Vertrauensmann beauftragt, Ulbricht in die sowjetische Botschaft Unter den Linden zu zitieren. So schnell wie möglich, wohlgemerkt.«

»Vermutlich nicht zum ersten Mal, oder? Befehlsempfänger bleibt nun einmal Befehlsempfänger. Besonders, wenn man unter der Knute der Russen steht.«

Dulles holte kurz Luft, dachte jedoch offenbar nicht daran, sich durch den Gleichmut des Präsidenten beirren zu lassen. Er hatte noch einen Trumpf im Ärmel, genug, wie er glaubte, um Kennedy damit aus der Reserve zu locken. »Durchaus zutreffend, was Sie da sagen, Sir«, räumte er zähneknirschend ein, redlich bemüht, die Häme des Justizministers zu ignorieren, »erlauben Sie mir jedoch, meine Ausführungen mithilfe weiterer Details zu ergänzen.«

Der Präsident machte eine einladende Geste, lehnte sich zurück und bettete die Füße auf eine Stütze, die sich unter seinem aus den Planken der ›Resolute‹* gefertigten Schreibtisch befand. »Nur zu, Allen – wir sind ganz Ohr.«

»Freut mich zu hören, Mister President«, lautete die bissige Replik, woraufhin der CIA-Direktor einen Verschwörerblick mit Calabrese wechselte und sich herabließ, die Katze aus dem Sack zu lassen: »Um Ihre Geduld nicht über Gebühr zu strapazieren«, fuhr er in herausforderndem Tonfall fort, »nur so viel: Nach Auskunft der Abhörspezialisten der BOB** hat sich die Anzahl der Funksprüche, die von der sowjetischen Botschaft nach Moskau abgesetzt worden sind, seit jenem 6. Juli um ein Vielfaches erhöht.«

»Auf den Punkt gebracht: Ihrer Meinung nach sind unsere Kumpels in Moskau wieder mal dabei,

* 1853 im Packeis stecken gebliebenes und 1855 von den Amerikanern entdecktes Segelschiff der Royal Navy

** Berlin Operational Base der CIA

eine größere Teufelei auszuhecken.« Kennedy, trotz seiner Gebrechen stets zu Späßen aufgelegt, setzte ein treudoofes Lächeln auf und zwinkerte Dulles frohgemut zu. »Wer weiß, vielleicht bereiten sie auch nur ihren Abzug vor. Könnte doch immerhin sein, oder?«

Dulles blickte kurz auf, rückte seine Brille zurecht und blätterte verdrossen in seinen Papieren herum. Ganz offensichtlich hatte ihn Kennedy auf dem falschen Fuß erwischt, und wäre Calabrese nicht für ihn in die Bresche gesprungen, hätte er nicht mehr weitergewusst. »Nein, Mister President«, bekräftigte der Chef von DECOP süffisant, »für so dämlich, wenn sie mir meine ungehobelte Ausdrucksweise erlauben, halte ich die Russen nun wirklich nicht.«

»Tatsächlich?«, knirschte Robert Kennedy, der sich für den Seitenhieb auf sein cholerisches Naturell umgehend revanchierte. »Ich muss gestehen, Luke, Sie machen mich neugierig. Dass Sie Wirtschaftswissenschaften studiert haben, ist mir bekannt, aber nicht, dass Sie Diplom-Hellseher sind.«

»Mit Verlaub, Herr Justizminister«, konterte das Alter Ego von Dulles, »um zu erahnen, was die Russen vorhaben, sind übersinnliche Fähigkeiten nicht vonnöten. Nur ein wenig Verstand – sonst nichts.«

»Na, dann lassen Sie mal hören, Luke«, stachelte der Präsident die graue Eminenz der CIA an, um eine Retourkutsche seines Bruders, dessen Stirnrunzeln nichts Gutes verhieß, nach Möglichkeit zu vermeiden. Dann erhob er sich und begab sich zu seinem Schaukelstuhl, auf dem er sich mit einem Seufzer der Erleichterung niederließ. »Was haben die Russen Ihrer Meinung nach vor?«

»Genau das ist der Punkt, Sir. Wie Direktor Dulles bereits ausgeführt hat, können wir das zum gegenwärtigen Zeitpunkt nicht sagen.«

»Die CIA und der Durchblick – eine amerikanische Erfolgsstory.«

»Bitte tu mir den Gefallen und halt die Luft an, Bobby«, wies Kennedy seinen Bruder in ungewöhnlich scharfem Ton zurecht, bevor er sich wieder ganz auf Calabrese konzentrierte. »Ihre Hypothese, Chief Executive?«

»Nun, ich denke, die Russen haben ihr Ziel, ganz Berlin in die Hand zu bekommen, noch längst nicht aufgegeben, Sir.«

»Bedeutet?«

»Das bedeutet, Mister President, dass Chruschtschow sämtliche Hebel in Bewegung setzen wird, um besagtes Ziel zu erreichen.«

»Moment mal! Heißt das, Sie glauben, die Russen sind darauf aus, unsere Garnison in Berlin ...«

»Bei allem Respekt, Sir: Früher oder später wird Chruschtschow gezwungen sein, alles auf eine Karte zu setzen. Allein deshalb, weil seinen ostdeutschen Vasallen allmählich die Untertanen ausgehen. Oder davonlaufen, ganz wie man will. In hellen Scharen, derzeit mehr als Tausend pro Tag. Anders ausgedrückt – sollten sich meine und die Befürchtungen der übrigen Experten unserer Behörde bewahrheiten, kommen wir nicht umhin, den Russen die Zähne zu zeigen. Wenn wir tatenlos zusehen, wie Chruschtschow und Co. Berlin überrennen, wird unser Ansehen irreparablen Schaden erleiden. Nicht nur bei den Berlinern, sondern überall auf der Welt.«

Trotz der Schmerzen, die ihm mehr denn je zu schaffen machten, erhob sich Kennedy aus seinem Sessel, wandte sich ab und trat ans äußere der drei Fenster, von denen aus man einen ungehinderten Blick auf den Rosengarten genoss. Es dämmerte, und die Sträucher, Hecken und Zierpflanzen waren in bläulich rotes Licht getaucht, das ins Purpurfarbene mäanderte. Die Schatten der Nacht breiteten sich unaufhaltsam aus, mit einer Geschwindigkeit, dass ihn das Gefühl beschlich, die Zeit laufe ihm davon. »Ich darf doch wohl annehmen, Luke, Sie sind sich im Klaren, wozu das unweigerlich führen wird«, antwortete der Präsident und nahm ein Bild zur Hand, das seine Frau Jackie, seine Tochter und seinen exakt sieben Monate alten Sohn John zeigte. »Nämlich auf einen Krieg, der in kürzester Zeit eskalieren wird. Gut möglich, dass es dabei zum Einsatz von Atomwaffen kommen könnte. Die Frage ist, ob wir wirklich so weit gehen wollen, Gentlemen.«

»Wenn Sie auf meine Meinung Wert legen, Sir: ja.« Calabreses voluminöser Rumpf straffte sich, und nach einem weiteren Seitenblick zu Dulles, der kaum merklich nickte, fügte er hinzu: »Über kurz oder lang, Mister President, wird es zum Showdown mit den Russen kommen. Wenn nicht in Berlin, dann eben anderswo. Besser jetzt, wo wir die öffentliche Meinung hinter uns haben, als irgendwann in ferner Zukunft. Wir werden es darauf ankommen lassen müssen, Sir. Ob wir wollen oder nicht.«

»So, meinen Sie.« Kennedy warf einen erneuten Blick auf das Bild und stellte es wieder auf den Tisch vor dem Fenster, wo sich eine Reihe von Erinnerungsstücken befand, unter anderem ein Modell der ›Resolute‹ und mehrere Fotos seiner Familie. Im Anschluss daran wandte sich der Präsident wieder dem abendlichen, von schattenhaftem Zwielicht überlagerten Panorama zu und seufzte leise vor sich hin. Aus der Traum!, sinnierte er, vorbei der Traum vom Camelot* Amerikas, dem Weißen Haus, wo sich Intellektuelle, Literaten, Stars und Sternchen gleich reihenweise die Klinke in die Hand gaben. Wenn man Dulles und Calabrese so reden hörte, war der dritte Weltkrieg nicht mehr fern, eine Frage von Wochen oder nur wenigen Tagen. Das wiederum würde bedeuten, dass es weder Sieger noch Verlierer, Gewinner oder Unterlegene geben würde. Bei einem militärischen Konflikt, wie ihn diese beiden

* Hof des mythischen britischen Königs Artus und seiner Tafelrunde

Vogelscheuchen da hinter ihm zu riskieren bereit waren, würde es Millionen Tote geben, beileibe nicht nur in Berlin. Und deswegen, nicht nur um der Berliner willen, würde er alles tun, um ihn zu verhindern. Selbst auf die Gefahr hin, als nachgiebig, schwach oder Feigling dazustehen.

Ende der Diskussion.

»Schluss mit der Taktiererei, Mister President«, meldete sich Dulles, der sein Missfallen kaum noch verbergen konnte, in aller Entschiedenheit zu Wort. »Das ist meine – genauer gesagt unsere – feste Überzeugung.« Dulles zog die Stirn in Falten und richtete den Blick auf den Präsidenten, der mit verschränkten Armen zum Fenster hinaussah. »Was mich zu der Frage bringt, welche Strategie wir in Bezug auf eine mögliche Eskalation der Lage in Berlin einschlagen sollten.«

»Gar keine.«

»Wie bitte?«

»Sie haben richtig gehört, Allen: gar keine.« Kennedy drehte sich auf dem Absatz um und schlenderte auf das Sofa am anderen Ende des Raumes zu, von wo aus ein sichtlich indignierter CIA-Direktor jede seiner Bewegungen verfolgte.

»Habe ich Sie gerade eben richtig verstanden, Sir – Sie ...«

»Haben Sie. Bevor mir keine stichhaltigen Beweise dafür vorliegen, was die Russen im Schilde führen, sehe ich keinen Grund, meine Strategie zu ändern.«

»Und das bedeutet?«

»Das heißt, wir werden so tun, als sei nichts geschehen. Solange der russische Bär sein Revier nicht verlässt, werden wir ihn gewähren lassen.«

»Auch dann, wenn wir nicht wissen, was er im Schilde führt?«

»Gerade dann«, stellte der Präsident unmissverständlich klar, bereits wieder auf dem Weg zur Tür, wohin ihm ein sichtlich zufriedener Justizminister vorausgeeilt war. »Gerade dann. So, Gentlemen – und nun bitte ich Sie, mich zu entschuldigen!«

*

»Typisch Kennedy!«, ereiferte sich Dulles, nachdem er das Weiße Haus verlassen und seinen vor dem Nordportal auf ihn wartenden Fahrer nach Hause geschickt hatte, damit er und Calabrese unter sich waren. »Aber das ist man von diesem Zauderer ja nicht anders gewohnt.«

Selten um eine Antwort verlegen, blieb sein Protegé diesmal stumm, zwängte sich hinter das Steuer des schwarz lackierten Lincoln Continental und gab Gas. Erst viel später, als er den Wachposten passiert und auf die Pennsylvania Avenue eingebogen war, lockerte sich sein bis dahin unbeteiligter, ans Apathische grenzender Gesichtsausdruck auf, und die Mundwinkel von Luciano Calabrese begannen sich zu kräuseln. »Welch ein Narr!«, murmelte er gedämpft und machte gar nicht erst den Versuch, mit seiner Geringschätzung hinterm Berg zu halten. »Zu glauben, man könne einem Konflikt mit den Russen aus dem Weg gehen. Einfach lächerlich.«

»Wenn ich dran denke, welchen Schaden das Kennedy-Syndrom noch anrichten wird, wird mir ganz anders«, brach es aus Dulles hervor, den die Abgeklärtheit, mit der Calabrese auf die Abfuhr des Präsidenten reagiert hatte, zusätzlich in Wallung brachte. »Keine Ahnung, was wir noch anstellen sollen, um diesen irischen Appeaser auf Trab zu bringen.«

»Aber ich.«

»Ach, ja?«, mokierte sich Dulles in süffisantem Ton. »Darf man fragen, wie Sie sich das vorstellen, Chief Executive? Angenommen, der russische Bär hält sich an die Spielregeln und begnügt sich damit, innerhalb seines eigenen Reviers auf Beutezug zu gehen. Wie zum Teufel wollen Sie es dann fertigbringen, ihn als beutelüsterne Bestie abzustempeln? Eins dürfte Ihnen während der vergangenen halben Stunde doch wohl klar geworden sein, Luke. Um Kennedy vor unseren Karren zu spannen, müssen wir uns etwas einfallen lassen. Was wir brauchen, Luke, sind Beweise, Daten, Fakten – und keine wackeligen Hypothesen. So schnell es geht. Sonst wird Chruschtschow den Präsidenten um den Finger wickeln.« Dulles schnappte nach Luft, atmete geräuschvoll aus und stützte den Kopf auf die zusammengepresste Faust. »Haben Sie mitgekriegt, wie fertig dieser irische Schönfärber ist? Bevor der sich zum Losschlagen entschließt, muss schon viel passieren. Keinen Mumm in den Knochen, aber große Töne spucken. So haben wir's gern. Ein paar Monate, und wir tanzen nach Chruschtschows Pfeife.«

»Es sei denn, der Präsident schwenkt auf unsere Linie ein.«

Dulles brach in höhnisches Gelächter aus. »Fragt sich nur, wie Sie ihn dazu bringen wollen.«

Calabrese drosselte das Tempo, umrundete den Washington Circle und bog in Richtung State Department ab. Danach, als Dulles mit keiner Antwort mehr rechnete, verzog er das Gesicht zu einem spöttischen Grinsen und sagte: »Das, mein lieber Dulles, überlassen Sie am besten mir. Keine Bange – wir beide werden ihn schon so weit kriegen.«

»Und wie?«

»Indem wir ein bisschen nachhelfen, Sir.«

Dulles runzelte die Stirn und blickte stur geradeaus. »Ich hoffe, Sie wissen, auf was Sie sich da einlassen, Chief Executive. Nämlich auf ein Spiel mit dem Feuer. Angenommen, einer unserer Agenten kriegt tatsächlich heraus, dass hinter Chruschtschows Imponiergehabe nichts steckt. Dass er nur blufft und darauf aus ist, sein eigenes – sprich Ostberliner – Revier zu verteidigen. Wie, Signore, würden Sie darauf reagieren?«

»Auf die Tatsache, dass jemand meine Pläne zu durchkreuzen versucht, meinen Sie? Ganz einfach – ich würde mich nicht davon abbringen lassen.«

»Auch dann, wenn es sich um einen unserer eigenen Agenten handelt?«

Calabrese gluckste amüsiert. »Gerade dann, mein lieber Dulles«, entgegnete er, wobei er Kennedys Stimme gekonnt imitierte, »gerade dann!« Und ergänzte süffisant: »Sollte es so weit kommen, würde der Betreffende den nächsten Tag nicht erleben. Und alle anderen, die so töricht sind, mir in die Quere zu kommen!«

DREI

»Ich verstehe Ihre Frage so, dass es in Westdeutschland Menschen gibt, die wünschen, dass wir die Bauarbeiter der Hauptstadt der DDR dazu mobilisieren, eine Mauer aufzurichten. Mir ist nicht bekannt, dass eine solche Absicht besteht. Die Bauarbeiter unserer Hauptstadt beschäftigen sich hauptsächlich mit Wohnungsbau, und ihre Arbeitskraft wird dafür voll eingesetzt. Niemand hat die Absicht, eine Mauer zu errichten.«

SED-Generalsekretär Walter Ulbricht auf einer Pressekonferenz am 15. Juni 1961 in Ostberlin

›Inzwischen hatten westliche Nachrichtendienste von Informanten in der DDR Hinweise darauf erhalten, dass der entscheidende Moment früher als erwartet eintreten könnte. Am 6. August berichtete ein CIA-Informant, ein in der SED-Organisation seines Bezirks recht bekannter Arzt, er habe in einem Parteiausschuss gehört, dass für das nächste Wochenende »drastische Maßnahmen« zur Abriegelung West-Berlins geplant seien. Mehrere sowjetische und ostdeutsche Armeedivisionen seien in Gefechtsbereitschaft versetzt worden. Einem französischen Führungsoffizier erzählte ein Zahnarzt von einem Gespräch mit einem Patienten, der einen hohen Parteiposten bekleidete. Der Mann habe zu ihm gesagt: »Sie wollen Absperrungen mitten durch Berlin bauen.«‹

(Aus: Frederick Taylor: Die Mauer. 13. August 1961 bis 9. November 1989. München 2009, S. 194)

SUMMERTIME

Berlin

(Samstag, 12. 08.1961)

4

Berlin-Kreuzberg, Stresemannstraße | *00.05 h*

Ernst Blaschkowitz konnte sein Glück kaum fassen.

Eigentlich hatte er nur in seine Stammkneipe gehen wollen. Auf ein Bier oder einen kurzen Plausch mit seinen Kumpanen. Einfach so. Wie an jedem Freitagabend, vor allem, wenn es so warm war wie heute.

Doch dann war dort auf einmal diese Brünette aufgetaucht. Weiß der Teufel, woher. Und hatte sich neben ihn an den Tresen gestellt.

Weiß der Teufel, wieso.

Nicht etwa, dass Blaschkowitz ein Kostverächter war. Davon konnte wirklich nicht die Rede sein. Nur leider nicht mehr der Jüngste, schon über 50, um bei der Wahrheit zu bleiben. Er hatte kaum noch Haare auf dem Kopf, eine Warze am Kinn und zu allem Überfluss eine Trinkernase. Und er war auch nicht übermäßig hell im Kopf. Wie geschaffen, um bei den Damen abzublitzen.

Aber davon hatte sich der steile Zahn neben ihm nicht abschrecken lassen. Im Gegenteil. Ernst, sonst eher ein zurückhaltender Mensch, war auf Anhieb wie elektrisiert gewesen. So ein Rasseweib wie dieser schlanke, vollbusige und knapp 30 Jahre alte Vamp, in den er sich auf Anhieb vergafft hatte, gab es nicht zweimal auf der Welt. Und in Kreuzberg sowieso nicht. Jede Wette.

Kein Wunder also, dass der gelernte Buchhalter, auf den die Damenwelt kaum je einen Blick verschwendete, Himmel und Hölle in Bewegung gesetzt hatte, um bei seiner Angebeteten, die ihn verflixt noch mal an eine Hollywooddiva à la Jane Russell erinnerte, auf jede nur erdenkliche Weise Eindruck zu schinden. Nur um festzustellen, dass dies im Grunde nicht nötig war. Denn nicht nur zu seiner, sondern zur Überraschung sämtlicher Anwesender waren seine Annäherungsversuche durchaus auf Gegenliebe gestoßen. Wer hier wen umgarnt hatte, war nach einer knappen Viertelstunde überhaupt nicht mehr klar gewesen, auch nicht, was eine mit sämtlichen Gaben der Natur ausgestattete Traumfrau an Ernst Blaschkowitz aus Kreuzberg eigentlich interessierte. Am allerwenigsten Ernst, für den es an diesem Abend, dem letzten seines eintönigen Lebens, nur noch die betörende, verführerisch duftende und ihn unentwegt umgarnende Unbekannte gegeben hatte.

Bereits gegen zehn, also eine knappe halbe Stunde nach ihrem Eintreffen, hatte Natalja, so ihr angeblicher Name, den Vorschlag gemacht, auf ein Gläschen oder zwei in ihr Domizil zu fahren. Nur so zum Spaß. Zu diesem Zeitpunkt hatte Ernst schon einen in der Krone gehabt und der Verlockung, endlich wieder eine Frau abschleppen zu können, natürlich nicht widerstehen können. Wer hier wen abgeschleppt hatte, konnte man zwar nicht mit Bestimmtheit sagen, Ernst sowieso nicht. Aber was machte das schon. Er hatte Feuer gefangen, und der Verdacht, hier könne etwas nicht in Ordnung sein, wäre ihm nie im Leben gekommen. Wie auch, wenn man nicht mehr wusste, was die weibliche Anatomie alles zu bieten hatte. So eine Chance, die größte seines Lebens, hatte sich Ernst Blaschkowitz natürlich nicht entgehen lassen wollen. Ohne Rücksicht auf die Konsequenzen, die sich aus seiner Blauäugigkeit ergeben würden.

Denn die gab es reichlich, obwohl der liebestrunkene Buchhalter keinen Gedanken daran verschwendet hatte. An die Fahrt mit dem Taxi konnte er sich später ohnehin kaum erinnern, an die Nobelherberge unweit des Potsdamer Platzes, in der seine Angebetete logierte, noch viel weniger. Etablissements wie dieses kannte er nur von außen, Schlafzimmer attraktiver Damen um die 30 allenfalls vom Hörensagen. Nein, auf die Idee, hier könne irgendetwas nicht in Ordnung sein, war Blaschkowitz einfach nicht gekommen. Ebenso wenig wie auf den Gedanken, dass in dem geräumigen, mit Himmelbett, Vorhängen aus chinesischer Seide und Lammfellteppichen ausgestatteten Boudoir der mysteriösen Unbekannten mehrere Kameras und jede Menge

Wanzen versteckt sein könnten. In seinem Zustand wäre das auch ein bisschen viel verlangt gewesen, hatte er doch seine liebe Mühe gehabt, eine Flasche Raymond Boulard zu köpfen, mit seiner Eroberung anzustoßen und nach etlichen vergeblichen Versuchen den Reißverschluss ihres malvenfarbenen Kostüms zu öffnen.

»Würdest du mir einen Gefallen tun, Süßer?«, hauchte ihm der brünette Vamp schließlich ins Ohr, ausgerechnet in dem Moment, als sich Ernst Blaschkowitz aus Kreuzberg am Ziel seiner Wünsche wähnte. »Es soll dein Schaden nicht sein.«

»Jeden!«, versprach Blaschkowitz, trunken vor Glück, eine halb nackte Venus in seinen Armen zu halten, die ihn mit sanfter Gewalt auf ihr vergoldetes Messingbett zubugsierte. Und noch einmal: »Jeden.«

*

»Aber das hab ich Ihnen doch alles schon gesagt«, lamentierte der völlig konsternierte, aus allen Wolken gefallene Buchhalter immer und immer wieder und klammerte sich mit aschfahler Miene am Bettgestell fest. »Ich … habe keinen blassen Schimmer, wie sie heißt.« Im Kopf des in sich zusammengesunkenen und wie ein Häuflein Elend auf der Bettkante vor sich hinstierenden Möchtegern-Gigolos hörte es nicht auf zu rumoren, sodass er sich kaum auf seine

Umgebung konzentrieren konnte. Das galt sowohl für den käseweißen Jungspund auf dem Chippendale-Sofa gegenüber wie auch für seinen Begleiter, einen grimmig dreinblickenden und pockennarbigen Afroamerikaner mit Sonnenbrille. »Das können Sie mir glauben.«

Offenbar war jedoch genau das nicht der Fall. »Oder woher sie kommt«, leierte der muskulöse CIA-Agent, der anscheinend jede freie Minute im Kraftraum verbrachte und sich allein schon deshalb von seinem Begleiter auf dem Chippendale-Sofa unterschied. »Na ja, wenigstens kennen Sie ihren Vornamen. Für den Anfang gar nicht mal so schlecht.«

»Anfang?«

»Jetzt hören Sie mir mal gut zu, Mann. Falls Sie vorhaben, uns aufs Kreuz zu legen, wird das ernsthafte Konsequenzen haben, kapiert?«

»Konse…«, lallte Blaschkowitz, wagte es jedoch in Anbetracht der rüden Zurechtweisung nicht, weitere Fragen zu stellen. »So glauben Sie mir doch –«, beteuerte er stattdessen mit verzweifelter Miene, »sie ist eine Zufallsbekanntschaft. Mehr nicht.«

»Sehe ich das richtig: Sie behaupten, Ihre Gönnerin am gestrigen Abend zum ersten Mal gesehen zu haben?«, fragte der Pockennarbige, verschränkte die Arme und lehnte sich an die rot-weiß gestreifte Wand, an der ein Gemälde mit einer splitternackten Rokoko-Nymphe hing. »Das meinen Sie doch wohl nicht im Ernst.«

Im Begriff, Kontra zu geben, öffnete Blaschkowitz den ausgedörrten, nach Alkohol riechenden Mund.

Und überlegte es sich im letzten Moment anders.

Sein Gesprächspartner sah es mit Genugtuung, warf einen beiläufigen Blick auf das Gemälde und sagte: »Schon gewusst, dass die Dame, mit der sie sich vor einer Stunde vergnügt haben, in Wahrheit eine KGB-Agentin ist?«

Blaschkowitz verneinte.

»Tatsächlich?«

Verneinte abermals, ließ das Kinn auf die Brust sacken und schwieg.

»Eine Frage, Herr Blaschkowitz. Trifft es zu, dass Sie bis vor gut drei Jahren DDR-Bürger waren?«

»Ja.«

»Aus Frankfurt an der Oder?«

»Richtig.«

»Ehemaliges FDJ-Mitglied, im Anschluss daran Verwaltungsangestellter in einer LPG*?«

»In der Tat.«

»Mitglied einer Delegationen, welche sich aus Anlass des zehnjährigen Bestehens Ihres Betriebes zu einem Freundschaftsbesuch in Moskau aufhielt?«

---

* Landwirtschaftliche Produktionsgenossenschaft

»Sagen Sie, worauf wollen Sie eigentlich …«

»Sie reden, wenn Sie gefragt werden, klar? Haben Sie sich in der Sowjetunion aufgehalten – ja oder nein?«

»Ja.«

»Sind Sie im Anschluss daran von der Stasi angeworben worden – ja oder nein?«

»Jawohl. Woher …?«

»Kurz darauf Flucht in den Westen, Heirat und Tätigkeit als Buchhalter?«

Ein überraschter Augenaufschlag, konfuse Blicke, danach Stille.

»Und Sie wollen uns weismachen, Sie hätten die Dame, die sie vor gut zwei Stunden aufgegabelt haben, zum ersten Mal gesehen! Kommen Sie schon, Blaschkowitz – das meinen Sie doch nicht ernst, oder?«

»Was wollen Sie von mir?«

»Sehen Sie, so kommen wir der Sache schon näher.« Ein verächtliches Schmunzeln im Gesicht, stieß sich der CIA-Agent von der Wand ab und tippelte im Stil eines Revue-Tänzers auf Ernst Blaschkowitz zu. »Freut mich, dass Sie endlich zur Vernunft gekommen sind.«

»Ehrlich gesagt, weiß ich nicht, was Sie …«

»Und ob Sie verstehen, was ich meine.« Als habe er es mit einem renitenten Kind zu tun, ließ sich der Muskelprotz neben den verhinderten Ladykiller nieder und redete mit samtweicher Stimme auf ihn ein. »Wissen Sie, was ich glaube? Nein? Ich bin der Ansicht, Sie tun so, als ob Sie nicht bis drei zählen könnten.«

»Sagen Sie endlich, was Sie wollen.«

»Warum so ungeduldig, Blaschkowitz? Na gut, weil Sie es sind. Trifft es zu, dass es Ihrem Schwarm geglückt ist, Sie als Kurier für den KGB anzuwerben?«

Auf einen Schlag aschfahl, wich auch noch das letzte Quäntchen Farbe aus Blaschkowitz' Gesicht. »Als Kurier? Das … das … kann doch wohl nicht Ihr …«, stammelte der Möchtegern-Playboy, außerstande, auf die Beschuldigungen zu reagieren. Und dann, geraume Zeit später: »Sie müssen mich mit jemandem verwechseln.«

Das Narbengesicht, einer der versiertesten Verhörspezialisten in den Reihen der CIA, stieß ein gallenbitteres Lachen aus. »Angesichts der Dokumente, die uns in die Hände gefallen sind, der Geheimhaltungsstufe, der sie unterliegen, und der Tonbandmitschnitte Ihrer amourösen Eskapaden muss ich Ihnen leider widersprechen.« Der CIA-Agent grinste schief. »Lust auf eine kleine Kostprobe?«

Blaschkowitz sackte buchstäblich in sich zusammen. »Nein.«

»Verständlich.« Der Afroamerikaner, an die 20 Jahre jünger als sein völlig verdatterter Berliner Nebenmann, rümpfte die Nase, bleckte die elfenbeinfarbenen Zähne und wisperte: »Und jetzt wollen Sie sicherlich wissen, was wir mit Ihnen vorhaben.«

»Ja.«

»Wusste ich's doch.« Zum ersten Mal während des gesamten Verhörs schien Special Agent Jermaine Ross aus Detroit, dem die Zufriedenheit ins Gesicht geschrieben war, seinen Begleiter überhaupt zur Kenntnis zu nehmen und nickte ihm auffordernd zu. Dieser wiederum, gerade einmal 22, zehn Jahre jünger als Ross und Prototyp eines amerikanischen College-Boys, zögerte keine Sekunde und überreichte ihm die Kladde, welche die ganze Zeit über neben ihm auf dem Chippendale-Sofa lag. »Um es kurz zu machen, Blaschkowitz –«, fuhr Ross daraufhin fort, »Sie sind jetzt bitte so freundlich und unterschreiben dieses Verhörprotokoll, aus dem hervorgeht, dass die Vorwürfe, die gegen Sie und Ihre mittlerweile verhaftete Komplizin erhoben werden, absolut berechtigt sind.« Ross drückte seinem Nebenmann die Kladde in die Hand, zog das Revers seines Jacketts glatt und ergänzte: »Und zwar ohne Wenn und Aber.«

»Und was, wenn ich es nicht tue?«

»Mal ehrlich, alter Junge. Wer, denken Sie, würde Ihnen die Version vom eher zufällig in die Fänge des KGB geratenen Unschuldslammes glauben? Ausgerechnet Ihnen, dem ehemaligen FDJ-Mitglied, Moskautouristen und Stasi-Mitarbeiter. Äußerst unwahrscheinlich, finden Sie nicht auch? Nehmen Sie Vernunft an, Blaschkowitz, bevor es zu spät für Sie ist.«

»Zu spät? Aber ich …?«

»Keine Ausflüchte, Sportsfreund, sonst ist es mit meiner Geduld vorbei. Sie werden jetzt dieses Protokoll unterschreiben, aber ein bisschen plötzlich. Andernfalls werden wir die Inhaberin der Porzellanwarenfirma Blaschkowitz und Co. – keine Geringere also als Ihre offenbar über alles geliebte Ehefrau – über Ihre Eskapaden in Kenntnis setzen. Ganz schön peinlich, was? Vor allem, wenn man angeheirateter Fabrikbesitzer ohne wirkliche Befugnisse ist. Danach, mein Bester, werden wir die Polizei verständigen. Ich denke, 20 Jahre hinter schwedischen Gardinen werden das Mindeste sein, was Ihnen blüht.«

Ohne die hämischen Blicke von Ross zu erwidern, nahm Blaschkowitz seinen Füllhalter in Empfang und unterschrieb. »Und was nun?«, flüsterte er und warf dem CIA-Agenten einen schicksalsergebenen Seitenblick zu. »Was passiert jetzt mit mir?«

Jermaine Ross aus Detroit im US-Bundessaat Michigan, Verhörspezialist und Exekutor in einer Person, nahm die Kladde samt Füllfederhalter in Empfang, reichte sie an den College-Boy weiter und bleckte erneut die Zähne. »Jetzt, mein lieber Blaschkowitz«, triumphierte er, während sich seine rosafarbenen Lippen zu einem diabolischen Lächeln verformten, »jetzt haben Sie es endlich hinter sich!«

Dann zückte er seine Parabellum 08, presste sie seinem Opfer an die Schläfe und drückte ab.

5

Berlin-Tiergarten, Lehrter Stadtbahnhof | *04.45 h*

Drei viertel fünf. Auf die Minute pünktlich. Jetzt fehlte nur noch sein Kurier.

Und das nötige Quäntchen Glück.

Im Freien, auf dem gähnend leeren Bahnsteig, dämmerte bereits der Morgen, und während er den Blick über die triste Szenerie schweifen ließ, dachte er zunächst, es sei etwas schiefgegangen. Dann aber, als der Zug anfuhr, hörte er Schritte. Schritte, die verrieten, dass der Unbekannte, welcher sich ihm von hinten näherte, an Übergewicht litt. Und dass er es eilig hatte. Verdammt eilig sogar.

Na, wer sagt's denn, dachte er erleichtert, Sieg auf der ganzen Linie! Der Fahrgast mit dem südländischen Teint, wie aus dem Ei gepellt und trotz fortgeschrittenen Alters ohne die geringste Spur von Grau in der pechschwarzen, nach hinten gekämmten Mähne, lehnte sich entspannt zurück. In den vergangenen 24 Stunden war er ununterbrochen auf Achse gewesen, aus Sorge, enttarnt und dem KGB oder der Stasi ans Messer geliefert zu werden. Er hatte alles auf eine Karte gesetzt, mehr als einmal sein Leben riskiert und aus der Kontaktperson, auf die er seine Bemühungen konzentriert hatte, jede Menge brisante Informationen herausgeholt. Überaus brisant, um es akkurat auszudrücken. Er selbst war so überrascht gewesen, dass er sich das, was in weniger als 24 Stunden über die Bühne gehen würde, nie und nimmer hätte vorstellen können. Eine Mauer quer durch Berlin, mitten durch eine dicht besiedelte Stadt mit knapp drei Millionen Einwohnern. So etwas hatte es noch nie gegeben, und er fragte sich, was die Alliierten, insbesondere seine Regierung, dazu sagen würden. Vor allen Dingen natürlich die Zentrale in Langley*, an die er vor gut zwei Wochen den letzten Funkspruch abgesetzt hatte. Dies war auf die denkbar einfachste Weise geschehen, durch das Codewort ›Torgau‹. Im Klartext hieß das, es sei auf sowjetischer Seite derzeit mit keinerlei militärischen Aktionen gegen Westberlin und somit auch nicht mit dem wie auch immer gearteten Ernstfall zu rechnen. Dank seiner Quellen, die einmal mehr reichlich gesprudelt waren, konnte der Zarewitsch diesbezüglich absolut sicher sein. Im Gegensatz zu den üblichen Drohgebärden legte es Chruschtschow offenbar nicht darauf an, mit Kennedy die Klingen zu kreuzen und sein jahrelanges Vabanquespiel auf die Spitze zu treiben. Dazu fehlte ihm vermutlich doch der Schneid. Alles, worauf es den Russen anscheinend ankam, war, den am Tropf hängenden Satelliten namens DDR aus der

* Hauptquartier der CIA im US-amerikanischen Bundessaat Virginia, erbaut zwischen 1959 und 1963

Patsche zu helfen, und das bedeutete, dass Moskau die Zustimmung zum Bau einer Mauer mitten durch Berlin gegeben hatte.

Eine Mauer. Beim Gedanken daran konnte sich der Zarewitsch ein verächtliches Schnauben nicht verkneifen. Auf den ersten Blick war das natürlich reiner Wahnsinn, besonders, was das künftige Zusammenleben der Berliner betraf. Nach reiflicher Überlegung war er jedoch zu dem Schluss gekommen, dass die Gefahr eines Weltkrieges, die in den vergangenen Monaten deutlich zu spüren gewesen war, damit gebannt und Kennedy, beileibe kein Hardliner, fürs Erste aus dem Schneider war. Blieb also nur noch die Frage, wem die Aufgabe zufallen würde, dem Präsidenten die frohe Kunde zu überbringen. Er, der Agent für schwierige Missionen, hatte jedenfalls das Seine getan, und wenn er darüber nachdachte, was der Welt erspart bleiben würde, konnte er mit sich zufrieden sein.

Bis vor gut acht Jahren selbst noch sowjetischer Geheimdienstoffizier, kannte sich der Mittvierziger mit der mediterranen Hautfarbe in der Agentenszene bestens aus, ein Grund mehr, weshalb seine Widersacher letztendlich den Kürzeren gezogen hatten. So leicht konnte man ihm, dem Ex-Major des MGB*, nichts vormachen, weder die Stasi noch der aufgeschwemmte, buchstäblich aus den Nähten platzende Rausschmeißertyp, der wie ein Ele-

---

* sowjetische Staatssicherheitsbehörde (Vorläufer des KGB)

fant durch den Waggon trampelte, ihn scheel ansah und sich anschließend auf den gegenüberliegenden Fensterplatz fläzte.

»Summertime!«

Der Mittvierziger, mit dunklem Maßanzug, dazu passender, rot-weiß gestreifter Seidenkrawatte und Diorhemd bekleidet, verzog das gebräunte, bis auf ein paar winzige Grübchen faltenfreie Gesicht, aus dem die dunklen Augen und die leicht geschwungene Nase besonders hervorstachen. Um zu erkennen, mit wem er es hier zu tun hatte, bedurfte es keiner hellseherischen Fähigkeiten, es sei denn, er hätte noch nie einen Amerikaner gesehen. »And the livin' is easy.*«

»Fish are jumpin', and the cotton is high«, entgegnete der Fettwanst prompt und kam ohne Umschweife zur Sache: »Mission erfüllt?«

»Sieht ganz danach aus!«, versetzte sein Gegenüber, in CIA-Kreisen unter dem Decknamen Zarewitsch bekannt. Sein Instinkt sagte ihm, dass dem schwitzenden, Kaugummi mampfenden und ihm auf Anhieb unsympathischen Zweieinhalbzentnermann, der unentwegt an seinem strohblonden Haupthaar herumzupfte, nicht zu trauen war. Aus welchem Grund, wusste er selbst nicht so genau. »Ob zum Nutzen oder Schaden der Berliner, wird sich allerdings noch zeigen.«

---

*Titel einer Arie aus der Oper *Porgy and Bess* (1935) von George Gershwin

»So – wird es das?«, konterte das Schwergewicht mit unverkennbar texanischem Akzent, fuhr mit der Hand über den schweißnassen Stiernacken und wischte sie anschließend an seiner Stoffhose ab. »Irre ich mich, oder geht es hier um die Interessen unseres Landes?«

Drauf und dran, seinem Gegenüber die entsprechende Antwort zu geben, konnte sich der Zarewitsch gerade noch bremsen. Lediglich sein Oberlippenbart, ebenfalls pechschwarz, begann sich kaum merklich zu kräuseln. Kurz darauf, nach einem dezenten Schnauben, flog ein Lächeln über sein Gesicht. »Selbstverständlich!«, pflichtete er seinem Kontaktmann bei, mit jeder Sekunde, während der ihn sein Gesprächspartner beäugte, eine Idee misstrauischer gestimmt. »Sonst hätte ich mir die Mühe ja wohl …«

»Mühe oder nicht – wo sind die Unterlagen?«, fiel ihm der Texaner mit dem Bulldoggengesicht ins Wort. »Schließlich sind wir nicht zum Quatschen hier.«

»Wie recht Sie doch haben«, konterte der Zarewitsch und händigte dem Zweieinhalbzentnermann einen Umschlag aus, den er im Inneren seines Jacketts aufbewahrt hatte. »Bedienen Sie sich, Herr Kollege.«

Ohne Sinn für Ironie, aber auch ohne Gespür für gute Manieren, riss ihm der CIA-Agent, für den Tarnung und konspiratives Verhalten anscheinend

Fremdwörter waren, den Umschlag aus der Hand, beäugte ihn von allen Seiten und ließ ihn in seinem Aktenkoffer verschwinden. »Na, was glauben Sie, Kumpel«, raunte er dem Zarewitsch zu, nicht ohne sich zur Abwechslung einmal zu vergewissern, ob er und sein Gegenüber auch wirklich unter sich waren. »Legen es diese roten Bastarde darauf an, den dritten Weltkrieg vom Zaum zu brechen?« Ohne eine Antwort abzuwarten, ließ er seinen Worten sogleich eine finstere Drohung folgen: »Falls Chruschtschow und diese Witzfigur von Ulbricht tatsächlich so dämlich sein sollten, sich mit uns anzulegen, werden die mit Sicherheit ihr blaues Wunder er…«

»Mit Sicherheit nicht.«

Einmal in Fahrt, benötigte der texanische Fleischberg mehrere Sekunden, um die unerwartete Antwort zu verdauen. »Sehe ich das richtig –«, giftete er, die Augenlider nahezu geschlossen, zwischen denen ein Paar wie von Eis umschlossene Pupillen hervorlugten, »Sie sind allen Ernstes der Meinung, dieses rote Gesindel ist in der Lage, einen Touchdown hinzulegen?«

»Bedaure«, entgegnete der Zarewitsch, der nichts mehr hasste als das großspurige Getue, das der Südstaatler an den Tag legte. Schließlich handelte es sich bei dem, was sich derzeit in Berlin abspielte, nicht um ein Footballspiel, sondern um bitteren Ernst. »Aber meiner Meinung nach ist das momentan nicht der Punkt.«

»Sondern?«

Der beste Agent, über den die CIA im gesamten Ostblock verfügte, gab sich alle Mühe, nach außen hin Ruhe zu bewahren. Insgeheim wuchs seine Antipathie immer mehr, bis zu dem Punkt, an dem ihn seine Abgeklärtheit im Stich zu lassen begann. »Sondern die Tatsache, dass die Russen offenbar nicht daran denken, auf Westberliner Gebiet vorzudringen. Daran besteht in meinen Augen kein Zweifel.«

»Und woher wollen Sie das so genau wissen?«

Ein gequältes Lächeln war alles, wozu der Zarewitsch in diesem Moment fähig war, während er tief Luft holte, warf er einen Blick aus dem Fenster. Im gleichen Moment verließ der Zug die Station Bellevue, und er fragte sich, wie lange das unerquickliche Geplänkel, auf das er sich wider besseres Wissen eingelassen hatte, noch dauern würde. »Woher ich das so genau wissen will? Ganz einfach. Die Dokumente, die ich Ihnen soeben ausgehändigt habe, lassen keine andere Schlussfolgerung zu.«

»Interessant.« Als sei das Gespräch damit für ihn beendet, wuchtete Mister Heavyweight aus Texas zweieinhalb Zentner Lebendgewicht in die Höhe, umklammerte den Griff seines Aktenkoffers und wandte sich zum Gehen. Auf dem Mittelgang, wo er den Blick in beide Richtungen wandern ließ, drehte er sich noch einmal um. »Und was, wenn unsere Firmenleitung die Dinge anders sieht?«

»Gegenfrage: Wer, glauben Sie, sitzt momentan am längeren Hebel – der Direktor der CIA oder der Präsident?«

Der Fleischklops brach in schallendes Gelächter aus. »Bedaure«, revanchierte er sich mit unverhohlenem Spott, »aber meiner Meinung ist das momentan nicht der Punkt.«

»Ach, ja?«

»Sondern diesen Waschlappen von Präsident so weit zu kriegen, dass er nach unserer Pfeife tanzt, kapiert?«

»Moment mal! Soll das etwa heißen, dass meine Informationen …«

»… das Papier nicht wert sind, auf dem sie stehen – genau!« Ohne eine Miene zu verziehen, zerrte der Texaner eine russische Pistole vom Typ Makarow PM aus seinem Jackett und fuchtelte damit vor dem Gesicht des vermeintlichen Kollegen herum. Dass Letzterer nicht einmal mit der Wimper zuckte, fiel ihm im Eifer des Gefechts nicht auf. »Wie gut, dass Sie keinen Schaden mehr anrichten können.« Der Koloss lachte hämisch in sich hinein. »Diese Dokumente, meine ich. Und natürlich auch du, feiner Pinkel. Typen wie dich habe ich nämlich gefressen.«

»Ein Grund mehr, mich zu töten, nicht wahr?«

»Du hast es erfasst, Klugscheißer!«, bekräftigte der CIA-Agent, zielte auf seinen Gegenspieler und drückte mit einem schmierigen Lächeln im Gesicht so lange ab, bis sein Magazin komplett leergeschossen war.

»Reingefallen, was?«

Wie vom Donner gerührt, stand der Texaner einfach nur da und starrte das Objekt seiner Aversionen mit weit aufgerissenen Augen an. Seine Pistole hatte funktioniert, der Schalldämpfer auch. Das Magazin war voll gewesen, die verdammte Knarre so gut wie neu.

Irrtum ausgeschlossen!

Der Zweizentnermann verstand die Welt nicht mehr.

Alles hätte wie am Schnürchen geklappt. Er, Special Agent Dave Bradlee, 32, den sie zu Hause in Blackwell/Texas ›Beefeater‹ nannten, hätte seinen Job erledigt, samt Koffer und dazugehöriger Geheimdokumente die Fliege gemacht und sie am Bahnhof Zoo seinem Führungsoffizier übergeben, um sich anschließend Richtung Heimat zu verkrümeln.

Wenn, ja wenn sein Kontrahent, den er mit einer Mischung aus Wut, Verblüffung und lähmender Hilfslosigkeit anglotzte, nicht so verdammt clever gewesen wäre.

Dave Bradlee, aus dessen Mundwinkel der Speichel perlte, sein Flanellhemd bekleckerte und ihn wie den Trottel vom Dienst erscheinen ließ, stöhnte innerlich auf. Eine kugelsichere Weste. Eine gottverdammte, kugelsichere und allem Anschein nach funktionstüchtige Weste. So etwas konnte auch nur ihm passieren.

»Wie schön, dass Sie endlich auf den Trichter gekommen sind. Wurde auch langsam Zeit.« Der Zarewitsch, geboren in Leningrad, Ex-NKWDler* und vor nunmehr acht Jahren von der CIA angeworbener Major des sowjetischen MGB, stand die Belustigung ins Gesicht geschrieben. Wie nicht anders zu erwarten, währte diese jedoch nur kurz. »Einen Rat unter Kollegen –«, amüsierte er sich, eine Smith & Wesson in der feingliedrigen Hand, während er sich mit der anderen einen kubanischen Zigarillo in den Mundwinkel klemmte und es scheinbar mühelos fertigbrachte, ihn auch noch zu entzünden, »an Ihrer – oder sollte ich sagen: An deiner Stelle? – würde ich mich umgehend nach einem neuen Arbeitgeber umsehen. So viel Dilettantismus auf einmal bringt nur Ärger.«

»Leck mich am Arsch, Dressman.«

»Was mich zu Ihren Manieren bringt, an denen es noch so manches zu verbessern gibt. Nichts schlimmer als ein Vertreter seines Landes, der sich nicht zu benehmen weiß oder in kritischen Situationen die Fassung verliert.« Der Zarewitsch lehnte sich zurück und paffte ungeniert vor sich hin. »Nicht weiter tragisch, wenn man bedenkt, was Sie sich sonst noch geleistet haben.«

»Halt endlich die Klappe, sonst …«

---

* NKDW: Volkskommissariat für Innere Angelegenheiten

»Sie haben meinen Anzug ruiniert. Geradezu unverzeihlich, wenn Sie mich fragen. Genauso unverzeihlich wie Ihr Versuch, mich wie einen räudigen Köter zu liquidieren. So etwas tut man einfach nicht. Schon gar nicht unter Kollegen, finden Sie nicht auch?« Die Miene des ehemaligen NKWD-Offiziers erstarrte. »Nun gut, keine Antwort ist auch eine Antwort«, resümierte er, erhob sich und schlenderte auf seinen Widersacher zu, die Smith & Wesson immer noch in der Hand. »Sieht so aus, als müsste ich zu einer härteren Gangart übergehen. Machen wir es also kurz. Wer hat Sie auf mich angesetzt?«

»Vergiss es, Russki.«

»Wie ich sehe, sind Sie gut informiert.« Scheinbar teilnahmslos und ohne die Spur einer Gemütsregung blies der Zarewitsch seinem Widersacher den Rauch ins Gesicht, zielte auf Bradlees rechtes Bein und drückte ab.

Sekundenbruchteile später, noch ehe sich der süßlich duftende Zigarillorauch verflüchtigt hatte, heulte der CIA-Agent vor Schmerzen auf, ließ seinen Koffer fallen und umklammerte seinen fettstrotzenden Oberschenkel, aus dem das Blut zunächst tropfenweise, danach aber wie aus einer üppig sprudelnden Quelle hervorsickerte. Eine Weile noch taumelte Dave Walker Bradlee, Kurier in Diensten der CIA, wie ein riesiges, zum Kippen gebrachtes Fass hin und her. Dann aber, einen obszönen Fluch auf den Lippen, verlor er das Gleichgewicht, schlingerte, wimmerte, geiferte – und brach zu Füßen des Zarewitsch zusammen.

»Etwas dagegen, wenn wir unsere freundschaftliche Unterredung fortsetzen?«, lautete seine Frage, bevor er den Zigarillo in einen Abfalleimer warf und seine Smith & Wesson auf die Stirn seines Widersachers richtete. »Nein? Freut mich zu hören, Herr Kollege – schießen Sie los!«

6

Berlin-Charlottenburg, Bahnhof Zoo | 04.56 Uhr

Jim Brannigan, Führungsoffizier in Diensten der CIA, verstand die Welt nicht mehr. Zuerst hatte es geheißen, der Zarewitsch sei vermutlich hopsgenommen und vom KGB exekutiert worden.

Und dann, wie aus heiterem Himmel, er sei noch am Leben.

Da sollte mal einer schlau daraus werden.

Egal, was dahintersteckte, sein Schicksal ließ Brannigan nicht kalt. Zum einen, weil er den Zarewitsch angeworben, unter seine Fittiche genommen und einen Agenten aus ihm gemacht hatte, der bei der CIA seinesgleichen suchte. Aber auch, weil ihm der smarte Halbrusse während der acht Jahre, in denen er mit ihm zusammengearbeitet hatte, ans Herz gewachsen war. Das war natürlich ein Fehler, namentlich in diesem Job. Für Dinge wie Loyalität, Rücksichtnahme oder gar persönliche Sympathie war bei der CIA kein Platz. Da war man auf sich allein gestellt, da fraß man, um nicht gefressen zu werden. Nur so konnte man in der Branche, welcher er seit knapp 30 Jahren angehörte, überleben. Nur so, und nicht, indem man wie er den großen Bruder spielte. Das hatte er nach dem Anruf von

Calabrese, der ihn vor einer guten halben Stunde erreicht hatte, wieder einmal zu spüren bekommen.

An Deutlichkeit hatten die Worte von Flabby* Luke, die er zunächst für einen Scherz gehalten hatte, nämlich nicht zu wünschen übrig gelassen. Konspirative Zusammenkunft am Lehrter Stadtbahnhof, Übergabe hochbrisanter Dokumente und umgehende Liquidierung des seit mehreren Monaten verschollenen CIA-Agenten durch einen Kurier. Genauso hatte sich Calabrese ausgedrückt. Der 49-jährige, auf einen Gehstock gestützte und dank Halbglatze, ergrauter Schläfen und zerfurchten Gesichtszügen wesentlich älter wirkende Führungsoffizier der CIA konnte es immer noch nicht fassen. So etwas musste man erst einmal verdauen, selbst, wenn man wie er jahrzehntelang für die Firma tätig gewesen war. Vor allen Dingen, weil sich Calabrese über den Grund für seine Order ausgeschwiegen und sein beharrliches Nachfragen mit den Worten abgewürgt hatte, dies sei ein Befehl. Und daran habe er sich zum Teufel noch mal zu halten. Kontaktaufnahme, Sicherstellung der Geheimunterlagen und anschließende Liquidierung. Einwände und Fragen unerwünscht.

Wie gesagt, da sollte mal einer schlau daraus werden.

Um sich abzulenken, nahm Jim Brannigan einen

* dt.: schwabbelig

Schluck aus seinem Flachmann, steckte ihn wieder ein und ließ den Blick über den beinahe menschenleeren Bahnsteig wandern. Er war ein Mann, der nichts dem Zufall überließ, auch jetzt nicht, wo außer einer alten Frau, zwei einander lauthals zuprostenden Halbstarken und ihm selbst kein Mensch oder sonst etwas Verdächtiges zu sehen war. In ein, zwei Minuten würde die S-Bahn ankommen, Bradlee aussteigen und die Dokumente, an denen den Jungs in Langley offenbar so viel lag, auf diskrete Art und Weise in den dafür auserkorenen Abfalleimer werfen. Nach getaner Arbeit würde der Texaner, dem der Ruf des geborenen Killers vorauseilte, schleunigst das Weite suchen und er, Brannigan, besagte Unterlagen an sich nehmen, um sie unmittelbar danach einem Vertrauten von Calabrese auszuhändigen. Offenbar stand für die Herren in Virginia und Washington einiges auf dem Spiel, sonst hätte sich der Leiter von DECOP nicht die Mühe gemacht, höchstpersönlich auf der Bildfläche zu erscheinen. Brannigan hatte keine Ahnung, weshalb Calabrese einen derartigen Aufstand machte, aber da er sich abgewöhnt hatte, über Anweisungen von höchster Stelle nachzudenken, ließ er das Herumrätseln sein und wandte sich nach links, wo in der Ferne bereits die Lichter des Zuges auftauchten, in dem Bradlee vermutlich saß.

So denn alles glatt gegangen war.

Wohl wissend, wie makaber sein Gedankengang

war, umklammerte Brannigan seinen Stock und ließ sich auf einer Bank in unmittelbarer Nähe des Abfalleimers nieder. Von hier aus hatte er den besten Überblick, sowohl was die Stadtstreicherin betraf, die auf der Suche nach etwas Essbarem war, als auch in Bezug auf Bradlee, der, so die Abmachung, aus dem hinteren Waggon steigen würde.

Wenige Sekunden später war es schließlich so weit. Genau an der Stelle, wo Brannigan es sich bequem gemacht hatte, kam der Zug zum Stehen. Die beiden Halbstarken, offenbar nicht mehr ganz nüchtern, stiegen ein, insgesamt drei Personen, unter ihnen eine aufgetakelte, offensichtlich nach Kundschaft Ausschau haltende Blondine dagegen aus.

Von Bradlee oder dem Zarewitsch, auf den er so viele Hoffnungen gesetzt hatte, keine Spur.

Ohne Eile, dafür aber mit einer gehörigen Portion Unbehagen im Bauch, erhob sich Brannigan von seiner Bank, fluchte leise vor sich hin und humpelte auf den gelbroten S-Bahn-Waggon am Ende des Zuges zu. Ausgerechnet jetzt, im alles entscheidenden Moment, meldete sich sein steifes Bein zu Wort. Ein Souvenir an seine Zeit bei den Marines, als ihm irgendein Scheißjapse bei der Landung auf Okinawa eine Kugel verpasst und sein Knie zu Brei verarbeitet hatte. Der Schmerz ging durch Mark und Bein, setzte ihn mehrere Sekunden lang außer Gefecht. Aber Brannigan ließ sich nicht unterkriegen, biss die Zähne zusammen und humpelte weiter. Ein Kriegsinvalide an der unsichtbaren Front, unterwegs in geheimer Mission!, durchfuhr es ihn mit grimmigem Spott. Das konnte ja heiter werden.

Er sollte recht behalten. In dem Waggon, auf den er zusteuerte, rührte sich nichts. Brannigan runzelte die Stirn und blieb stehen. Irgendetwas war hier faul. Das war ihm mittlerweile bewusst.

Wie faul, sollte Jim Brannigan, im Pazifikkrieg schwer verwundeter Ex-Captain des US-Marine-Korps, umgehend bewusst werden. Nämlich dann, als sein Blick auf den Fahrgast fiel, der regungslos und wie in Stein gemeißelt am Fenster saß. Sein Kopf, so man von diesem Wort in Zusammenhang mit Bradlees Quadratschädel überhaupt Gebrauch machen konnte, war leicht zur Seite geneigt, hätte Brannigan es nicht besser gewusst, wäre er vermutlich auf den Gedanken gekommen, der Texaner habe einen über den Durst getrunken. Dass dem nicht so war, wurde ihm jedoch ziemlich rasch klar. So klar, dass er sich den Blick ins Wageninnere sparen konnte.

Doch davon konnte natürlich keine Rede sein. Brannigan wandte sich ab, biss die Zähne zusammen und humpelte fluchend und schwitzend auf die Waggontür zu. Dass die gegenüberliegende Tür offenstand, nahm er nur im Vorbeigehen wahr, den Leichnam auf dem Platz am Fenster dagegen umso mehr.

Special Agent Dave Bradlee, wohnhaft in Blackwell, Texas, war nicht einfach nur getötet, sondern durch einen gezielten Kopfschuss, vermutlich aus allernächster Nähe, regelrecht exekutiert worden. Das Loch knapp oberhalb der Nasenwurzel sprach eine deutliche Sprache, und Brannigan war lange genug in der Branche tätig, um sofort die richtigen Schlüsse zu ziehen. Ohne jeden Zweifel war hier ein Experte am Werk gewesen, ein Profi aus echtem Schrot und Korn. Jemanden zu töten war eine Sache, anschließend aber noch die Kaltblütigkeit zu besitzen, sein Opfer wie eine Schaufensterpuppe in Position zu bringen, etwas anderes. Für dergleichen kam nur einer infrage, und Brannigan brauchte nicht groß nachzudenken, auf wessen Konto der Schlamassel hier ging.

Kuragin. Juri Andrejewitsch Kuragin. Brannigan stieß eine nicht gerade stubenreine Verwünschung aus. Hatte dieser gerissene Hund also tatsächlich Lunte gerochen und es geschafft, Bradlee schachmatt zu setzen. Kaum zu glauben, aber wahr.

Blieb die Frage, wie er es fertiggebracht hatte, rechtzeitig abzuhauen.

Und wohin.

Die Antwort ließ nicht lange auf sich warten. Kaum war Brannigan bewusst geworden, dass sein ehemaliger Schützling demnächst zum Staatsfeind Nummer eins erklärt werden würde, wanderte sein Blick zum Fenster. Er musste zweimal hinsehen, war doch das, was sich auf dem gegenüberliegenden Bahnsteig abspielte, so unglaublich, dass er es zunächst nicht wahrhaben wollte.

Da stand er nun, sein Musterschüler, einen Aktenkoffer in der Hand und ein Lächeln auf dem gebräunten und mediterran anmutenden Gesicht. Deutete auf die Waggontür, über die er ins Freie gelangt war, und besaß die Dreistigkeit, den versiegelten braunen Umschlag, auf den demnächst die halbe CIA Jagd machen würde, aus dem Jackett zu ziehen und ihn seinem einstigen Mentor wie einen Köder darzubieten.

So selbstsicher und siegesgewiss, dass ein alter Fuchs namens Jim Brannigan erst gar nicht den Versuch machte, sich an seine Fersen zu heften.

VIER

›Hatte irgendein amerikanischer Geheimdienst glaubwürdige Vorausinformationen über die bevorstehende Grenzschließung besessen? Wenn der Kreis der Eingeweihten erst am Freitag, dem 11. August, erweitert wurde und die Aktion erst am Samstagnachmittag anlief, muss die Antwort nein lauten.‹

(Aus: George Bailey / Sergej A. Kondraschow / David E. Murphy: Die unsichtbare Front. Der Krieg der Geheimdienste im geteilten Berlin. Berlin 2000, S. 435)

ZAREWITSCH

Berlin / Hyannis Port,
USA / Wünsdorf,
Mark Brandenburg

(12.08.1961)

7

Berlin-Wannsee, Strandbad | *14.50 h*

Am Wochenende dienstfrei, stahlblauer Himmel und ein Panorama, wie es schöner nicht hätte sein können. Die bewaldeten Höhen jenseits der Havel, über deren Wipfel eine leichte Brise strich, der Wannsee, auf dem ein halbes Dutzend Segelboote und eine Motorjacht kreuzten, die sanften, im feinkörnigen Sand verebbenden Wellen und der Geruch von gebratenen Buletten in der Luft. Die Weiße mit Schuss, deren Geschmack er sich gerade auf der Zunge zergehen ließ, nicht zu vergessen.

Und Lea, die ihm gerade den Rücken eincremte.

So konnte man es wirklich aushalten.

Tom Sydow, 48 Jahre alter Hauptkommissar der Kripo Berlin, stieß einen wonnetrunkenen Seufzer aus, bettete das Kinn auf die verschränkten Hände und schloss die Augen. Lea, mit der er auf den Tag genau acht Jahre verheiratet war, hatte den Bogen raus, das musste ihr der Neid lassen. Von ihm aus konnte es noch ein paar Stunden so weitergehen, zumindest bis heute Abend. Oder am besten bis morgen früh.

Verdient hatte er sich das traute Beisammensein allemal. Im laufenden Monat, dem anstrengendsten eines noch viel anstrengenderen Jahres 1961, hatte er keinen einzigen Tag freibekommen, und er konnte sich nicht entsinnen, jemals so viel zu tun gehabt zu haben. Bislang war ihm die befürchtete Beförderung zum Kriminalrat zwar erspart geblieben, aber das bedeutete nicht, dass er auf der faulen Haut gelegen wäre. Angefangen beim Aktenwälzen, für das er nun wirklich nicht geschaffen war, hatte er gleich ein halbes Dutzend Fälle zu bearbeiten gehabt. Betrug, Einbruch, unerlaubter Waffenbesitz, die ganze Palette sozusagen. Damit ihm nur nicht langweilig wurde. Schlimmer als die Belastungen, die sein Beruf mit sich brachte, war jedoch die Nachricht gewesen, seine mittlerweile 23-jährige Stieftochter Veronika habe sich in einen Beamten der DDR-Volkspolizei verknallt. Wohl wissend, dass Sydow auf seine Kollegen im Ostteil der Stadt nicht besonders gut zu sprechen war, hatte Lea zwar versucht, ihm die Neuigkeit so schonend wie möglich beizubringen. Geändert hatte sich an Sydows Gemütsverfassung, der während der letzten acht Jahre Veronika wie einen Augapfel gehütet hatte, jedoch nichts. Seiner Ansicht nach gehörten sämtliche Vopos auf den Mond geschossen, und zwar auf Nimmerwiedersehen. Ulbricht und Konsorten, mit denen er ohnehin auf Kriegsfuß stand, selbstredend mit inbegriffen.

Auch wenn dies weder der Ort und schon gar nicht der richtige Moment dafür war, geriet Tom Sydow ins Grübeln. So wie er, der er das Glück hatte, im Westen zu leben, dachten anscheinend auch viele DDR-Bürger. Frei nach der Devise ›Ab durch die Mitte!‹ waren seit Beginn des Monats über 10.000 von ihnen getürmt, was zur Folge hatte, dass das Notaufnahmelager in Marienfelde allmählich aus den Nähten platzte. So konnte und würde es nicht weitergehen, das war jedermann klar. Keine Regierung der Welt konnte sich so etwas bieten lassen. Früher oder später würde Ulbricht die Notbremse ziehen, wenn nicht, wäre der Tag nicht mehr fern, an dem die SED-Bonzen in Pankow unter sich sein würden.

»So, jetzt ist es aber genug.«

Das hatte er nun davon. Anstatt die Freuden des Lebens zu genießen, hatte er nichts Besseres zu tun, als über Politik nachzugrübeln. Und prompt die Quittung dafür kassiert. »Genug?«, lamentierte Sydow, hob den Kopf und warf seiner Frau einen Blick zu, der so devot war, dass Lea laut auflachen musste. »So grausam kannst du doch nicht sein!«

»Und ob«, amüsierte sich die 45-jährige, überaus attraktive und charmante Frau, die stets erheblich jünger geschätzt wurde, als sie wirklich war. »Sonst wirst du mir noch übermütig.«

»Diese Gefahr besteht natürlich immer«, gestand Sydow ein, setzte sich auf und drückte ihr rasch einen

Kuss auf den Mund. »Tut mir leid – ich kann nun einmal nichts anders.«

»Ich muss doch sehr bitten, Herr Kriminalhauptkommissar – ein wenig mehr Selbstbeherrschung stünde Ihnen wahrhaftig gut zu Gesicht«, scherzte die gelernte Redakteurin, die auf das von in ihrem Namen genauso wenig wert legte wie ihr hochgewachsener, gut gebauter und trotz seines Alters immer noch jungenhaft wirkender Mann, auf dessen Gesellschaft sie in letzter Zeit allzu häufig hatte verzichten müssen. »Sonst muss ich mich über Sie beschweren.«

»Wenn schon, dann aber bitte nicht, bevor du mit mir angestoßen hast«, konterte Sydow und begab sich auf die Suche nach der Kühltasche, aus der er eine Flasche französischen Champagner und zwei Gläser zutage förderte und sie seiner sichtlich verdutzten Frau präsentierte.

»Und das am helllichten Tag – schäm dich, Tom.« Ein Lächeln auf dem gebräunten, durch ein Paar tiefblaue Augen, makellos weiße Zähne, volle Lippen und vereinzelte Sommersprossen umso anziehender wirkenden Gesicht, stimmte die Mittvierzigerin mit den bis auf die Schultern herabreichenden dunkelblonden Haaren kopfschüttelnd zu, ließ sich von Sydow einschenken und hob ihr Glas. »Mich zum Trinken zu verleiten, ich muss schon sagen.«

»Auf uns, Lea«, erwiderte Sydow freudestrahlend und tat es ihr gleich. »Und auf einen hoffentlich schönen …«

Alles, wonach Tom Sydow in diesem Moment der Sinn stand, war, mit Lea anzustoßen, noch eine Weile auf der faulen Haut zu liegen und den Abend in einem Restaurant auf dem Kuhdamm oder im Kino beziehungsweise zu Hause auf der Terrasse ausklingen zu lassen. Bis dorthin, auf die gegenüberliegende Seite des Sees, war es nur ein Katzensprung, und da Veronika mit ihrem Kavalier verabredet war, wäre ihm dies mit Sicherheit am liebsten gewesen. In letzter Zeit, nachdem Lea wieder beim RIAS angefangen hatte, war er immer häuslicher geworden und mit dem Tom Sydow vor acht Jahren kaum noch zu vergleichen, weshalb ihn die Kollegen, die er von früher kannte, kräftig auf die Schippe genommen hatten.

Ein schöner Abend, der erste seit mehreren Wochen. Das war doch wirklich nicht zu viel verlangt.

»Tom Sydow – bitte umgehend zum Ausgang.« Anscheinend doch. Der Tonfall, in dem die Durchsage gemacht wurde, ließ jedenfalls keine andere Schlussfolgerung zu. »Ich wiederhole. Tom Sydow, bitte sofort am Ausgang melden!«

*

»Sag mal, Kroko, hast du eigentlich noch alle Tassen im Schrank?«, empörte sich Sydow, als er seinen an der Kasse auf ihn wartenden Assistenten ausfindig gemacht und ihm statt einer Begrüßung den Vogel gezeigt hatte. »Kreuzt einfach hier auf und versaut mir den Tag – da bleibt dir doch glatt die Spucke weg!«

Wie in diesen oder ähnlichen Situationen ließ Eduard Krokowski, Anfang 30, frisch gebackener Kriminalkommissar und mehr als 12 Jahre lang Sydows rechte Hand, den Frontalangriff seines Vorgesetzten mit stoischer Gelassenheit über sich ergehen. »Befehl von jwo*«, flüsterte er und scharrte schuldbewusst mit dem Fuß. »Tut mir leid für dich, Tom, aber … aber …«

»Aber was?«, regte sich Sydow auf, offenbar nicht geneigt, sich besänftigen zu lassen. »Schon vergessen, dass ich heute Hochzeitstag habe?«

Krokowski, wie immer mit Fliege, bis oben zugeknöpftem Hemd und altbackenem Anzug bekleidet, wodurch er zur Zielscheibe endloser Frotzeleien im Präsidium geworden war, lugte wie ein geprügelter Hund unter seiner randlosen Brille hervor und nickte.

»Und dass ich dich altes Waschweib händeringend gebeten habe, auf Durchzug zu stellen und niemandem zu verraten, wo ich stecke?«

In seiner Not, die ihm zu allem Übel noch ein knallrotes Gesicht bescherte, zupfte Krokowski an seiner blassgelben Fliege herum, trat nervös auf der Stelle und beteuerte: »Hast du, Tom – hast du.«

---

* janz weit oben (Berliner Dialekt)

»Darf man fragen, wieso du dann nicht dichtgehalten hast?«

Das leibhaftige Elend namens Krokowski, einen Kopf kleiner als Sydow, von blässlicher Hautfarbe und klapperdürr, kehrte die Handflächen nach außen und hob die Schultern. »Du weißt ja, wie der Alte ist – wenn er sich etwas in den Kopf gesetzt hat, bringt ihn niemand davon ab.«

»Herr Kriminalrat Oelßner, so, so. Hätte ich mir ja denken können.« Schon bei der Erwähnung seines Erzrivalen kochte in Sydow die Galle hoch, und er musste aufpassen, dass er nicht aus den Latschen kippte. »Was hat er sich denn diesmal einfallen lassen?«

»Ein neuer Fall, Tom. Ziemlich mysteriös.« Bevor er die eigentliche Hiobsbotschaft überbrachte, wich Krokowski einen Schritt zurück und kratzte sich am Kinn. »Er … er hat mich damit beauftragt, dir mitzuteilen, du …«

»Sag, dass es nicht wahr ist, Kroko. Sag, dass es nichts mit dieser angeblichen Schießerei in der S-Bahn zu tun hat.«

»Wie – du hast davon gehört?«

Sydow schnitt eine alberne Grimasse. »Aber sicher, Watson«, lästerte er. »Beim Frühstück höre ich nämlich hin und wieder Radio, musst du wissen. Da kriegt man so was ja wohl mit, oder?«

»Na, dann ist ja alles klar!«, rief Krokowski erleichtert aus, atmete tief durch und strahlte über das ganze, im Gegensatz zu Sydow nicht einmal ansatzweise gebräunte Gesicht. »Ich würde vorschlagen, Tom, du packst jetzt deine Siebensachen und wir treffen uns in fünf Minuten am …«

»Nichts ist klar, Herr Kommissar. Aber auch rein gar nichts.« Sydow kochte immer noch vor Wut, nicht so sehr wegen Krokowski, dem er ohnehin nicht lange böse sein konnte, sondern infolge der Niedertracht eines gewissen Herrn Oelßner, der keine Gelegenheit ausließ, um ihm ein Bein zu stellen. »Richte dem Herrn Kriminalrat aus, er kann mich mal. Es gibt mindestens ein halbes Dutzend Kollegen, denen er den Fall aufbrummen kann, stimmt's, oder hab ich recht? Die machen das genauso gut wie ich. Oder sogar noch besser. Und sag ihm, ich habe drei Tage frei und werde erst am Dienstag wieder im Präsidium aufkreuzen. Wenn ihm das nicht passt, soll mich dieser 36-jährige Schnösel anrufen. Und dann werde ich ihn so was von runterputzen, wie er es in seiner gesamten Karriere noch nicht er…«

Wie so oft, wenn er im Begriff war, sich um Kopf und Kragen zu reden, spürte Sydow auf einmal diese Hand, welche seine Schulter mit sanftem Druck umklammerte. Leas Hand. Das genügte, um ihn wieder zur Räson zu bringen, wenngleich der Groll, welcher sich in ihm aufgestaut hatte, noch lange nicht überwunden war. »Na schön, bin gleich so weit«, murrte er. »Muss mir nur kurz was überziehen.«

»Geht in Ordnung«, antwortete Krokowski und bedachte Sydows Frau, die laut aufseufzend hinter ihrem Mann hertrottete, mit einem kummervollen Blick. Um kurz darauf, nachdem die beiden außer Hörweite waren, in besorgtem Ton hinzuzufügen: »Sieht so aus, als müsstest du dich warm anziehen, Tom.«

8

Berlin-Tempelhof, Schrottplatz am Tempelhofer Damm | *15.20 h*

Alfred Juskowiak, Spitzname Jumbo, hatte jede Menge Speck auf den Rippen, eine Eselsgeduld und ein ziemlich dickes Fell. Allein schon deswegen ließ es ihn kalt, wenn sein Chef ihm die Hölle heißmachte. Entweder man macht seine Arbeit richtig oder gar nicht, lautete sein eherner Grundsatz, weshalb er sich vom Gebrüll des Schrotthändlers, bei dem er seit nunmehr sieben Jahren in Lohn und Brot stand, auch nicht weiter beeindrucken ließ. Mit dem hellgrünen Opel Rekord, der soeben in der Schrottpresse gelandet war, stimmte etwas nicht. Das hatte er irgendwie im Gefühl.

Und so tat Alfred einfach das, was er im Angesicht des tobenden, mit Verwünschungen und finsteren Drohungen nicht geizenden Cholerikers und Inhabers von Lenuweit und Co. schon des Öfteren getan hatte. Er schaltete auf Durchzug. Angesichts seines Naturells fiel ihm dies nicht weiter schwer, war er doch felsenfest überzeugt, ein untrügliches Gespür dafür zu besitzen, wenn irgendetwas nicht in Ordnung war. Oder, wichtiger noch, einen Riecher für verloren gegangene Wertsachen. Vor nicht allzu langer Zeit hatte er sogar einen Geldbeutel gefunden und seinen Inhalt zum Anlass genommen, mal wieder ordentlich die Puppen tanzen zu lassen. Überhaupt war im Lauf der Jahre einiges zusammengekommen, angefangen bei wertvollem Schmuck bis hin zu verloren gegangenen Papieren oder einer Stange Lucky Strike. Aus diesem Grund, aber auch, um seinem Chef eins auszuwischen, hielt Alfred Juskowiak alias Jumbo die Schrottpresse an, wischte sich die schwieligen Pranken ab und trat an den Rand der Grube, in der das völlig durchgerostete Gefährt gelandet war.

Und prallte augenblicklich zurück.

Der Grund hierfür war, wieder einmal, Alfreds siebter Sinn. Der Stofffetzen, vermutlich Teil eines Jackettärmels, sprach eine deutliche Sprache. Er ragte nur wenige Zentimeter über den Rand des geschlossenen Kofferraums hinaus, immerhin so weit, dass Jumbo es sich im Grunde sparen konnte, den Opel wieder aus der Grube zu hieven und nachzusehen, was sich in seinem Inneren verbarg. Das konnte er sich weiß Gott denken, obwohl er im Stillen hoffte, dass sich seine Befürchtungen nicht bewahrheiten würden.

Knapp fünf Minuten später, bei einem flüchtigen Blick in den Kofferraum, sollten sich Alfreds Hoffnungen auf die Fehlerhaftigkeit seines ansonsten untrüglichen Instinktes jedoch zerschlagen.

Wieder einmal, so schien es, hatte er den richtigen Riecher gehabt. Und das Gefühl, den Toten, der dort lag, schon einmal gesehen zu haben.

9

Bahnhof Berlin-Wannsee | *16.10 h*

»Für dich, Sydow – frisch aus dem Gruselkabinett.« Eher beiläufig und mit einem Schuss Ironie drückte Heribert Peters, Chefgerichtsmediziner am Krankenhaus Moabit, seinem langjährigen Freund und Kollegen einen Schnellhefter in die Hand, vollführte eine theatralische Verbeugung und konnte es sich nicht verkneifen, ein affektiertes Lächeln hinterherzuschieben. »Du freust dich doch, oder?«

»Und wie.« Sydow klappte den Schnellhefter auf, betrachtete die darin abgehefteten Schwarz-Weiß-Aufnahmen und Skizzen und überflog die insgesamt acht Seiten Text. Anschließend hob er den Blick und fragte: »Irrtümer ausgeschlossen?«

Peters, fast genauso alt, jedoch beinahe doppelt so schwer wie sein Freund und ein erklärter Gegner sportlicher Betätigung, verzog das hochrote Gesicht und ließ seiner Grimasse einen verdrießlichen Blick folgen. »Wenn du glaubst, ich lasse mich von dir rumschikanieren«, tönte der Gerichtsmediziner mit Lehrstuhl an der FU Berlin, »hast du dich gewaltig …«

»… geschnitten, ich weiß«, vollendete Sydow und

ließ sich herab, ihm einen Platz auf dem Kieshaufen in unmittelbarer Nähe der aus dem Verkehr gezogenen S-Bahn-Waggons anzubieten, die nun schon seit Stunden auf einem Nebengleis des S-Bahnhofes Wannsee standen. Mehr als 100 Meter entfernt, auf dem Bahnsteig, hatte sich eine Gruppe Halbstarker um ein Transistorradio geschart, und Sydow fragte sich nicht zum ersten Mal, was an der Musik von Elvis denn so Besonderes war. Er persönlich stand eher auf Glenn Miller, woran sich vermutlich nichts ändern würde. »Sag mal, welche Laus ist denn dir über die Leber gelaufen?«

»Gar keine. Wieso?«

»Weil du in letzter Zeit immer so schnell auf die Palme gehst – darum.«

Deutlich moderater im Ton, ließ die temperamentvolle, zu cholerischen Ausbrüchen neigende und in Expertenkreisen durchaus geschätzte Koryphäe auf dem Gebiet der forensischen Medizin das zerzauste Haupt hängen und stierte gequält vor sich hin. »Gut beobachtet, Tom.«

»Spuck's aus, Dicker, wo drückt der Schuh?« Sydow bot seinem Freund eine HB an, und Peters griff derart gierig zu, dass dem edlen Spender beinahe die Schachtel aus der Hand gerutscht wäre. »Jetzt mach schon, Heribert, und lass dir die Würmer nicht einzeln aus der Nase …«

»FdH-Kur*«, gestand der Pathologe und sog

* Friss die Hälfte

das Aroma der HB genüsslich ein. »Täte mir zur Abwechslung mal ganz gut. Meint Evelyn.«

Sydow ließ die Zigarettenschachtel auffällig rasch in seiner Brusttasche verschwinden und bedachte sie mit einem wehmütigen Blick. »Kleine Entziehungskur«, fügte er kleinlaut hinzu. »Täte mir zur Abwechslung mal ganz gut. Meint Lea.«

Peters kugelte sich beinahe vor Lachen. »Na, dann können wir beide ja zusammen gehen!«, rief er aus und verpasste Sydow einen derart heftigen Rippenstoß, dass sein Freund beinahe das Gleichgewicht verloren hätte. »Doppelt so viel arbeiten und halb so viel futtern – auch eine Logik.«

»Na ja«, bemerkte Sydow und wandte seine Aufmerksamkeit wieder dem Obduktionsbericht zu, während die S-Bahn den nächsten Pulk Sommerfrischler ausspie, die es in hellen Scharen an den Wannsee zog. »Immerhin besser, als wenn dir jemand eine Kugel durch die Birne jagt.«

»Besonders, wenn dieser Jemand eine 29er Smith & Wesson benutzt zu haben scheint. Kaliber .44 Magnum, versteht sich.« Peters nahm einen weiteren Zug, hatte jedoch auf einmal genug und drückte seine Fluppe kurzerhand aus. »Bevor du mich wieder fragst, ob ich meiner Sache sicher bin: ja, bin ich. Einschlag des Geschosses knapp zwei Zentimeter oberhalb der Nasenwurzel. Abgefeuert aus geringer Entfernung, nach meinem Dafürhalten um die drei Meter. Sieht ganz danach aus, als sei Mister

Schwergewicht … äh … Mister Unbekannt buchstäblich exekutiert worden.«

»Sonst noch was von Bedeutung?«

Peters errötete. »Knapp 120 Kilo Lebendgewicht, männlich, um die 30, vermutlich Amerikaner.«

»Sicher?«

»Jetzt ist es aber wirklich ge…«

»Halt, mein Freund – wer wird denn gleich in die Luft gehen!«, lachte Sydow und blinzelte Peters, den er für sein Leben gern auf die Schippe nahm, mit unverhohlener Schadenfreude an. »Greife lieber zur HB, dann …«

»Geht alles wie von selbst«, brummelte der Gerichtsmediziner, nach außen grantig, in Wahrheit aber längst an Sydows Frotzeleien gewöhnt. »Willst du nun Bescheid über Mister Vollschlank wissen oder nicht?«

»Natürlich, Heribert – ich bin ganz Ohr.«

Peters verpasste Sydow einen erneuten Rippenstoß, riss ihm die HB-Schachtel aus dem Hemd und verkündete mit stolz geschwellter Brust: »Bei dem rot karierten Flanellhemd, das er trug, handelt es sich zweifelsohne um ein aus den USA stammendes Exemplar der Marke ›Dr. Denim‹. Auf dem deutschen Markt nicht zu haben, es sei denn, man ist Angehöriger der hiesigen amerikanischen Garnison und hat die Möglichkeit, sich in den PX-Läden einzudecken.«

»Oder man wird beschenkt.«

»Oder hat Beziehungen, kann natürlich sein.« Nachdenklich geworden, knetete Peters sein monströses Doppelkinn, wog die Zigarettenschachtel in der Hand und gab sie Sydow zurück. »Einigermaßen mysteriös, in der Tat«, räumte er nachdenklich ein.

»Wieso?«

»Weil der Unbekannte offenbar im Besitz einer Makarow mit integriertem Schalldämpfer gewesen zu sein scheint. Lag direkt neben ihm, unter einem Sitz. Das Bemerkenswerte daran: Das Magazin, ausreichend für insgesamt acht Schuss, war vollkommen leer. Da bist du platt, Herr Kriminalhauptkommissar, was?«

»So ziemlich.« Sydow verschränkte die Hände, stützte das Kinn auf den linken Zeigefinger und starrte so lange vor sich hin, bis es Peters zu bunt wurde und er sich mit lautem Ächzen erhob. »Weißt du, was ich glaube, Wonneproppen?«

»Nee, Mister Universum.«

»Dass wir auf dem besten Wege sind, uns jede Menge Ärger einzuhandeln.«

Peters winkte gelangweilt ab. »Sind wir doch immer, oder? Ich muss nur an die Geschichte mit dem Bernsteinzimmer denken, und mir wird jetzt noch ganz anders.«

»Stimmt.« Gemeinsam hatten er, Sydow, und sein Busenfreund Heribert Peters schon eine Menge durchgemacht. Besonders dramatisch war es bei der Jagd nach dem Bernsteinzimmer zugegangen, wobei es ihm immer noch nicht in den Kopf wollte, weshalb Kuragin, mit dem er sich damals angefreundet hatte, von einem Moment auf den anderen verschwunden war. Einfach so, fast auf den Tag genau vor acht Jahren. Ohne ihn und seine Hilfe hätte er die Lösung des Falles abschreiben können, davon war er mehr denn je überzeugt. Umso merkwürdiger, dass sich der ehemalige MGB-Offizier zuerst in den Westen abgesetzt und nur wenige Wochen später für immer von der Bildfläche verschwunden war. »Aber wie heißt es doch so schön: Unkraut vergeht nicht.«

»Was dich angeht, trifft diese profunde Erkenntnis sicherlich zu.« Peters, der sich die Gelegenheit zu einer Retourkutsche nicht entgehen ließ, hob einen Kieselstein auf, schleuderte ihn in hohem Bogen ins Gebüsch und griff das Thema, um das es ging, wieder auf. »Du meinst also, wir stehen im Begriff, ins Fettnäpfchen zu treten.«

Sydow nickte.

»Soll heißen, du tippst darauf, dass der KGB und die CIA oder welcher Schnüfflerverein auch immer auf höchst ungalante Art aneinandergeraten sind.«

»Genau so könnte man es ausdrücken, Dicker.«

»Begründung?«

»Eine Makarow hier, eine Smith & Wesson da –«, grübelte Sydow und spielte geistesabwesend an seinem Ehering herum, »ziemlich eindeutig, oder?«

»Findest du?«

»Wieso denn nicht?«

Der Gerichtsmediziner wog bedächtig das Haupt. »Kann sein, dass du recht hast«, räumte er unschlüssig ein, von dem, worauf Sydow hinauswollte, alles andere als überzeugt. »Kann aber auch nicht sein, wer weiß. Ich finde, wir sollten uns davor hüten, voreilige Schlüsse zu ziehen.«

»Wie du meinst.« Sydow drückte das Kreuz durch, schlug mit der flachen Hand auf die Oberschenkel und stand ebenfalls auf. Auf der Bahnsteiguhr war es genau Viertel nach vier, und allmählich wurde ihm klar, dass aus dem gemeinsamen Abend mit Lea nichts werden würde. »Sieht so aus, als müssten wir hier campieren.«

»Nur Geduld, Tom – in der Ruhe liegt die Kraft.« Beinahe gleichzeitig wandten sich Sydow und sein wohlbeleibter Freund der Waggontür zu, von der aus die Stimme von Waldemar Naujocks, Leiter der Spurensicherung, kam. »Die Lage ist ernst – aber nicht hoffnungslos.«

»Freut mich zu hören, Waldi«, entgegnete Sydow, nachdem er zusammen mit Peters den Waggon betreten und ihm bis zu der Stelle gefolgt war, wo der Unbekannte sein Leben ausgehaucht hatte. Davon zeugte der dunkelrote Fleck, auf den Naujocks und ein halbes Dutzend Beamte, die sämtliche Waggons unter die Lupe genommen hatten, zu Beginn ihrer Untersuchung gestoßen waren. »Schon irgendwelche Erkenntnisse?«

»Mehr, als unter den gegebenen Umständen zu erwarten gewesen wäre«, antwortete Naujocks, einer der größten Fans, die Elvis Presley jemals gehabt hatte, zumindest in den Reihen der Berliner Polizei. Seine Haartracht, auf die er besonders stolz war, sorgte zwar hin und wieder für Sticheleien, aber davon ließ sich Naujocks nicht beeindrucken und verwandte mehr Zeit auf seine Elvis-Tolle wie sämtliche Sekretärinnen im Präsidium auf ihr tägliches Make-up. »Hat sich jedenfalls gelohnt, die Bude auf den Kopf zu stellen.«

»Sag bloß, du hast schon eine Theorie«, murmelte Sydow, beugte das Knie und betrachtete den Fleck, dessen Farbtönung derjenigen von verschüttetem Rotwein glich.

»Zumindest so was in der Art, Tom«, entgegnete Naujocks, der sich nicht weiter mit dem Blutfleck aufhielt, sondern Sydow bedeutete, ihm in den hinteren Bereich des Waggons zu folgen. »Rate mal, was ich gefunden habe.«

»Den Feierabend?«

»Selten so gelacht.« Naujocks lächelte gequält und deutete auf den Sitz, neben dem er gerade Aufstellung genommen und mit der Attitüde eines Museumsführers auf ein winziges Loch im Polster des Fenstersitzes rechts von ihm gedeutet hatte. »Wenn du es genau wissen willst – das da.«

»Lass mich raten: Es handelt sich um ein Einschussloch.«

»In der Tat, Mister Holmes.«

»Um ein Loch, das von einem aus nächster Nähe abgefeuerten und vermutlich aus einer Makarow stammenden Projektil verursacht wurde.«

»Das Merkwürdige daran?«

»Besteht darin, dass es keinerlei Indizien dafür gibt, wo die übrigen aus der Waffe des Mordopfers stammenden Patronen abgeblieben sind.«

»So sie denn nicht schon vorher verballert wurden«, fügte Peters griesgrämig hinzu.

»Möglich, aber nicht gerade wahrscheinlich, Heribert«, widersprach Sydow, kratzte sich an der Nasenspitze und wechselte einen Blick mit Naujocks, auf dessen pausbäckigem, von einem Paar dunkler Koteletten flankierten Gesicht sich ein spitzbübisches Lächeln ausbreitete. »Irgendwo müssen die blauen Bohnen schließlich abgeblieben sein. Ihr habt ja wohl alles abgesucht, Waldi, oder?«

»Worauf du dich verlassen kannst, Tom«, versicherte Naujocks und fuhr mit dem Kamm durch das dunkle, mit reichlich Gel versehene Haar. Um im Anschluss an diese Geste demonstrativer Abgeklärtheit seinen Köder auszuwerfen: »Weißt du, was ich glaube, Tom?«

Sydow schüttelte den Kopf.

»Dass die Person, auf deren Konto der Mord an Herrn Inkognito geht, eine kugelsichere Weste getragen haben könnte.«

»Jetzt geht aber deine Fantasie mit dir durch, Waldi.«

»Warum so skeptisch?« Keineswegs gekränkt, ließ Naujocks nicht locker und redete wie ein Wasserfall auf seine Kollegen ein: »Die beiden kriegen sich in die Wolle, Mister Unbekannt springt auf und feuert auf seinen Kontrahenten. Mit einer gehörigen Portion Wut im Bauch, versteht sich. Wäre dem nicht so gewesen, hätten zwei, drei Kugeln ja wohl gereicht. Eine davon bleibt jedenfalls im Sitz stecken, die übrigen, so zumindest meine Theorie, in der kugelsicheren Weste. Gut möglich, dass unser Dickerchen bereits im Aufbruch begriffen war und die Schüsse aus größerer Distanz, ich würde sagen aus vier oder fünf Metern, abgegeben worden sind. Sonst hätte es den Täter vermutlich erwischt, kugelsichere Weste hin oder her.«

»Durchaus plausibel, Waldi«, gestand Sydow gedankenverloren ein und deutete auf den Blutfleck, neben dem er immer noch stand. »Und weiter?«

»Anschließend hat er ihm ins Bein geschossen.«

»Heißt, er hatte nicht die Absicht, ihn sofort zu töten.«

»Sondern?«, forschte Peters, aus dessen Baritonstimme die gewohnte Skepsis gewichen war.

»Sondern um ihn auszuquetschen«, vollendete Naujocks auf eine Art, die jegliche Einwände von vornherein auszuschließen schien. »Ob mit Erfolg oder nicht, lässt sich natürlich nicht sagen.«

»Fazit: Geht man von der Knarre aus, die sich im Besitz der beiden Streithähne befand, müsste man auf ein gewaltsames Aufeinandertreffen zwischen feindlichen Agenten schließen«, folgerte Sydow, sichtlich beeindruckt von der Kombinationsgabe des deutlich jüngeren Kollegen, trotz alledem jedoch nicht rundum zufrieden. »Woher willst du eigentlich wissen, dass sie einander gegenübergesessen sind, Waldi?«

»Ganz einfach. Das Opfer hat ein Andenken hinterlassen.«

»Tatsächlich?

»Haare, Tom«, triumphierte Naujocks, das für ihn typische Lausbubenlächeln im Gesicht. »Jede Menge blonde Haare. Durchaus naheliegend, dass sie ihm ausgegangen sind.«

»Beziehungsweise weiter ausgehen werden«, warf Peters, der ungekrönte König des schwarzen Humors, ohne eine Miene zu verziehen ein. »Traurig, aber wahr.«

Sydow, kein Kostverächter, wenn es um derbe Späße ging, gab ein missbilligendes Räuspern von sich und wandte sich seinem Freund und Kollegen zu. »Wie lange ist er eigentlich schon tot, Leichenfledderer?«

»Endlich mal jemand, der sich einer gepflegten Ausdrucksweise bedient«, setzte sich der Gerichtsmediziner gekonnt zur Wehr. »Und der meine Dienste zu schätzen weiß.«

»Wie lange er tot ist, will ich wis …«

»Steht alles in meinem Bericht.«

Sydow tat so, als habe er die bissige Antwort nicht gehört, warf einen Blick in die Kladde und murmelte: »Neun bis zwölf Stunden, aha. Nicht auszuschließen, dass der Mörder längst über alle Berge ist.« Und dann, für die Anwesenden kaum zu verstehen: »Wisst ihr, was mir dabei Spanisch vorkommt, Jungs?«

»Keine Ahnung«, beeilte sich Peters zu antworten, dessen Magen laut und vernehmlich zu rebellieren begann.

»Mal ehrlich. Glaubt ihr wirklich, ein Russe und ein Ami treffen sich zu einem Plauderstündchen in der S-Bahn, machen es sich bequem und haben anschließend nichts Besseres zu tun, als sich gegenseitig an die Gurgel zu gehen?« Sydow ließ den Blick zwischen Naujocks und Peters hin und her pendeln, wandte sich ab und trat ans Fenster, um ein wenig mehr Luft in das stickige, nach Staub, Schweiß und geronnenem Blut riechende Abteil zu lassen. »Nee, Männer, ganz so einfach, glaube ich, ist die Chose leider …«

Doch er kam nicht dazu, seine Absicht in die Tat umzusetzen. »Tut mir leid, dass ich störe, Tom«, wurde er von einer ihm wohlbekannten Stimme unterbrochen, »aber der Lokführer wartet nun schon seit einer Stunde darauf, von dir befragt zu werden.«

»Na, dann woll'n wir mal, Kroko«, willigte Sydow, des Herumrätselns müde, umgehend ein, nickte seinen beiden Gesprächspartnern zu und hatte es plötzlich eilig, sich vom Tatort zu entfernen. »Bis später, Jungs.«

»Bis später, Herr Großinquisitor«, rief ihm Peters hinterher. »Und vergiss mir die Daumenschrauben nicht!«

»Apropos Vernehmung, Tom – es gibt Neuigkeiten.«

In Gedanken bei dem bevorstehenden Gespräch, hatte Sydow nicht bemerkt, dass Krokowski auf halber Strecke haltgemacht, die Stimme gesenkt und sich vorsichtshalber umgesehen hatte. Hier drunten in der Unterführung roch es noch penetranter als im Zug, und auf einmal verspürte Sydow das Verlangen, einfach alles stehen und liegen zu lassen und sich wieder an den Wannsee zu verkrümeln. Wenn schon nicht der Herr Kriminalrat, so würde sich wenigstens Lea darüber freuen, und das war ja wohl das Wichtigste. Da er sich und sein preußisches Pflichtbewusstsein aber nur zu gut kannte und diesbezüglich nicht aus seiner Haut konnte, blieb er einfach stehen und hörte Krokowski, der ihn mit den neuesten Hiobsbotschaften versorgte, mit wachsendem Unbehagen zu.

»Um die 50, soso. Ermordet. Endstation Schrottpresse. Und ausgerechnet wir sollen den Fall übernehmen!«, rutschte es ihm am Ende von Krokowskis Monolog heraus. »Dieser Jungspund hat doch wirklich nicht mehr alle Tassen im Schrank.«

»Bekloppt oder nicht, Tom – uns bleibt ja wohl nichts anderes übrig, oder?«

Kaum war die Stimme seines Assistenten in der weiß gekachelten, nach Urin, verschüttetem Bier und Hundekot riechenden Unterführung verhallt, wurde Tom Sydow klar, dass er den Abend mit Lea, auf den er sich wie ein kleines Kind gefreut hatte, endgültig abschreiben konnte.

Und die Nacht vermutlich auch.

10

111 Irving Avenue, Hyannis Port, Maine / USA
| 11.35 h Ortszeit, 17.35 h Berliner Zeit

Wie immer, wenn er das Wochenende in Hyannis Port verbrachte, war der Präsident spät aufgestanden. Heute, am Samstagmorgen, sogar noch etwas später als sonst. Kein Wunder, ging es ihm doch so schlecht wie seit Wochen nicht mehr. Gestern Nachmittag, während des Fluges in sein Urlaubsdomizil, war er von furchtbaren Unterleibsschmerzen geplagt und sie trotz der Narkotika, die man ihm daraufhin verabreicht hatte, nicht mehr losgeworden. Auf Anraten seiner Ärzte, die seinen Zustand mit Besorgnis sahen, hatte er sich daraufhin vorgenommen, richtig auszuspannen, ohne Rücksicht auf Verluste und nach Möglichkeit den ganzen Tag. Egal wie besorgniserregend die Nachrichten, speziell diejenigen aus Berlin, auch klingen mochten. Er würde jetzt in aller Ruhe frühstücken, dabei Zeitung lesen und das CIA-Memo auf dem Wohnzimmertisch einstweilen ignorieren.

Und damit Schluss.

Der Blick von der Terrasse des weiß getünchten, im Kolonialstil erbauten und unweit der protzigen Villa seines Vaters gelegenen Ferienhauses war atemberaubend wie immer, speziell an einem Tag wie heute. Kein Wölkchen trübte seinen Blick, auf dem Nantucket-Sund kreuzten die Segelboote und das Meer war ruhig und spiegelglatt. Von irgendwoher aus der Nähe erscholl das Lachen seiner Tochter Caroline, der es hier draußen nie langweilig zu werden schien. Und sein ganzer Stolz, Kennedy Junior, spielte mit seiner Nanny.

Kennedy setzte sich an den opulent gedeckten Tisch, schenkte sich eine Tasse Kaffee ein und ließ sich von seiner Haushälterin, die ihn wie immer emsig umsorgte, Toast mit Rühreiern, Schinken und Speck und zum Abschluss ein Glas gekühlten Orangensaft servieren. Fast augenblicklich hellte sich sein bis dahin gequälter Gesichtsausdruck auf, und das berühmte Kennedy-Lächeln flog über sein Gesicht. So und nicht anders stellte er sich den Beginn des Wochenendes vor, von dem er hoffte, dass es ein möglichst geruhsames werden würde.

Dass seine Hoffnung trog, wollte John F. Kennedy nicht wahrhaben, ebenso wenig wie die Schlagzeilen, auf die seine Augen fielen. Spekuliert wurde in der Politik bekanntlich viel, schließlich lebten diese Zeitungsfritzen davon. Im Hinblick auf die Sorgen, die ihn momentan plagten, hätte es ruhig ein bisschen weniger sein dürfen, weshalb es der Präsident bei einer oberflächlichen Lektüre beließ, die New York Times wieder zusammenfaltete und sich stattdessen noch eine Tasse Kaffee nachschenkte.

Aus dem geruhsamen Samstagmorgen, wie er ihn sich vorgestellt hatte, sollte jedoch nichts werden. Schuld daran war wieder einmal das Telefon, dessen schrilles Läuten ihn aus sämtlichen Träumen riss. Nichts Gutes ahnend, ignorierte er es zunächst nach Kräften, doch als ihn seine Frau an den Apparat rief, beschlich ihn das dumpfe Gefühl, dass aus dem freien Tag, auf den er sich die ganze Woche gefreut hatte, vermutlich nichts werden würde.

Eine Befürchtung, die sich prompt bewahrheiten sollte. »Entschuldigen Sie bitte die Störung, Mister President«, meldete sich eine wohlbekannte Stimme, worauf Kennedy tief durchatmete und sich mit verkniffener Miene in den Plüschsessel neben dem Telefon fallen ließ. »Aber es gibt da ein paar Dinge, über die Sie umgehend in Kenntnis gesetzt werden sollten.«

»Lassen Sie mich raten, Luke«, versetzte der Präsident in der trügerischen Hoffnung, Luciano Calabrese von vornherein den Wind aus den Segeln nehmen zu können, öffnete den Kragen seines Polohemdes aus dem Hause Fred Perry und zupfte lustlos an seinen hellblauen Shorts herum. »Es geht um Berlin.«

»Sie sagen es, Mister President. Es hat Ärger gegeben – *wieder mal.*«

»So viel, dass Sie nicht bis Montag warten konnten?«

»Ich fürchte schon, Sir«, gab Calabrese, dem

Kennedy am liebsten Gift verabreicht hätte, trotzig zurück. »Sonst käme es mir nicht in den Sinn, Sie zu behelligen.«

»Nur zu, Luke. Ich bin ganz Ohr.«

»Es geht um einen vom KGB angeworbenen Berliner, Sir. Ehemaliger DDR-Bürger, um es genau zu sagen.«

»Hört sich nach einem Ian-Fleming-Roman an, wenn Sie mich fragen«, erwiderte Kennedy, der keinerlei Lust verspürte, sich das Wochenende vermasseln zu lassen.

Calabrese entging dies nicht. »Auf die Gefahr, Sie zu langweilen, Sir –«, beharrte er, wobei es ihm nur mit Mühe gelang, seinen Groll zu verbergen. »So harmlos, wie die Angelegenheit auf den ersten Blick aussieht, ist sie nicht. Bedauerlicherweise.«

»Dazu müssten Sie mir erst mal sagen, um was es sich dreht, Luke.«

»Wie gesagt, es geht um einen Buchhalter aus Berlin, geködert durch den KGB. Vermutlich für Kurierdienste.«

»Vermutlich?«

Calabrese tat so, als habe er die Frage des Präsidenten und den gelangweilten Ton, der in ihr mitschwang, nicht bemerkt. »Und um … um eine KGB-Angehörige, die sich an ihn rangepirscht, diesen Volltrottel abgeschleppt und ihn anschließend …«

»Sehe ich das richtig, Luke, Sie haben die beiden auf frischer Tat ertappt?«

»Ganz recht, Sir. Offen gestanden hatten wir die Dame schon länger unter Verdacht. Deshalb haben wir sie auch rund um die Uhr beschatten lassen. So lange, bis sie uns schließlich ins Netz gegangen ist.«

Der Präsident pfiff demonstrativ durch die Zähne. »Kompliment, Luke. Ihr Jungs von der CIA seid wirklich auf Draht«, witzelte er, nach wie vor nicht übermäßig interessiert. »Und was ist an Ihrem Coup so interessant, dass Sie mir an meinem freien Tag auf die Bude rücken und nicht noch zwei Tage warten konnten?«

»Es geht um Berlin, Sir.«

»Das sagten Sie bereits.«

»Aufgrund der Unterlagen, die uns in die Hände gefallen sind, müssen wir davon ausgehen, dass die Russen einen Überraschungsangriff auf die westliche Garnison planen.«

Trotz seines Misstrauens gegenüber der CIA im Allgemeinen und Calabrese sowie Dulles im Besonderen war der Präsident auf einmal hellwach. »Ein Präventivschlag?«, äußerte er überrascht, mit einer Lautstärke, dass seine Frau Jackie einen Blick zur Tür herein warf, auf eine beruhigende Geste ihres Gatten hin jedoch wieder verschwand. »Alles, was recht ist, Luke – aber das kann ich mir wirklich nicht vorstellen.«

»Bei allem gehörigen Respekt, Mister President – die Dokumente, die uns in die Hände gefallen sind, sprechen eine deutliche Sprache.«

»Was für Dokumente denn, zum Teufel noch mal?«

»Solche, die man braucht, um einen Angriff auf die Garnison der drei Westmächte möglichst effektiv und Erfolg versprechend durchführen zu können«, beharrte Calabrese, ohne sich auch nur eine Sekunde aus dem Konzept bringen zu lassen. »Als da sind: ein Verzeichnis sämtlicher Garnisonsstandorte, Angaben über die jeweilige Mannschaftsstärke, diverse Listen, aus denen man Rückschlüsse auf dic Bewaffnung der alliierten Streitkräfte ziehen kann. Und natürlich Karten, Sir – jede Menge Karten.« Um seine Pointe an den Mann bringen zu können, hielt Calabrese mehrere Sekunden inne. Anschließend sagte er: »Damit sich die Russen nicht verlaufen, wenn sie Ernst machen.«

»Diese Agentin, Rick – ich nehme an, Sie sind dabei, Ihr auf den Zahn zu fühlen.«

»Das genau ist das Problem, Sir«, antwortete Calabrese, aus dessen Stimme der Unmut sprach, der ihn angesichts Kennedys Zaudern befiel. »Bedauerlicherweise ist es uns bislang nicht gelungen, der Dame habhaft zu werden.«

»Mit anderen Worten – der Lockvogel ist ausgeflogen.«

»So könnte man es ausdrücken, Sir.«

»Und der vermeintliche Kurier?«

»Selbstmord, Sir. Ein Moment der Unachtsamkeit, und schon war es passiert.« Erneut ließ Calabrese einige Zeit verstreichen, bevor er dem Präsidenten die nächste Lüge auftischte. »Kaum hat er das Verhörprotokoll unterschrieben, reißt er einem unserer Agenten die Pistole aus dem Halfter, drückt sie sich an die Schläfe und ...«

»Einfach so?«, fiel ihm Kennedy ins Wort, mehr denn je auf der Hut vor dem Mann, auf dessen Ehrlichkeit er nicht einmal einen Cent gewettet hätte. »Nehmen Sie es mir nicht übel, Chief Executive – aber ich frage mich allen Ernstes, wie so etwas überhaupt möglich ist.«

»Heißt das, Sie unterstellen mir, ich würde nicht die ...«

»Gar nichts heißt das, *Signore*!«, stauchte Kennedy die graue Eminenz der CIA zusammen. »Außer vielleicht, dass ich Ihnen ans Herz legen möchte, wegen ein paar geheimer Unterlagen keine voreiligen Schlüsse zu ziehen. Karten, Stadtpläne, Angaben über unsere Truppenstärke – so etwas hat doch wohl jeder drittklassige Sowjetagent auf Lager. Die da drüben wären ja ihr Geld nicht wert, wenn sie nichts Derartiges in petto hätten. Alles, was recht ist, Luke – um mich zu überzeugen, müssen Sie schon schwerere Geschütze auffahren. Anders ausgedrückt: Ich gebe Ihnen genau 24 Stunden Zeit, bis morgen Mittag um zwölf. Dann werden Sie mir

Bericht über die derzeitige Lage in Berlin erstatten. Persönlich. Sollten Sie bis dahin nichts in der Hand haben, ist die Angelegenheit für mich erledigt. Haben wir uns verstanden, Luke? So, und jetzt möchte ich nach Möglichkeit nicht mehr gestört werden, Chief Executive. Schönen Tag, und grüßen Sie mir Berlin!«

11

Berlin-Dahlem, Gelände der USMLM im Föhrenweg | 17.40 h*

»Heißt das, Sie unterstellen mir, ich würde nicht die Wahrheit sagen?«

Luciano Calabrese hasste es, Gefühle zu zeigen. Noch mehr allerdings hasste er es, wie ein Trottel dazustehen. Schließlich war er nicht irgendein x-beliebiger Lakai aus dem Weißen Haus und dieser irische Hosenscheißer, der sich Präsident schimpfte, nur zwei Jahre älter als er. Der Chef von DECOP schäumte vor Wut. Das würde er sich nicht bieten lassen. Schon gar nicht vonseiten eines neureichen Schnösels, der, so seine feste Überzeugung, seine Karriere einzig und allein den Finanzspritzen seines Vaters, manipulierten Wahlen und Betrügereien in großem Stil zu verdanken hatte.

»Schönen Tag, und grüßen Sie mir Berlin!«

Feuerrot vor Zorn, schleuderte Calabrese den Hörer auf die Gabel und ballte die Faust. »Dafür wirst du mir büßen, du …«, knirschte er, kurz davor, die Beherrschung zu verlieren. »So wahr ich Luciano Calabrese heiße!«

---

* United States Military Liaison Mission, d. h. US-amerikanische Militärverbindungsmission

»Mal ehrlich, Chief Executive – haben Sie wirklich damit gerechnet, dass Kennedy unseren Köder schlucken würde?« Arrogant wie immer, was sich vor allem in seinem Tonfall niederschlug, stand Jermaine Ross, knapp 32 Jahre alter Sohn eines Schrotthändlers aus Detroit, am Fenster der geräumigen Backsteinvilla und blickte mit ausdrucksloser Miene in den weitläufigen, knapp 10.000 Quadratmeter großen und von mächtigen Kiefern umgebenen Garten hinaus. Das ehemalige Hauptquartier von Generalfeldmarschall Wilhelm Keitel, seines Zeichens Chef des OKW*, war unmittelbar nach dem Krieg von den Amerikanern requiriert, im Lauf der Jahre zu einer unverzichtbaren Bastion diverser US-Nachrichtendienste ausgebaut und mit allem vollgestopft worden, was das Herz der vor Ort operierenden Agenten höher schlagen ließ. So unter anderem mit jeder nur erdenklichen Art von Abhörgeräten, Apparaturen zur Verschlüsselung und Dechiffrierung von Funksprüchen und nicht zuletzt mit einem hochmodernen Fotolabor, um das sie sogar der britische MI6** beneidete. Genützt hatte dies während der vergangenen Tage und Wochen nicht viel, tappte man doch bezüglich der Gerüchte über eine Abriegelung des Ostsektors von Berlin weiterhin im Dunkeln. Ob und wann Chruschtschow und seine Ostberliner

* Oberkommando der Wehrmacht
** Military Intelligence, Number 6

Gefolgsleute Ernst machen würden, hatte bislang kein Mensch herausfinden können, von der Frage nach dem Wie gar nicht zu reden. Außer wilden Spekulationen, vereinzelten Hinweisen befreundeter Dienste und vagen Andeutungen vonseiten der eigenen Undercover-Agenten war bislang nicht viel durchgesickert. Ein Grund mehr, dass sich die Stimmung von Calabrese, der seine Felle allmählich davonschwimmen sah, immer mehr dem Nullpunkt näherte.

Auf seinen ungleich besser gestimmten, eine Marlboro nach der anderen rauchenden und dabei ins Grüne hinausschauenden Gesprächspartner schien dies jedoch nicht die geringste Wirkung zu haben. »So unbedarft, wie Sie ihn einschätzen, scheint der Oberbefehlshaber unserer Streitkräfte nun wirklich nicht zu sein.«

»Und was jetzt?«

»Um diesen Friedensapostel aus der Reserve zu locken, müssen wir uns etwas einfallen lassen. Jedenfalls mehr als das Kaspertheater gestern Abend. Wundert mich ohnehin, dass dieser Blaschkowitz auf uns reingefallen ist.«

Drauf und dran, Ross eine Lektion in Sachen Benehmen gegenüber Vorgesetzten zu erteilen, holte Calabrese tief Luft, ließ dann aber von seinem Vorhaben ab und fragte: »Was ist eigentlich mit unserem Lockvogel?«

»Unterwegs Richtung Heimat.«

»Der College-Boy, von dem Sie anscheinend so viel halten?«

»Ebenso.«

»Der Leichnam von Blaschkowitz?«

»Im Kofferraum eines ausrangierten Opel Rekord verstaut.«

»Heißt das, Sie haben ihn …«

»Auf einem Schrottplatz verschwinden lassen, genau. Und eine falsche Spur gelegt, damit nichts schiefgeht. Falls doch, habe ich mir vor einer Viertelstunde erlaubt, unseren verlängerten Arm bei der Berliner Kripo entsprechend zu instruieren. Keine Sorge, Chief Executive, ich selbst habe den Mann rekrutiert. Auf ihn können wir uns verlassen.«

Calabrese rümpfte die Nase. »Das will ich hoffen.«

»Immer mit der Ruhe, Mister –«, beruhigte ihn sein pockennarbiger und so gut wie nie ohne Sonnenbrille in Erscheinung tretender Mann fürs Grobe und BOB-Chef* auf eine Weise, die Außenstehende vermutlich als Gleichgültigkeit aufgefasst hätten. »Wir werden das Kind schon schaukeln.«

»Ich weiß nicht, woher Sie Ihren Optimismus nehmen, Ross«, polterte Calabrese, erhob sich aus seinem Sessel und warf dem Porträt, das die Stirnseite des schäbigen Büros zierte, einen verächtlichen Blick zu. »Um diesen Appeaser auf Trab zu brin-

* Berlin Operational Base

gen, müsste schon etwas Außergewöhnliches … was zum Teufel – könnten Sie vielleicht nächstes Mal anklopfen, Gonzales?«

»Entschuldigung, Sir, ich dachte …«, keuchte der Offizier vom Dienst, gebürtiger Puerto Ricaner, Kettenraucher und wohl nicht zuletzt deswegen völlig außer Puste, »ich …«

»Nun geben Sie schon her!«, grollte Calabrese und riss ihm den Funkspruch, der gerade erst dechiffriert worden war, mit unwirschem Blick aus der Hand. »Was ist denn jetzt schon wieder los!«

Nicht zum ersten und auch nicht zum letzten Mal am heutigen Tag war Luciano Calabrese so perplex, dass ihm nichts mehr, nicht einmal ein einziges Wort, über die fest aufeinandergepressten Lippen kam. Um das, worum es sich in dem Funkspruch drehte, auch nur annähernd zu verdauen, musste er erst einmal nachdenken. Dann jedoch, etwa eine halbe Minute später, hellte sich sein bis dahin entgeisterter Blick plötzlich auf. Mehr noch, von jetzt auf nachher schien die graue Eminenz der CIA wieder bei bester Laune zu sein.

Am Ende war es Ross, der das Schweigen brach, zur Abwechslung einmal alles andere als entspannt. »Darf man fragen, worum es geht, Sir?«, forschte er und gab sich die Antwort gleich selbst: »Gute Nachrichten, stimmt's?«

»Und was für welche!«, frohlockte Bissel und reichte den Funkspruch über die Schulter hinweg an ihn weiter. »Na endlich, wurde auch langsam Zeit.«

Bass erstaunt, las Ross den Funkspruch erst einmal, dann zum zweiten und wenig später sogar zum dritten Mal. Von seiner Überheblichkeit, die nicht einmal vor Calabrese haltgemacht hatte, war am Ende seiner Lektüre allerdings so gut wie nichts mehr zu spüren. »Nichts für ungut, Sir –«, warf er geraume Zeit später ein, begleitet von einem amüsierten Glucksen des Mannes, auf dessen Stuhl er es insgeheim abgesehen hatte, »umfangreiche Truppenbewegungen von Roter Armee und NVA* in und um Berlin, darüber hinaus Verstärkung der DDR-Bereitschaftspolizei, Stasi-Einheiten und Betriebskampfgruppen. Mit einem Wort: das übliche Säbelrasseln. Ich wüsste nicht, was es hier zu frohlocken gibt.«

»Keine Sorge, mein Bester, das wird es – und wissen Sie auch, wieso?«

Ross zuckte die Achseln.

»Weil uns zum gegenwärtigen Zeitpunkt nichts Besseres passieren kann.« Calabrese öffnete die Schreibtischschublade, entnahm ihr eine echte Havanna und ließ es sich nicht nehmen, in aller Ruhe daran zu riechen. »Wissen Sie was, Ross? Es wird Zeit, dass wir für unseren Kontaktmann an der sowjetischen Botschaft in Ostberlin einer Orden lockermachen. Anzahl der Einheiten, Gesamtstärke und

* Nationale Volksarmee der DDR

detaillierte Angaben über die Bewaffnung der beteiligten Verbände – Herz, was begehrst du mehr?«

»Fragt sich nur, wozu dieser Fetzen hier gut sein soll«, bemängelte Ross und gab Calabrese den Funkspruch zurück. »Vorausgesetzt, dieser Kuragin hat die richtigen Quellen angezapft und die Russen plustern sich nur auf – was wird dann aus unseren Plänen? Kennedy wird einen Teufel tun und sich mit Chruschtschow anlegen, der doch nicht!«

Calabrese entzündete seine Havanna, steckte sie in den Mund und nebelte sich und seine Umgebung komplett ein. »Ganz einfach, Sie Schlauberger: weil wir daraus Kapital schlagen werden. Und das auf höchst effektive Art und Weise.«

»Darf man fragen, wie?«

»Indem wir unsere Erkenntnisse an die Presse weitergeben. Mit der gebotenen Diskretion, versteht sich.«

»Und dann? Außer einem bisschen Getöse vonseiten der Berliner, einiger Politiker oder des RIAS wird nicht allzu viel passieren – da müsste ich mich schon sehr täuschen.« Wieder ganz der Alte, schlug der CIA-Agent den gewohnten Tonfall an und ergänzte: »Deshalb frage ich mich, was an der Tatsache, dass Chruschtschow und Ulbricht offenbar nicht daran denken, in die Offensive zu gehen und uns lediglich provozieren wollen, erfreulich sein soll.«

»Alles zu seiner Zeit, mein Lieber«, wiegelte

Calabrese ab und ließ sich in einem cremefarbenen Polstersessel in unmittelbarer Nähe des Fensters nieder. »Sie werden es noch früh genug erfahren.«

»*Bevor* oder *nachdem* wir den Zarewitsch dingfest gemacht haben?«

Scheinbar die Ruhe selbst, schlug Calabrese die Beine übereinander und lehnte sich entspannt zurück. »Alles nur ein Frage der Zeit, mein Bester«, versicherte er, seinem Gesprächspartner in puncto Überheblichkeit durchaus ebenbürtig. »Wie heißt es doch so schön: You can run, but you cannot hide.

»Ihr Optimismus in Ehren, Sir – darf man fragen, wie Sie Kuragin auf die Spur kommen wollen? In einer Millionenstadt?« Jermaine Ross machte ein hochnäsiges Gesicht. »Der Mann ist brandgefährlich, gerissener als ein Dutzend KGB-Agenten zusammen. Und in der Regel mindestens ebenso gut informiert. Wenn uns jemand einen Strich durch die Rechnung machen kann, dann er.«

»Es sei denn, es gelingt uns, ihn rechtzeitig zu eliminieren«, gab Calabrese seelenruhig zurück, erhob sich und flüsterte Gonzales etwas ins Ohr. Kurz darauf, als dieser den Raum verlassen hatte, wandte er sich erneut an Ross und prahlte: »Was das angeht, stehen unsere Chancen nicht schlecht.«

»Nichts für ungut, Sir. Dass wir über einen Agenten mit telepathischen Fähigkeiten verfügen, war mir bislang nicht bekannt.«

»Ruhig Blut, Ross. Den brauchen wir auch nicht.«

»Und wieso?«

»Ganz einfach – weil wir imstande sind, jeden seiner Schritte genauestens zu verfolgen.« Calabrese lachte schadenfroh in sich hinein. »Da staunen Sie, was? Bei dem Schnippchen, das er uns heute Morgen am Bahnhof Zoo geschlagen hat, ist ihm nämlich ein kleiner Fehler unterlaufen.«

»Und der wäre?«

»Zu meinem größten Bedauern hat er den Peilsender, der in Bradlees Aktenkoffer versteckt war, übersehen. Ein Fehler mit Konsequenzen, habe ich doch Brannigan, der den Zarewitsch lokalisiert hat, durch Gonzales den Auftrag erteilen lassen, seinen Schützling umgehend zu liquidieren.«

Ross atmete spürbar auf. »Dann wäre das wohl geklärt!«, stieß er erleichtert hervor.

»Noch nicht ganz, mein Lieber – noch nicht ganz.«

Ross stutzte. »Und wieso?«

»Weil Ihnen die ehrenvolle Aufgabe zukommt, Brannigan nach Erledigung seines Auftrages ebenfalls zu liquidieren. Im Klartext: Ich traue ihm nicht über den Weg, weder ihm noch seinem ehemaligen Schüler.«

»Aber …«

»Kein Aber, Ross. Sie werden abwarten, bis Brannigan ihn aufgespürt hat. Sollte er ein krummes

Ding drehen oder den Zarewitsch entwischen lassen oder sogar gemeinsame Sache mit ihm machen, erledigen Sie ihn sofort. Wenn nicht, erst nachdem er seinen Auftrag erfüllt hat.«

»Und warum nicht gleich?«

Calabrese grinste über das ganze Gesicht, drückte seine Havanna aus und sagte: »Weil es nach außen hin so aussehen soll, als ob zwei feindliche Agenten aneinandergeraten wären. Ein kleiner Shoot-out, Sie verstehen. A erschießt B, wird jedoch tödlich verwundet und bleibt ebenfalls auf der Strecke. Kopf hoch, C, Sie kriegen das schon hin!«

»Und die verdeckte ... ich meine, unter den gegebenen Umständen sollten wir das geplante Kommandounternehmen ...«, stammelte Ross, wurde jedoch von Calabrese auf eine Weise abgewürgt, dass ihm die Lust auf weitere Einwände verging.

»... auf keinen Fall abblasen, falls es das ist, was Sie sagen wollten, Jermaine. Heißt: In etwas mehr als zehn Stunden wird Operation Uranus wie geplant über die Bühne gehen – ohne Rücksicht auf Verluste.« Calabrese fletschte die giftgelben Zähne, und während er auf die Uhr schaute, huschte ein zynisches Lächeln über sein Gesicht. »Ich muss jetzt wirklich los, Ross, sonst verpasse ich meinen Flug. Und meinen Termin bei Mister Kennedy!«

12

Bahnhof Berlin-Wannsee | *17.50 h*

»So, jetzt reden wir mal Tacheles miteinander!«, kündigte Sydow, krebsrot und kurz vor dem Platzen, mit grimmiger Miene an, bevor er sich den in Ehren ergrauten Zugführer der Berliner Verkehrsbetriebe zum wiederholten Male zur Brust nahm. Übermäßig viel herausgekommen war während der vergangenen Dreiviertelstunde, die er im Aufenthaltsraum der S-Bahn-Bediensteten abgesessen hatte, nämlich nicht. Kein Wunder, dass Sydows Laune mittlerweile unter null gesunken und der Groll gegenüber dem näselnden, nuschelnden und wie eine missglückte Hans-Moser-Attrappe anmutenden Lokführer bedrohlich gestiegen war. Sydow war lange genug im Dienst, um zu wissen, dass die höchstens 1,70 Meter große Jammergestalt etwas zu verbergen hatte. Andernfalls wäre Klimowitz seinem Blick nicht permanent ausgewichen und ängstlich darauf bedacht gewesen, kein falsches Wort zu sagen. Sein Pech, dass er mit seiner Hinhaltetaktik an den Falschen geraten war. An jemanden, der es auf den Tod nicht ausstehen konnte, wenn man ihn an der Nase herumführte. »Auf die Art kommen wir nämlich nicht weiter!«

»Ich wüsste nicht, wozu das gut sein soll, Herr Kommissar«, ließ Paul Klimowitz, 53, wohnhaft in Berlin-Schöneberg, mit dem Ausdruck größten Bedauerns im eingefallenen und von tiefen Furchen und auffallend großen Tränensäcken geprägten Allerweltsgesicht verlauten. Anschließend nippte er an seinem Kaffee, machte ein Gesicht wie drei Tage Regenwetter und stellte den Becher wieder auf den Tisch. Bei all dem vermittelte er den Eindruck, er habe soeben Gift genommen, was, wie Sydow vermutete, allerdings nur eine Masche war. »Ehrlich.«

»Währt bekanntlich am längsten«, gab er barsch zurück, zur Verwunderung seines Gesprächspartners, der offenbar auf korrekte Kleidung hielt, immer noch mit Jeans, Hawaiihemd und Sandalen bekleidet. »Weshalb ich Sie dringend auffordern muss, mir endlich die Wahrheit zu sagen. Also: Wann genau haben Sie den Leichnam, um den es hier geht, entdeckt?«

»Bei Dienstschluss, Herr Kommissar.«

»Hauptkommissar, wenn schon, denn schon.« Kurz davor, aus der Haut zu fahren, baute sich Sydow vor Klimowitz auf, stemmte die Fäuste in die Hüften und knurrte: »Das können Sie Ihrer Großmutter erzählen, nicht mir. Mit einem Toten durch halb Berlin kutschieren und nichts davon mitkriegen – den Bären können Sie jemand anderem aufbinden, Sie Märchenonkel.«

»Nicht nötig.«

»Auf gut Deutsch – Sie behaupten weiterhin steif und fest, nicht das Geringste mitbekommen zu haben.«

»Ja.«

»Und die Fahrgäste?«

»Die auch nicht.«

»Das kaufe ich Ihnen nicht ab, Klimowitz.« Sydow musste sämtliche Register der Selbstbeherrschung ziehen, um nicht aus den Latschen zu kippen. Dass ihm Klimowitz etwas verheimlichte, merkte sogar ein Blinder. Die Frage war nur, vor wem oder was er so viel Angst hatte, dass er jetzt, nach fast einer Stunde, immer noch nicht mit der Wahrheit herausrückte. »Hören Sie endlich auf, einen auf ahnungslos zu machen. Das kann ich auf den Tod nicht ausstehen. Wie die Dinge nun mal liegen, waren Sie es, der den Toten gefunden hat. Wann genau, wäre noch zu klären.« Sydow ließ sich auf der Tischkante nieder, stellte den Fuß auf einen Stuhl und war gerade dabei, sich eine anzuzünden, als Naujocks auf einmal den Raum betrat, ihm etwas ins Ohr flüsterte und sich anschließend wieder entfernte. »Gut zu wissen«, stellte Sydow befriedigt fest, bevor er sich wieder seinem Gesprächspartner zuwandte. »Endlich mal wieder eine gute Nachricht, Herr Klimowitz.«

»Heißt das, Sie haben ihn?«

»Sehen Sie, so kommen wir der Sache schon

näher.« Sydow lächelte zufrieden in sich hinein. Einer der ältesten Tricks, seit es Verhöre gab, und sein Gegenüber war prompt darauf hereingefallen. »Apropos – woher wollen Sie eigentlich wissen, dass es sich um einen Einzeltäter gehandelt hat?«

Knallrot im Gesicht, schlug Klimowitz die Augen nieder und rutschte wie ein beim Spicken ertappter Erstklässler auf seinem Stuhl hin und her. »So habe ich das nicht gemeint«, wimmerte er, die Hände krampfhaft ineinander verschränkt. »Da müssen Sie mich falsch ver …«

»Raus mit der Sprache!«, setzte Sydow unbarmherzig nach. »Was genau haben Sie gesehen? Oder stecken Sie mit dem Täter unter einer Decke?«

Klimowitz ließ den Kopf hängen und schwieg sich aus.

»Um Sie nicht weiter im Unklaren zu lassen, Herr Zugführer: Wie mir mein Kollege von der Spurensicherung soeben mitgeteilt hat, besteht Grund zu der Vermutung, dass die Tür im hintersten Waggon Ihres Zuges während der Fahrt hierher von Hand geöffnet worden ist.«

»Von Hand?«

»Jetzt tun Sie doch nicht so, Klimowitz. Mir können Sie nichts vormachen. Je länger Sie den Ahnungslosen spielen, desto verdächtiger machen Sie sich.« Sydow zog die Brauen hoch, rieb sich genüsslich die Hände und taxierte sein Gegenpart mit einem Blick, der Humphrey Bogart alle Ehre gemacht hätte. Der obligatorische Glimmstängel, gegen den er sich mit aller Macht sträubte, bedauerlicherweise nicht inbegriffen. »Soll ich Ihnen sagen, wie sich das Ganze abgespielt hat?«

Der S-Bahn-Bedienstete schnappte nach Luft, öffnete den Mund – und sackte buchstäblich in sich zusammen.

»Keine Einwände? Freut mich.« Sydow erhob sich, sah Klimowitz von oben herab an und sagte: »Machen wir's kurz. Irgendwo zwischen dem Lehrter Bahnhof und dem Bestimmungsort des Zuges, einem malerischen Flecken Erde namens Wannsee, wird der Unbekannte, von dem Sie behaupten, ihn erst am Ende der Fahrt tot aufgefunden zu haben, auf höchst unsanfte Art und Weise – nämlich per Kopfschuss – ins Jenseits befördert. Der Mörder ergreift daraufhin die Flucht, jedoch nicht so, wie man auf Anhieb vermuten würde. Aus irgendeinem, zum gegenwärtigen Zeitpunkt noch nicht geklärten Grund schnappt er sich nämlich einen Feuerlöscher, bricht das Gehäuse auf, in dem sich der Hebel befindet, mit dessen Hilfe man die linke Waggontür von Hand öffnen kann. Und verdrückt sich. Nicht ganz ungefährlich und alles andere als unauffällig, aus seiner Sicht jedoch offenbar das einzig Richtige. Soweit alles klar?«

Klimowitz legte die Ellbogen auf den Tisch, beugte sich nach vorn und schien über etwas nachzudenken. Sydow tat so, als nehme er keine Notiz davon. »Und Sie wollen mir weismachen, von dem Tohuwabohu, das der mutmaßliche Mörder veranstaltet hat, nichts mitgekriegt zu haben. Mal ehrlich, Herr Lokführer: Halten Sie mich für so dämlich, dass ich Ihnen das abkaufe? Ich verstehe ja nicht viel von Technik und noch weniger vom S-Bahn-Fahren, aber eins weiß ich genau: Wenn eine Tür gewaltsam geöffnet worden ist, kann das dem Lokführer, also Ihnen, ganz bestimmt nicht verborgen geblieben sein. Wissen Sie was, Klimowitz? Wir beide machen jetzt einen kleinen Spaziergang, rüber in die Lokführerkabine. Dort dürfen Sie mir dann ihre Armaturen und diverse Knöpfe, Schalter und Lampen erklären. Vor allem, was passiert, wenn eine der Türen nicht richtig schließt. Und woran man das merkt, wenn man vorne im Führerhaus …«

»Schon gut, Herr Hauptkommissar, schon gut.« Klimowitz hob beschwichtigend die Hände und richtete sich im Zeitlupentempo auf. »Es war genauso, wie Sie sagen. Die Tür wurde aufgebrochen. Mit Gewalt.«

»Und wo?«

»Am Bahnhof Zoo. Kurz vor der Weiterfahrt.«

»Genauer Zeitpunkt?«

»Um fünf.«

»Auf die Minute genau?«

»So ziemlich.«

»So ziemlich, aha«, flüchtete sich Sydow in Ironie, wie sooft, wenn er nach langem Hin und Her der Wahrheit auf die Spur gekommen war. »Und das von einem Lokführer.« Schweigen, ein gestrenger Blick und die Reaktion im Form eines Verlegenheitsräusperns. Dann jedoch, etliche Sekunden später, die alles entscheidende Frage: »Und von wem?«

Zum ersten Mal während des mittlerweile gut eineinviertel Stunden währenden Gesprächs hob Klimowitz den Kopf, nahm seine Uniformmütze ab und kratzte sich so lange und hingebungsvoll, dass der Eindruck entstand, er habe Flöhe. Am Ende der Prozedur, die Sydow wie eine Ewigkeit vorkam, setzte er die Mütze wieder auf und stierte trübsinnig vor sich hin. Der Lokführer schien unsicher, von der Richtigkeit seines Entschlusses alles andere als überzeugt. »Von einem Ami, Herr Hauptkommissar«, gestand er schließlich mit einem Höchstmaß an Selbstüberwindung ein. »Und von was für einem.«

»Und woher wollen Sie wissen, dass es ein …«

»Ich kenne mich da aus, Herr Kommissar«, warf Paul Klimowitz, auf einen Schlag wie verwandelt, mit trotziger Miene ein. »Keine Bange! So viel Hirnschmalz kann ich gerade noch auftreiben.«

»… es ein Ami war?«

»Wie gesagt – ich will gerade weiterfahren, da merke ich, dass eine der Türen blockiert. Ich also nichts wie raus aus meinem Kabuff und wie eine gesengte Sau in den hintersten Waggon. Mann, war ich sauer, Herr Kommissar – kann Ihnen gar nicht sagen, wie. So fuchtig, dass ich die Nutte, die gerade am Aussteigen war, beinahe über den Haufen gerannt hätte. Kurz und gut, ich sause also mit Karacho durch den Waggon, da steht plötzlich dieser Kerl vor mir und glotzt durch die offene Tür. Ich denke, mich tritt ein Gaul und lasse einen Brüller fahren, der sich gewaschen hat. Das Brüllen ist mir aber ziemlich schnell vergangen.«

»Wieso?«

»Weil mit dem Kerl, dem ich an die Gurgel wollte, nicht zu spaßen war.«

»Das müssen Sie mir erklären.«

»Da gibt's nichts zu erklären. Sich mit dem Kerl anzulegen wäre glatter Selbstmord gewesen.« Klimowitz holte tief Luft. »Ich weiß, was Sie jetzt denken, Herr Kommissar, der Klimowitz hatte einfach Schiss. Stimmt aber nicht. Mit so einem hätte ich es gerade noch aufnehmen können.«

»Sicher?«

»Knapp fünfzig, mittelgroß, verlebt und nicht mehr gut bei Fuß – klingt nicht gerade Furcht einflößend, oder?«

»Heißt das, er hat einen Gehstock benutzt?«

»Genau. Und er hat eine Fahne gehabt. Aber gut Kirschen essen war mit dem Strolch trotzdem nicht.«

»Wieso?«

Klimowitz fingerte nervös an seiner Uniform herum. »Er hat mir seine Dienstmarke vor den Riechkolben gehalten, Herr Hauptkommissar«, entgegnete der S-Bahn-Bedienstete und trat bis auf Armlänge an Sydow heran. »Das hat mir gereicht.«

Sydow zog die Stirne kraus und erwiderte seinen Blick. »Ehrlich gesagt ist mir nicht bekannt, ob einer meiner Kollegen von der Kripo …«

»Was heißt hier Kollege, guter Mann«, tönte Klimowitz und sah Sydow, dem die Verwunderung ins Gesicht geschrieben stand, mit mitleidigem Augenaufschlag an. »So einfach, wie Sie sich das denken, ist die Chose nicht. Alles, was recht ist – aber in Ihrer Haut wollte ich nicht stecken.«

»Danke für Ihr Mitgefühl.«

»Keine Ursache«, entgegnete Klimowitz, der es auf einmal ziemlich eilig zu haben schien, erhob sich und strebte der Tür des Aufenthaltsraumes zu. Dort angekommen, hielt er zögernd inne, wandte sich schließlich um und sagte: »Und viel Glück bei Ihren Ermittlungen gegen die CIA!«

13

Berlin-Grunewald, Schlosshotel Gerhus | 18.20 h

An der Sache war verdammt noch mal etwas faul. Oberfaul sogar.

Die Frage war nur, was.

Schon auf der Fahrt ins piekfeine Schlosshotel unweit des Grunewalds waren Jim Brannigan ernsthafte Zweifel gekommen, ob sein ehemaliger Schützling auch wirklich auf die Finte mit dem Peilsender hereingefallen war. Nicht umsonst galt der Zarewitsch als einer der abgezocktesten Agenten der CIA, als ein Alleskönner, der in ihren Reihen seinesgleichen suchte. Schwer vorstellbar, dass ihm ein derartiger Fehler unterlaufen würde. Dafür wie für vieles andere, was mit seiner Mission zusammenhing, musste es eine Erklärung geben.

Die Frage war nur, welche.

Während er auf den Torbogen zusteuerte, der das ehemals hochherrschaftliche Domizil derer von Pannwitz mit der Außenwelt verband, nahm Brannigan seine Kippe aus dem Mund, schnippte sie in den Rinnstein und kam aus dem Kopfschütteln nicht heraus. Der Zarewitsch – ein Doppelagent? Nie und nimmer. Diesbezüglich kannte er ihn viel zu gut. So gut, dass er für seinen einstigen Musterschüler die Hände ins Feuer gelegt hätte. Ausgeschlossen, dass er für beide Seiten tätig gewesen oder von den Russen umgedreht worden war. Er hatte volle acht Jahre mit diesem Mann zusammengearbeitet, ihn beinahe täglich gesehen, ihn ausgebildet, sich sogar mit ihm angefreundet. Und ausgerechnet dieser Agent, der begabteste Schüler, den er jemals gehabt hatte, sollte ein Verräter sein? Nie im Leben. Für ihn, Special Agent Brannigan, stand dies unverrückbar fest.

Warum aber die Order von Calabrese, den Zarewitsch wie einen räudigen Köter zu exekutieren? Seit seinem Verschwinden vor knapp zwei Monaten hatte die Zentrale Himmel und Hölle in Bewegung gesetzt, um herauszubekommen, ob ihm etwas zugestoßen war. Und dann, von einem Moment auf den anderen, diese Kehrtwendung. Um sage und schreibe 180 Grad. Wanted – dead or alive. So lautete anscheinend die Parole. James Stuart Brannigan, Sohn irischer Einwanderer, hochdekorierter Marineinfanterist und Spezialist für Operationen hinter den feindlichen Linien, umklammerte seinen Gehstock und kratzte sich gedankenverloren am Kinn. Irgendwie wurde er das Gefühl nicht los, Teil eines perfiden Komplotts zu sein, wenngleich er keinen blassen Schimmer hatte, was hier eigentlich gespielt wurde. An seinem Auftrag, so schwer ihm dessen Durchführung auch fiel, änderte dies jedoch nichts. Wenn er von Calabrese einen Befehl bekam, bedeutete dies, dass er ihn auszuführen hatte. Ganz gleich, ob ihm das in den Kram passte oder nicht. Befehl war nun einmal Befehl. Wer sich darüber hinwegsetzte, würde jede Menge Ärger bekommen. Oder eine Kugel in den Kopf.

Brannigan murmelte etwas, das der Portier vor dem schmiedeeisernen Eingangstor zum Glück nicht mitbekam und drehte sich zu dem blauweißen VW-Bus um, der nur wenige Meter entfernt am Straßenrand stand. In seinem Laderaum, wo zwei Abhörspezialisten momentan alle Hände voll zu tun hatten, befanden sich gleich drei Peilsender auf einmal, Ortungsgeräte und mehrere Mikrofone, mit deren Hilfe man halb Berlin hätte bespitzeln können. Trotzdem war der Funkkontakt im Verlauf der letzten halben Stunde immer wieder abgerissen, zuletzt vor wenigen Minuten. Brannigan verzog das Gesicht. Von dem Schnickschnack, mit dem diese Klapperkiste vollgepfropft war, hielt er nicht gerade viel, fast so wenig wie von den beiden Milchbubis, die mehrere Stunden gebraucht hatten, um den Zarewitsch zu lokalisieren. Auf diesen neumodischen Firlefanz konnte man sich wirklich nicht verlassen, vielleicht war gerade das der Grund, weshalb sich sein Unbehagen beim Betreten des weitläufigen Anwesens noch verstärkte. Irgendwie hatte er das Gefühl, an der Nase herumgeführt zu werden, und wenn es etwas gab, auf das er sich verlassen konnte, dann war es sein Instinkt.

»Womit kann ich dienen, der Herr?«

Welch eine Frage. Nicht gerade bei bester Laune, blitzte Brannigan den Portier, der ihn seit geraumer Zeit beäugt hatte, mit zusammengekniffenen Augenbrauen an. Geschniegelte Lackaffen wie ihn hatte er gefressen, beileibe nicht erst seit heute. »Mit gar nichts!«, gab er patzig zurück, nicht willens, sich auf irgendwelche Diskussion einzulassen, zückte seine Dienstmarke und hielt sie dem Graubart undefinierbaren Alters vors Gesicht. »Noch Fragen?«

»Bitte, der Herr.«

Na also, warum nicht gleich. Ohne einen Blick auf die Nobelkarossen, piekfein gekleideten Gäste und wie aus dem Ei gepellten Pagen vor dem Haupteingang zu verschwenden, durchquerte Brannigan den ausladenden Portikus, ließ den Pagen, der ihm die Tür aufhielt, einfach links liegen und begab sich schnurstracks zur Rezeption. Und das ausgerechnet ihm, einem Zeitgenossen, der keinerlei Wert auf sein Äußeres und die Gesellschaft von geschniegelten, auf Hochglanz gebürsteten Pavianen legte. Brannigan kochte vor Wut. Auf die Idee, ihn in einen solchen Schuppen zu locken, hatte auch nur der Zarewitsch kommen können. So er denn überhaupt hier abgestiegen war.

Ein Befürchtung, die sich umgehend zu bestätigen schien. »Bedaure, der Herr«, gab sich der Empfangschef, ein aufgetakeltes Fossil mit Kaiser-Wilhelm-Bart, überaus zugeknöpft, nachdem Brannigan sein Anliegen vorgetragen hatte. »Aus Gründen der Diskretion sind wir nicht befugt, Auskünfte über unsere Gäste zu erteilen.«

Getreu seinem Naturell, nicht lange um den heißen Brei herumzureden, holte Brannigan kurz Luft, zückte seine Dienstmarke und knallte sie so heftig auf den Tresen, dass sein Gegenüber vor Schreck erbleichte. »Apropos Diskretion –«, fuhr er den Empfangschef an, wobei er der Versuchung, ihn am Schlafittchen zu packen, nur mit Mühe widerstehen konnte, »alles, worüber wir gesprochen haben, bleibt selbstverständlich unter uns. Andernfalls kriegen Sie es mit mir zu tun. Habe ich mich klar genug ausgedrückt, *der Herr*?«

Ja, hatte er. Auf einmal wie ausgewechselt, begab sich der Empfangschef auf die Suche nach dem Tarnnamen, den Brannigan ihm genannt hatte, und durchforstete in Windeseile das Gästebuch. Ohne Erfolg.

»Komisch.« Brannigan stutzte. Vorausgesetzt, die beiden Milchbubis vor der Tür hatten keinen Mist gebaut, musste der Zarewitsch in diesem Nobelschuppen abgestiegen sein. »Und was ist mit Kuragin?«, hakte er kurze Zeit später nach und wurde das Gefühl nicht los, wieder einmal mehr als nötig preisgegeben zu haben. »Juri Andrejewitsch Kuragin?«

»Russe?«

»So was in der Art.« Brannigan lehnte sich über

den Tresen und funkelte den Empfangschef wie ein sprungbereiter Dobermann an. »Besser, Sie vergessen den Namen wieder. Und zwar gleich!«

Das wirkte. Innerhalb von Sekunden, die Brannigan wie Minuten vorkamen, deutete der Finger des Gegenüber auf den Namen, nach dem er auf der Suche war. Kuragin. Juri Andrejewitsch Kuragin. Brannigan war wie vor den Kopf gestoßen. An Dreistigkeit war die Masche, auf die der Zarewitsch verfallen war, bestimmt nicht zu überbieten.

»Zimmer 215 – die Fürstensuite«, hörte Brannigan den Empfangschef sagen, bevor er sich abwandte, den Blick durch die Lobby schweifen ließ und sich eiligen Schrittes zum Fahrstuhl begab. »Kann ich sonst noch etwas für Sie tun?«

*

Was daraufhin geschah, ereignete sich genau so, wie Brannigan es befürchtet hatte. Kaum hatte er an die Tür von Zimmer 215 geklopft, verstärkte sich seine Befürchtung, dass der Vogel bereits ausgeflogen war. Niemand antwortete ihm, woraufhin er die Tür aufstieß, in Deckung ging und so lange wartete, bis sich etwas rührte. Dass dieser Fall nicht eintrat, war allerdings keine große Überraschung für ihn. Dank seiner profunden Kenntnisse war der Zarewitsch mittlerweile mit sämtlichen Tricks, Kniffen und Winkelzügen vertraut, mit deren Hilfe man allzu hartnäckige Verfolger an der Nase herumführen konnte.

Auch und gerade dann, wenn es sich um den einstigen Lehrmeister handelte.

Als die Tür hinter ihm ins Schloss fiel, ließ dieser seine Waffe wieder unter dem Jackett verschwinden und einen Fluch vom Stapel, der das größte Raubein zum Erröten gebracht hätte. Zählte das Ambiente, in dem er sich bewegte, doch zum Feinsten, was es derzeit in Berlin gab. Fenster mit Blick auf den Grunewald, scharlachrote Tapeten, Rokoko-Spiegel, Chaiselongue, Kronleuchter aus venezianischem Glas und kein Quadratzentimeter Boden, über dem nicht ein sündhaft teurer Perserteppich oder Läufer ausgebreitet war.

Nicht zu vergessen der Aktenkoffer, der auf einem aus Mahagoni gefertigten Schreibsekretär stand und sich bei näherem Hinsehen als leer erwies.

Brannigan konnte sich ein Schmunzeln nicht verkneifen. Während all der Jahre, in denen er mit ihm zusammengearbeitet hatte, war der Zarewitsch stets ein Snob geblieben. Sämtlichen Versuchen, ihn zum American Way of Life zu bekehren, zum Trotz. Ein Snob und einer der gerissensten Hunde, denen er, Jim Brannigan, über den Weg gelaufen war.

Wie um dies zu bestätigen, läutete im selben Moment das Telefon. Nichts Gutes ahnend, nahm Brannigan ab und lauschte.

Und war erneut baff.

»Na, wo bleiben denn deine guten Manieren, Jim?«, spöttelte die Stimme am anderen Ende der Leitung, die Stimme eines Mannes, den er wie aus dem Effeff kannte. »Jetzt komm schon, so überrascht, wie du aus der Wäsche guckst, kannst du ja nun wirklich nicht sein.«

»Wusste gar nicht, dass du unter die Hellseher gegangen bist, Juri.«

Kuragin stieß ein heiseres Lachen aus. »Das nun nicht gerade«, gestand er mit verbittertem Unterton ein. »Schließlich bin ich ja bei der CIA.«

»Bei der CIA? Da habe ich aber etwas anderes gehört.«

»Was du nicht sagst, Jim«, amüsierte sich Kuragin, längst nicht so jovial, wie man es von ihm gewohnt war. »Bist eben immer schon viel zu vertrauensselig gewesen.«

»Ich?«

»Ja, du – James Landon Brannigan. Aber lassen wir das. Vorerst.«

»Mit anderen Worten: Du willst dich mit mir treffen.«

»Bingo, Jim. Wo und wann genau, bekommst du gleich schriftlich.«

»Schriftlich, aha.«

Kuragin gluckste. »Keine Bange, Jim – du musst dich nur umdrehen, hinüber zum Teetisch gehen und den Umschlag öffnen, den ich für dich deponiert habe. Anschließend wirst du ein bisschen schlauer sein, zumindest, was unser freundschaftliches Tête-à-Tête am heutigen Abend angeht. Ach, und Jim: Das mit dem Peilsender tut mit leid. Ehrlich.«

»Dreimal kurz gelacht.« Brannigan schnitt eine Grimasse und knurrte: »Wozu eigentlich dieses Theater? Dieses dämliche Versteckspiel, das du zu meinen Ehren inszenierst? Kannst du mir das verraten?«

»Später, Jim. Eins kann ich dir aber jetzt schon versprechen. Du wirst voll und ganz auf deine Kosten kommen.«

»Anders ausgedrückt, du bist einer Riesensauerei auf der Spur.«

»So könnte man es umschreiben, Jimmy-Boy. Wenn meine Karten auf dem Tisch liegen, werden in Washington Köpfe rollen. Und nicht zu knapp.«

»Du steckst in der Klemme, weißt du das, Juri?«

»Fragt sich, wer hier mehr in der Klemme steckt, mein Freund – du oder ich.« Kuragin pausierte, schlug dann aber einen versöhnlicheren Tonfall an und sagte: »Offen gestanden, Jim, ich brauche deine Hilfe. Ja, du hast richtig gehört. Dein einstiger Musterschüler bittet dich um einen Gefallen.«

»Und um welchen, wenn man fragen darf?«

»Das, großer Bruder, wirst du noch früh genug erfahren«, erklärte die Stimme am anderen Ende der Leitung, womit sich Brannigan allerdings nicht zufriedengab. »Falls es bis dahin nicht zu spät ist, Jimmy-Boy. Für Berlin, meine ich.«

»Spuck's aus, Juri. Was hast du vor?«

»Nur keine unziemliche Hast, Jim. Alles, worum ich dich bitte, ist, dass du deine Beziehungen spielen lässt und mir einen kleinen Gefallen erweist.«

»Gefallen?«

»Jetzt tu doch nicht so, Jim. Oder glaubst du im Ernst, ich würde dir alles haarklein auseinanderdividieren? Am Telefon? Also wirklich – so gut müsstest du mich inzwischen kennen.« Kuragins Tonfall wurde eisig. »Bist du nun Verbindungsoffizier zum MI6 – ja oder nein? Na also. Da wird es dir bestimmt schwerfallen, deine Beziehungen spielen zu lassen. ›Wenn du Probleme hast, frag den alten Jim.‹ Waren das nicht immer deine Worte? Zu deiner Information – ich habe Probleme, mehr als genug.«

»Wäre es da nicht besser, du würdest mir sagen, was hinter der Sache …«

»Es bleibt dabei, Special Agent Brannigan. Meine Instruktionen befinden sich in dem Umschlag. Und die wirst du genauestens befolgen. Bis später, alter Freund – und einen schönen Gruß an Calabrese!«

14

Gästehaus der DDR-Regierung am Großen Döllnsee in der Uckermark | *18.25 h*

Es war Samstagabend und alles andere als ungewöhnlich, dass sich die distinguierten und zumeist älteren Herren am Großen Döllnsee zu einer Besprechung trafen. In Zeiten wie diesen gab es eben eine Menge zu beratschlagen. Wenn es sein musste, auch am Wochenende. Daher schöpften die Politbüromitglieder, Minister und hohen Funktionäre, die zum Haus zu den Birken chauffiert wurden, zunächst keinerlei Verdacht. Erst, als sie auf einen gut gelaunten Walter Ulbricht trafen, fiel es ihnen wie Schuppen von den Augen.

Ulbricht bei guter Laune. Das bedeutete Alarmstufe eins.

Eine durchaus berechtigte Schlussfolgerung, wie der weitere Verlauf des Abends zeigen sollte. Walter Ulbricht, Erster Sekretär des ZK der SED, war nämlich nicht gerade das, was man einen geselligen Menschen nannte. Lustbarkeiten jeglicher Art waren dem Kommunisten alter Schule ein Gräuel. Es sei denn, er fand Gelegenheit, über Lenin, sein Vorbild Stalin oder den Sozialismus zu dozieren. In einem derartigen Fall pflegte der 68-jährige Apparatschik, zu dessen hervorstechendsten Merkmalen Kinnbart, Halbglatze und Fistelstimme gehörten, zur Hochform aufzulaufen. Nicht selten zum Verdruss seiner Entourage, die jedoch nichts unversucht ließ, dem bierernsten, Frühsport treibenden und vorzugsweise Rohkost mit Eiern verzehrenden starken Mann der DDR nach dem Mund zu reden. Kaum einer, der sich die Freiheit nahm, ihm zu widersprechen, der nicht wusste, aus welchem Holz der gelernte Tischler geschnitzt war. Für gewöhnlich war Ulbricht nämlich reserviert, schroff und nachtragend.

Und häufig schlecht gelaunt.

In diesem Punkt waren sich die Parteikader, welche durch das idyllische Birkenwäldchen am Rande der Schorfheide spazierten, durchaus einig. Worüber allerdings keine Einigkeit herrschte, war die Frage, was es mit den zahlreichen Militärfahrzeugen, Soldaten und NVA-Panzern in den benachbarten Wäldern auf sich hatte.

Irgendetwas, so der allgemeine Tenor, war hier im Busch. Im wahrsten Sinne des Wortes.

Doch Ulbricht ließ sich nicht in die Karten schauen. Noch nicht. Bis die Parteibonzen, Regierungsmitglieder und Führungskader erfahren würden, was gespielt wurde, sollten mehr als zweieinhalb Stunden vergehen. Stunden des Wartens, Herumrätselns und der vagen Vermutungen hinter vorgehaltener Hand. Stunden, in denen jeder auf seine Weise versuchte, die Zeit totzuschlagen. Die einen hatten es vorgezogen, sich einen Spielfilm anzuschauen, die anderen standen herum und rissen Witze, wiederum andere zog es hinunter ans Ufer, von wo aus man einen herrlichen Blick auf den Döllnsee genoss.

Unter denen, die dem abendlichen Naturpanorama den Vorzug gaben, befand sich ein unscheinbarer, gerade einmal 29 Jahre alter Schlacks aus Berlin. Keins von den hohen Tieren, die im Garten um Ulbrichts Gunst wetteiferten, sondern einer seiner Leibwächter, der sich die Zeit damit vertrieb, Kieselsteine in den purpurrot schimmernden Döllnsee zu schleudern. Kaum jemand nahm Notiz von ihm, schon gar nicht, als er zum Bootshaus schlenderte, die Hände auf die Brüstung legte und stillvergnügt lächelnd auf den See hinausstarrte. In den Wäldern und der angrenzenden Schorfheide wimmelte es von Soldaten, Sondereinheiten der Staatssicherheit und zum Schutz der illustren Versammlung abkommandierten Vopos, weshalb kein Mensch etwas daran auszusetzen hatte, wenn sich einer von Ulbrichts Leibwächtern eine Ruhepause gönnte.

Dass es sich bei dem hageren, eine Idee zu blassen und in sich gekehrten Blondschopf um den gefährlichsten Mann weit und breit handelte, wäre niemandem in den Sinn gekommen. Gefährlich vor allem deshalb, weil er längst darüber Bescheid wusste, was der versammelten Parteiprominenz demnächst eröffnet werden würde. Gefährlich aber auch, weil er Ulbricht, den Kommunismus und überhaupt alles, was damit zusammenhing, abgrundtief hasste. Nicht zuletzt deswegen war er zum Verräter geworden, an einer Sache, die vor noch nicht allzu langer Zeit sein Lebensinhalt gewesen war. Jens-Uwe Trebitsch, in Moskau geborener Sohn einer deutschen Emigrantin aus den Reihen der KPD, umklammerte das Geländer, welches ihn von der sanft gewellten Oberfläche des Döllnsees trennte, und blickte sich belustigt um. Nur noch ein paar Stunden, allenfalls Tage, dann war es so weit. Dann würde es diesen Salon-Kommunisten an den Kragen gehen.

Schwer vorstellbar, dass er selbst einmal an diese Möchtegern-Wohltäter geglaubt hatte. Kaum zu fassen, aber dennoch wahr. Schuld daran war vor allem seine Mutter gewesen, die nichts unversucht gelassen hatte, ihn auf die Leninschule in Moskau zu schicken. Damals, unmittelbar nach dem deutschen Einmarsch, war das schon ein kleines Kunststück gewesen, wobei er sich im Nachhinein fragte, wie so etwas überhaupt möglich war. Vor gut einem Jahr, als seine Mutter im Sterben lag, hatte er schließlich die Antwort bekommen. Gerade sie, Kommunistin durch und durch, hatte ihn belogen. Sein ganzes verdammtes Leben lang. Ausgerechnet sie, die ihm stets eingetrichtert hatte, wie wichtig Aufrichtigkeit war. Das Eingeständnis, sein Vater sei gar kein Deutscher und schon gar nicht bei einem Unfall ums Leben gekommen, hatte seine ganze Welt zum Einsturz gebracht. Erst recht, als er erfahren hatte, wer er wirklich war. Nämlich irgendein hohes Tier aus dem ZK, dessen Name ihm seine Mutter nicht einmal auf dem Sterbebett hatte preisgeben wollen. Nach Bekanntwerden ihrer Schwangerschaft habe er nichts mehr von ihr wissen wollen, hatte sie ihm unter Tränen gebeichtet, weder von ihr, seiner Geliebten, noch von ihm, dem leiblichen Sohn. Kurz darauf war seine Mutter gestorben, linientreu bis in den Tod.

Von da an war es stetig mit ihm bergab gegangen. Buchstäblich alles, was seinem Leben bislang einen Sinn gegeben hatte, war ihm aus den Händen geglitten. Er hatte gelernt zu hassen, aus vollem Herzen. Nicht etwa nur die Welt, in der er lebte, sondern vor allen Dingen sich selbst. Jens-Uwe Trebitsch, Vorzeigekader und Parteiaktivist, war seiner selbst überdrüssig geworden. Dabei war es allerdings nicht geblieben. Knapp ein Jahr zuvor, während der Feiern anlässlich des 11. Jahrestages der verhassten Republik, hatte sich im Café Warschau an der Stalinallee ein Mann zu ihm an den Tisch gesetzt und sich als Angehöriger der bulgarischen Mission ausgegeben. Abgekauft hatte er ihm das natürlich nicht, obwohl er schon einen in der Krone gehabt hatte. Im weiteren Verlauf des feuchtfröhlichen Abends war ihm dann aber ziemlich schnell klar geworden, mit welcher Art Zeitgenosse er sich da eingelassen hatte. Keineswegs schockiert, hatte er den Versuch, ihn als Agenten für die CIA anzuwerben, wie eine Befreiung empfunden. Als ein ideales Mittel, sich an allem, was ihn zutiefst abstieß, zu rächen. Reue hatte er dabei keine empfunden, höchstens Befriedigung. Jetzt war er es, der anderen Schaden zufügte, in einem Ausmaß, wie es ihm niemand zugetraut hätte. Er hatte einfach alles verraten, was er auf Lager gehabt hatte, und das war nicht gerade wenig gewesen. Der Zufall wollte es, dass nämlich ausgerechnet er von Ulbricht zum Sonderkurier auserkoren worden war. Aus Angst, abgehört zu werden, war dieser nämlich auf die Schnapsidee gekommen, den sowjetischen Botschafter mithilfe schriftlicher Lageberichte über den Fortgang der Vorbereitungen zur Abriegelung des Ostsektors von Berlin auf dem Laufenden zu halten. Ein verhängnisvoller Fehler, fast so groß wie der, ausgerechnet ihn, Jens-Uwe Trebitsch, mit der Aufgabe zu betrauen, die Lageberichte in die sowjetische Botschaft Unter den Linden zu befördern und sie dem Statthalter Moskaus persönlich zu übergeben. Er hatte nicht einen Moment gezögert und sämtliche Dokumente, die man ihm anvertraut hatte, postwendend fotografiert. Um sie anschließend treu und brav an Perwuchin zu übergeben. Gerade so, als sei nichts gewesen. Je reicher die Ausbeute, umso erfreuter war sein Führungsoffizier gewesen, eben jener Mann, der ihn damals angeworben hatte. Wie in Geheimdienstkreisen üblich, hatte Trebitsch zunächst keinen blassen Schimmer gehabt, wie er hieß oder woher er kam. Erst viel später, bei einem konspirativen Treffen auf dem Alexanderplatz am gestrigen Freitag, hatte er wenigstens seinen Decknamen erfahren.

Und den Zarewitsch danach nicht wiedergesehen.

»He, Trebitsch – wo steckst du denn? Der Alte will dich sprechen, dawei!*«

Immer noch das gleiche stillvergnügte Lächeln auf dem Gesicht, stieß sich Trebitsch vom Geländer ab, rückte seine dunkelblaue Krawatte zurecht und folgte seinem Kollegen auf dem Fuß. Immer mit der Ruhe, Walter!, machte er sich insgeheim lustig, deine Tage sind ohnehin gezählt. Trebitschs Genugtuung kannte keine Grenzen. An den Amerikanern, allen voran Kennedy, würde sich Ulbricht die Zähne ausbeißen. Dafür hatte er, sein Leibwächter, ja gesorgt. Detaillierte Informationen über den bevorstehenden Mauerbau, Aufmarschpläne der NVA, Mannschaftsstärke der beteiligten Vopo-Einheiten. Mit diesen Informationen würden die Amerikaner bestimmt etwas anfangen können. Das würde sie wachrütteln, auf den Plan rufen, zu Gegenaktionen anstacheln. So leicht, wie Ulbricht sich das vorstellte, würde sich Kennedy nicht an der Nase herumführen lassen. Hundertprozentig nicht. Halb Berlin einmauern, noch dazu in einer Nacht-und-Nebel-Ak-

* russ.: Auf geht's!

tion? Das hatte sich dieser sächselnde Spitzbart so gedacht. Kennedy würde sich das nicht bieten lassen und energisch dagegen vorgehen. Daran und an der Tatsache, dass seine Informationen in die richtigen Hände gelangen würden, hegte Jens-Uwe Trebitsch nicht den geringsten Zweifel.

Der Zarewitsch würde das bestimmt hinkriegen, keine Frage.

Wie berauscht vom eigenen Wunschdenken, näherte sich Trebitsch dem mehrstöckigen, mit einem Walmdach und jedem nur erdenklichen Komfort ausgestatteten Gästehaus, würdigte die Ansammlung illustrer Parteigrößen keines Blickes und betrat das Gebäude durch den Seiteneingang. Jagdtrophäen, Erinnerungsplaketten und Geweihe. Und abermals Geweihe. Sechsender, Achtender, Zwölfender, etliche davon aus der Zeit, als Görings Leibjäger hier logiert hatte. Trebitschs Miene erstarrte. Der Jagdeifer, den manch einer der hohen Herren an den Tag legte, widerte ihn an, fast so sehr wie ihre Gier nach Privilegien.

»Herein.« Allein schon der Tonfall, mit dem Ulbricht auf sein Klopfen reagierte, hätte ihn stutzig machen müssen. Der Tonfall und die beiden Stasi-Beamten draußen auf dem Flur. Immer noch guter Dinge, achtete Trebitsch jedoch nicht auf sie, betrat den Raum und ließ die Tür hinter sich ins Schloss fallen.

Ulbricht, der stocksteif an seinem Schreibtisch

saß, war nicht allein. Unmittelbar neben ihm, in etwa gleich weit von der Nummer eins der SED und Trebitsch entfernt, stand ein Unbekannter, dem man den MfS*-Schergen schon aus 100 Metern Entfernung ansah. Er war um die 40, sah gepflegt aus und trug einen dunklen Anzug samt Hut und Krawatte. Und lächelte unentwegt. Ganz anders Ulbricht, der die Wut, die ihn gepackt hatte, nur mit Mühe unterdrücken konnte. »Du weißt, warum ich dich habe rufen lassen, Genosse?«, fragte er, dermaßen aufgebracht, dass sich sein aufgrund von Kehlkopf-Diphterie zum Fisteln verdammtes Organ beinahe überschlug. Dabei deutete er, ohne ihm Zeit zum Antworten zu geben, auf eine gestochen scharfe Schwarz-Weiß-Aufnahme, die griffbereit auf dem blank polierten Schreibtisch lag. »Oder muss ich dir etwa auf die Sprünge helfen?«

Nein, das musste Genosse Ulbricht nicht. Und er musste ihm auch nicht auseinandersetzen, wo genau das Foto geschossen worden war. Nämlich auf dem Alexanderplatz. Trebitsch setzte ein Lächeln auf, um das ihn manch einer, der in die Fänge der Stasi geraten war, gewiss beneidet hätte. Schon gar nicht musste ihm dieser Hinterhof-Stalin erklären, was der adrett gekleidete Herr zu seiner Rechten alles anstellen würde, um den Verrat, den er begangen hatte, bis in sämtliche Details hinein aufzuklären.

* Ministerium für Staatssicherheit

Diesbezüglich konnte man sich auf die Stasi verlassen. Und zwar absolut.

Blieb also nur eine Möglichkeit, und zwar die, mit der er von Anbeginn hatte rechnen müssen. Ohne auch nur einen Hauch von Furcht oder Verzweiflung im Gesicht, setzte Jens-Uwe Trebitsch, laut Stasi-Akte 29 Jahre, in Wahrheit jedoch mindestens dreimal so alt, sein strahlendstes Lächeln auf, wischte eine goldgelbe Haarlocke aus dem Gesicht und sah Ulbricht, auf dessen Gesicht der blanke Hass aufloderte, mit mitleidigem Augenaufschlag an. Danach zerbiss er die Zyankali-Kapsel, die er mit einer blitzschnellen Handbewegung aus der Brusttasche gefischt hatte.

*

»Und das ausgerechnet heute!« Auch jetzt, knapp zehn Minuten nachdem Trebitschs Leichnam in aller Eile abtransportiert worden war, konnte sich Ulbricht nicht beruhigen und stiefelte ruhelos auf und ab. Nicht so der immer noch anwesende Oberleutnant der DDR-Staatssicherheit, in fast allem das exakte Gegenteil zur Nummer eins der SED. Mischa Bartosz, 38 Jahre, mittelgroß, gut aussehend und äußerst charmant, war ein Mann, auf den Ulbricht bauen konnte. Er sprach perfekt Russisch, hatte wie er während des Krieges in der Sowjetunion gelebt, dort Flugzeugbau studiert und nebenbei als Redakteur gearbeitet. Bartosz war der Mann für schwierige Fälle und selbst innerhalb des MfS nur den Wenigsten bekannt. Er war der Mann ohne Gesicht, loyal, effizient, kaltblütig wie kaum ein anderer.

Und völlig skrupellos.

»Was nun?« Die Hände hinter dem Rücken verschränkt, stand Ulbricht am Fenster und blickte mit verkniffener Miene auf die Terrasse hinaus, wo sich die versammelte Parteiprominenz gerade anschickte, auf Wodka, russischen Kaviar und Krimsekt umzusteigen. Getreu seiner Natur erweckte dies sein spontanes Unbehagen, doch da er andere Sorgen hatte, schluckte er seinen Unmut hinunter, wandte sich an Bartosz und krächzte: »Schöne Bescherung, was?«

Bartosz, Bonvivant, Liebling der Frauen und den schönen Dingen des Lebens durchaus zugetan, nahm es mit Gelassenheit, was Ulbricht mit einem verdrossenen Stirnrunzeln registrierte. »Wenngleich nicht ganz so schlimm, Genosse Ulbricht, wie es auf den ersten Blick aussehen mag.«

»Möchte wissen, woher Sie Ihren Optimismus nehmen!«, schnauzte Ulbricht, auf Intellektuelle nicht unbedingt gut zu sprechen, seinen Gesprächspartner an. In Anbetracht der Tatsache, dass er auf ihn angewiesen war, mäßigte er jedoch seinen Ton und drängte: »Die Zeit läuft uns davon, Bartosz, das wissen Sie so gut wie ich. Stellen Sie sich doch bloß mal vor, die Amerikaner bekommen Wind von der Sache. Eine Mauer quer durch Berlin, direkt vor ihrer Nase. Was glauben Sie, was dann los sein wird.« Wie immer, wenn er sich über etwas aufregte, überschlug sich Ulbrichts Stimme, wovon Bartosz aber keinerlei Notiz zu nehmen schien. »Ausgerechnet jetzt, kurz vor dem Ziel. Alles läuft wie geplant. Und dann kommt uns dieser dreckige Verräter dazwischen. Schlimmer hätte es uns wirklich nicht treffen können.«

»In der Tat, Genosse Generalsekretär. Wenngleich wir nicht wissen, wie groß der Schaden ist, den Trebitsch …«

»Wie groß? Jetzt machen Sie aber mal einen Punkt, Bartosz!«, giftete Ulbricht und fuchtelte wie ein Derwisch mit den Armen herum. »Das kann man sich ja wohl an fünf Fingern abzählen.«

»Mag sein, Genosse Generalsekretär. Wobei ich mich frage, weshalb die Amerikaner dann immer noch nicht reagiert haben.« Um die größtmögliche Wirkung zu erzielen, ließ Bartosz einige Sekunden verstreichen. Dann sagte er: »Also, wenn Sie mich fragen: Irgendwie habe ich das Gefühl, die Amerikaner haben nicht die leiseste Ahnung, was ihnen blüht. Sonst hätten sie schon lange etwas unternommen. Mit Verlaub, Genosse – etwas Besseres, als unser Vorhaben zu verhindern, könnte denen doch gar nicht passieren.« Bartosz warf Ulbricht einen flüchtigen Seitenblick zu. »Soweit ich informiert bin, läuft jedoch alles nach Plan. Keinerlei Anzeichen für Truppenverlegungen, militärische Operationen oder Präventivmaßnahmen jedweder Art.«

»Nehmen wir einmal an, Sie haben recht, Bartosz – wie erklären Sie sich dann, dass uns ein CIA-Agent nach allen Regeln der Kunst aufs Kreuz legt, es aber unterlässt, drüben im Westen Alarm zu schlagen? Können Sie mir das erklären?«

Die Miene von Bartosz verdüsterte sich, und sein Markenzeichen, das Dauerlächeln, verschwand aus seinem Gesicht. »Zum gegenwärtigen Zeitpunkt muss ich da leider passen, Genosse.«

»Ich hoffe, Sie wissen, welche Konsequenzen das für uns alle haben wird«, knurrte Ulbricht, dem die Ausgelassenheit, welche seine Gäste an den Tag legten, allmählich auf den Magen zu schlagen begann. »Und für Sie.«

»Natürlich weiß ich das, Herr Generalsekretär, deswegen habe ich ja auch ein paar Erkundigungen eingezogen.«

»Reichlich spät, finden Sie nicht auch?«

Nicht gewillt, auf Ulbrichts Seitenhieb einzugehen, ließ es Bartosz bei einem Achselzucken bewenden, kramte einen Notizblock aus dem Jackett und spazierte zur Tür, um das Licht anzuknipsen. »Um Ihre Geduld nicht unnötig zu strapazieren, nur das Wichtigste.« Bartosz räusperte sich, schlug einen betont sachlichen Tonfall an und sagte: »Also gut. Bei dem Mann, mit dem Trebitsch offenbar seit Längerem in Verbindung stand, handelt es sich nicht etwa um einen gebürtigen Amerikaner, sondern um einen Russen.«

»Wie bitte?«

»Sie haben richtig gehört, Genosse Ulbricht. Ein Russe in Diensten der CIA, an diesen Gedanken muss man sich erst einmal gewöhnen. Kommt ja wohl nicht allzu häufig vor.«

Krebsrot im Gesicht, japste Ulbricht nach Luft und steuerte mit geblähten Nasenflügeln auf Bartosz zu. Der wiederum wartete den zu erwartenden Temperamentsausbruch gar nicht erst ab und setzte seinen Monolog scheinbar unbeeindruckt fort. »Wie dem auch sei, Trebitschs Kontaktmann ist 45 Jahre alt, stammt aus Leningrad und ist vor ziemlich genau acht Jahren von der Bildfläche verschwunden. Und das anscheinend von einem auf den anderen Tag. Sehr zum Ärger unserer Moskauer Genossen, wie ich der Korrektheit halber betonen muss. Die wiederum nichts Eiligeres zu tun hatten, als bei Mielke* vorstellig zu werden und ihn umgehend auf unsere schwarze Liste setzen zu lassen.« Bartosz lächelte maliziös. »Wäre es nach denen gegangen, hätten sie ihn mit Sicherheit einen Kopf kürzer gemacht. Dummerweise ist er dem MGB jedoch entwischt.«

»Also ein Überläufer.«

»Ehrlich gesagt, Genosse – schlau geworden bin ich aus der ganzen Angelegenheit noch nicht.

---

* Leiter des Ministeriums für Staatssicherheit

Sieht ganz danach aus, dass seine Flucht in den Westen irgendetwas mit dem Bernsteinzimmer zu tun hat. Oder vielmehr hatte.« Bartosz blätterte weiter, blickte kurz auf und lächelte zufrieden vor sich hin. »Wer weiß, vielleicht ist genau das der Grund, warum er auf unserer schwarzen Liste gelandet ist. Mit Foto, Vita und allem Drum und Dran. Und dem Vermerk, nach seiner Ergreifung sei er umgehend an den KGB zu übergeben – tot oder lebendig.«

»Name?«

»Juri Andrejewitsch Kuragin, Genosse Ulbricht. Verdammt gerissener Bursche, würde ich sagen. Zu dumm, dass er uns gestern Abend entwischt ist. Sonst hätten wir uns diesen Nestbeschmutzer zur Brust genommen.«

Ulbricht setzte ein höhnisches Lächeln auf. »Daraus wird ja wohl nichts mehr werden, Bartosz, oder?«

»Wer weiß.« Tief in Gedanken, überflog Bartosz seine Notizen und fixierte seinen Blick auf Ulbricht, der so bedient war, dass er sich auf den nächstbesten Stuhl sinken ließ. »So düster, wie es aussieht, liegen die Dinge nämlich nicht.«

»Was Sie nicht sagen.«

Längst nicht so pessimistisch wie sein Gegenüber, baute sich Bartosz vor Ulbricht auf und erwiderte: »Zugegeben, wir sind gestern Abend zwar zu spät gekommen, aber …«

»Aber?«

»Kurz bevor Kuragin getürmt ist, scheint er versucht zu haben, von einer Gaststätte aus zu telefonieren.«

Ulbricht fuhr überrascht in die Höhe. »Und mit wem? Nun machen Sie schon, Herr Oberleutnant, sonst sitzen wir …«

»Mit jemandem aus dem Westen.«

»… noch in einer Stunde hier! Aus dem Westen? Darauf wäre ich nun wirklich nicht gekommen, Bartosz. Und um wen handelt es sich?«

Wie auf Bestellung setzte Bartosz erneut sein Dauerlächeln auf, was Ulbricht nur umso mehr in Wallung brachte. »Um jemanden, vor dem man sich in Acht nehmen sollte«, entgegnete er, klappte seinen Notizblock zu und verstaute ihn in seinem Jackett. Ohne Ulbricht auch nur eines Blickes zu würdigen, begab er sich daraufhin zur Tür. »Allein schon aus Respekt vor seiner Zunft.«

»In Acht nehmen – wieso?«

»Weil er bei der Kripo ist, Genosse!«, versetzte Bartosz, tippte an seine Hutkrempe und genoss die Verblüffung, die sich auf dem Gesicht des 68-jährigen Despoten abzeichnete, in vollen Zügen. Dann warf er einen kurzen Blick auf die Uhr. »Noch fünf Stunden und 20 Minuten – höchste Zeit, Herrn von Sydow einen kleinen Besuch abzustatten!«

15

Berlin-Tempelhof, Schrottplatz am Tempelhofer Damm | *18.50 h*

»Wie gesagt: seit etwa 15 bis 20 Stunden tot. Um die 50, 1,73 Meter groß, graue, ursprünglich hellbraune Haare, Übergewicht. Farbe der Augen: braun. Besondere Kennzeichen: Boxernase und eine imposante Warze auf dem Kinn. Alles in allem nicht gerade das, was man als schönen Mann bezeichnen würde. Aber was soll's – wenigstens hatte er einen schönen Tod.«

»Red nicht um den heißen Brei rum, Leichenfledderer. Sonst stehen wir noch morgen früh hier rum.«

»Nur die Ruhe, Herr Kriminalrat in spe«, tönte Heribert Peters, der sich die Chance, Sydow zu piesacken, nicht entgehen ließ. Auf das Ritual, das nun folgen würde, wollte er nicht verzichten, ebenso wenig wie sein Freund. »So schnell schießen die Russen nicht.«

»Oder die Amis – kommt ganz drauf an. Deine Ruhe wollte ich haben, Dicker.«

»Anders kann man diesen Job ja nicht ertragen!«, setzte sich Peters zur Wehr, knetete sein Genick und warf einen Blick auf den demolierten Opel Rekord, der soeben aus der Schrottpresse gehievt wurde. »Besonders, wenn man es mit jemandem wie dir zu tun hat.«

»Danke für die Blumen«, witzelte Sydow, der seine Pappenheimer bestens kannte, und bot Peters einen Glimmstängel an. »Hier, als Wiedergutmachung.«

Wie nicht anders zu erwarten, ließ der Gerichtsmediziner seinen Freund eine Weile zappeln, griff dann aber doch gierig zu. »Wie gesagt –«, fuhr er nach den ersten Lungenzügen fort, während denen er verzückt die Augen geschlossen und sich der tief stehenden Sonne zugewandt hatte, »alles deutet darauf hin, dass unser unbekannter Casanova kurz vor dem Ableben noch eine Nummer geschoben hat. Oder mehrere hintereinander.«

»So genau will ich's gar nicht wissen.« Sydow nahm seine Sonnenbrille ab und rieb sich die Augen. »Fragt sich nur, wieso er sich anschließend die Kugel gegeben hat.«

»Weil die Rechnung zu hoch war – was hast du denn gedacht.«

»Hahaha, selten so gelacht.« Sydow schnitt eine Grimasse, mit der er jedem Zirkusclown hätte Konkurrenz machen können, und drosch eine herumliegende Bierdose in den nächstbesten Schrotthaufen. »Manchmal kannst du einem wirklich auf den Wecker gehen.«

»Und was ist mit dir, hm?« Peters rauchte seine

HB zu Ende, ließ sie auf den Boden fallen und drückte sie mit der Schuhspitze aus. »Aber im Ernst: Woher willst du eigentlich wissen, dass wir es hier mit einem Selbstmörder zu tun haben?«

»Eine klaffende Wunde an der rechten Schläfe, Schmauchspuren und das großkalibrige Projektil, welches ein gewisser Heribert Peters, von Beruf Gerichtsmediziner, bei seiner Obduktion vermutlich zutage fördern wird. Eindeutiger geht's ja wohl nicht, oder?«

»Unter die Hellseher gegangen, was?«, gab die Zielscheibe von Sydows Frotzeleien zurück, mittlerweile absolut immun dagegen. Und setzte sogar noch eins drauf: »Und was, wenn deine Kristallkugel nicht richtig funktioniert?«

»Mit anderen Worten – du hältst es für möglich, dass unser neuester Kunde ermordet worden ist.«

Peters spendete demonstrativ Applaus. »Da capo, Maestro!«, rief er mit verzückter Miene aus. »So viel Einfühlungsvermögen hätte ich Ihnen wirklich nicht zugetraut!«

Längst an derlei Kapriolen gewöhnt, gab sich Sydow betont locker, wartete, bis sich der Gerichtsmediziner ausgetobt hatte, und fuhr durch das rotblonde, hie und da bereits von grauen Strähnen durchzogene Haar. »Und aus welchem Grund?«

»Warum er um die Ecke gebracht worden ist, meinst du?« Von einem Moment auf den anderen war Peters das Lachen vergangen. »Woher soll ich denn das wissen?«

»Aber über andere herziehen, so haben wir's gern.« Sydow verpasste Peters einen Rempler, woraufhin Naujocks, der gerade dabei war, den Opel Rekord auf den Kopf zu stellen, belustigt den Daumen hob. »Fazit: Es gibt noch eine Menge zu tun. Wobei wir ja wohl davon ausgehen können, dass Tatort und Fundort der Leiche nicht identisch sind.«

»Stattgegeben.«

»Das heißt, der oder die Täter haben diesen Ort mit Bedacht gewählt.« Sydow legte den Zeigefinger auf die Unterlippe und ließ ihn im Zeitlupentempo über sein stoppeliges Kinn gleiten. »Wie heißt es doch so schön: Not macht erfinderisch.«

»Sag du noch mal was gegen meinen Humor.«

Sydow kehrte die Handflächen nach außen und grinste. »Summa summarum – als Erstes müssen wir rauskriegen, wie unser feuriger Liebhaber heißt. Dann sehen wir … und wer sind Sie, wenn man fragen darf?«

Sydow und Peters waren so sehr in ihr Gespräch vertieft, dass sie den Bär von einem Mann, der sich auf leisen Sohlen genähert hatte, zunächst nicht bemerkten. Erst sein Schatten machte die beiden auf ihn aufmerksam, wobei es Sydow war, der am schnellsten reagierte, eine Kehrtwendung machte und das Muskelpaket, welches ihn um Haupteslänge überragte, näher in Augenschein nahm.

»Juskowiak«, antwortete der tapsige Hüne und wies mit der Kinnspitze auf die Baracke, wo sich der Aufenthaltsraum für das Personal, das Büro und die Privaträume des Besitzers befanden, an dem sich Krokowski gerade die Zähne ausbiss. »Alfred Juskowiak. Ihr Assistent hat gesagt, ich soll mich bei Ihnen melden.«

»So, hat er.« Sydow war es nicht gewohnt, dass es noch größere Zeitgenossen gab als ihn, weshalb seine Erwiderung ein wenig zurückhaltend ausfiel. »Na, dann schießen Sie mal los, Herr …«

»Jumbo. Sie können mich ruhig Jumbo nennen, Herr Kommissar.« Das Kraftpaket mit dem treffenden Spitznamen, auf dem Sydows prüfender Blick ruhte, nahm seine Schirmmütze ab und lächelte ihn treuherzig an. »Nichts für ungut – aber ich glaube, ich kann Ihnen ein wenig weiterhelfen.«

»Und wie?«

»Ganz einfach, Herr Kommissar. Mir ist wieder eingefallen, woher ich den armen Teufel kenne.« Juskowiak platzte beinahe vor Stolz. »Das interessiert Sie doch, oder?«

*

»Ick will Ihnen mal wat flüstern, Herr Kommissar – und det schreimse sich jefälligst hinter die Lauscher! Anstatt auf meenem Schrottplatz rumzuschnüffeln, sollten Se lieber zusehn, dat anständige Bürger wie ick besser beschützt werden, klar? Det is' nämlich allemal besser, als die Finger in anderer Leute Anjelegenheiten zu stecken, wenn Se verstehn, wat ick meene.« Gerd Lenuweit, Inhaber, Geschäftsführer und unumschränkter Herrscher über das halbe Dutzend Mitarbeiter von Lenuweit und Co., war ein Zeitgenosse, mit dem definitiv nicht gut Kirschen essen war. Ihn als Choleriker zu bezeichnen wäre untertrieben gewesen, das Prädikat ›Giftzwerg‹ traf es da schon eher. Lenuweit war kleinwüchsig, unflätig und so agil, dass er es keine drei Sekunden an ein und derselben Stelle, geschweige denn längere Zeit auf einem Stuhl aushielt. Und er war laut, unfassbar laut. Seit er zur Kripo gegangen war, hatte sich Eduard Krokowski, ein wahrer Dulder vor dem Herrn, noch nie so sehr zusammennehmen müssen. Und das sagte eigentlich schon alles. »Hamse mir verstanden, oder wollnse det, wat ick Ihnen jeflötet hab, schriftlich?«

»Ihre Aussage, meinen Sie?«, gab Krokowski zurück, kurz davor, aus der Haut zu fahren und seinem Gesprächspartner den verdienten Denkzettel zu verpassen. »Kommt ganz drauf an, wie kooperativ Sie sich mir gegenüber zeigen.«

»Ko… wat?«

»Ob Sie Ihre Inszenierung von Rumpelstilzchen … na schön, einfacher ausgedrückt: Wenn Sie hier weiter so rumtoben wie bisher, mich anbrüllen oder verarschen wollen, nehmen wir Sie mit aufs

Revier, klar? So, und jetzt setzen Sie sich gefälligst hin und beantworten meine Fragen, sonst kriegen Sie es mit mir zu tun.« Krokowski war derart in Rage, dass er über sich selbst erschrak. Ausgerechnet er, der auf Etikette und zivilisierte Umgangsformen größten Wert legte. Der von den Kollegen hinter vorgehaltener Hand Knigge genannt wurde. Eine peinliche, durch nichts zu entschuldigende Entgleisung.

Na ja, aber wenigstens eine, welche die gewünschte Wirkung erzielte.

»Schon jut, junger Mann, schon jut – wer wird denn gleich in die Luft jehn.« Gerd Lenuweit alias Rumpelstilzchen wich mehrere Schritte zurück und ließ sich in den abgenutzten Ledersessel fallen, der sich hinter seinem mit Kfz-Papieren, leeren Bierflaschen und überquellenden Aschenbechern übersäten Schreibtisch befand. Hier wie auch in den übrigen Räumen, in denen es penetrant nach Hund, Schweiß, Nikotin und Doppelkorn roch, herrschte eine derartige Unordnung, dass Krokowski die Haare zu Berge standen. Gegen das Chaos, das hier ausgebrochen war, sah eine Müllhalde noch halbwegs ordentlich aus, verdreckter ging es wirklich nicht. »Wat wollense von mir wissen?«

»Gegenfrage. Haben Sie eigentlich ein Alibi, Lenuweit?«

»Ein …?«

»Sehen Sie, so kommen wir der Sache schon näher.« Von seinem Naturell her war es ihm zuwider, Verhörmethoden à la Stasi anzuwenden, aber da diesem Widerling nicht anders beizukommen war, sprang Krokowski über seinen Schatten und verkündete: »Nach einer vorläufigen Schätzung unseres Gerichtsmediziners ist der Unbekannte, den einer ihrer Angestellten per Zufall entdeckt hat, seit mindestens 15 Stunden tot. Das bedeutet, er muss unmittelbar nach Mitternacht oder in den frühen Morgenstunden ums Leben gekommen sein.«

Kleinlaut wie lange nicht mehr, spielte Lenuweit an den Trägern seiner blauen Latzhose herum, blickte bald hierhin, bald dorthin und lugte schließlich vor lauter Verlegenheit zum Fenster hinaus, wo Juskowiak gerade wie ein Wasserfall auf Sydow einredete. »Ein Toter im Kofferraum – und dat mir«, brabbelte er schließlich vor sich hin, wie verwandelt und kaum noch wiederzuerkennen. »Wenn die schon jemanden aus dem Weg räumen, sollense ihn dat nächste Mal jefälligst woanders …«

»Und wer, bitte schön, sind ›Die‹?«

»Det wees ick ehrlich jesagt selber nich', Herr Kommissar«, druckste Lenuweit herum und zuckte verschämt die Achseln. »Keene Ahnung.«

»Finden Sie nicht, es ist allmählich an der Zeit, ein Geständnis abzulegen?«

Uneins mit sich, blickte Lenuweit kurz auf, zwirbelte an seinen wie Unkraut sprießenden Brauen herum und geriet so sehr ins Schwitzen, dass Krokowski instinktiv auf Distanz zu ihm ging. Dann aber, des Taktierens müde, richtete er sich entschlossen auf und grunzte: »Na jut, weil Sie's sind, Herr Kommissar.«

»Warum denn nicht gleich, Lenuweit. Wenn ich Sie bitten darf, mir zu folgen – Kollege Sydow hat bestimmt ein paar Minuten Zeit für Sie!«

16

Berlin-Wannsee, Seestraße | *19.20 h*

Das Wichtigste war, jetzt keine Fehler zu machen. Nur darauf kam es an, davon hing alles ab. Sein Leben, das Wohl und Wehe von Berlin, möglicherweise sogar die Entscheidung über Krieg und Frieden. Ein Krieg, in dem es nach seiner festen Überzeugung nur Verlierer geben würde. Und so viele Tote, dass man sich das Zählen getrost sparen konnte.

Kuragin schloss die Augen und genoss den Windstoß, der ihm vom Ostufer aus entgegenschlug, in vollen Zügen. Auf einmal war er wieder zu Hause, mehr als 1.300 Kilometer von Berlin entfernt. Und 30 Jahre jünger, zumindest in Gedanken. Damals, in den frühen Dreißigern, war für ihn die Welt noch in Ordnung gewesen. An den Wochenenden war er mit Vater zum Angeln an den Ladogasee oder nach Puschkin gefahren, um sich die Zarenschlösser anzusehen. Für ihn, den klapperdürren Halbwaisen, Sohn eines Russen und einer Georgierin aus dem Arme-Leute-Viertel von Leningrad, war das eine halbe Weltreise gewesen, und er hatte es jedes Mal kaum erwarten können, bis es soweit war. Um ihn aufs Gymnasium schicken zu können, hatte sein Vater viele Opfer gebracht, sich kaum etwas gegönnt, beinahe krumm und bucklig gearbeitet. Aber es hatte sich gelohnt. Kuragin war stets unter den Besten gewesen, und das, obwohl ihm kein Mensch hatte helfen können. Am Ende seiner Schulzeit, anno 1936, war dann aber plötzlich alles anders geworden. Vorbei waren die unbeschwerten Tage der Jugend, vorbei auch die turbulenten Jahre unmittelbar nach der Revolution. Von nun an hatte nur noch ein Wille gegolten, und zwar der von Josef Wissarionowitsch Stalin. Kuragins Miene überschattete sich. Wie ausgerechnet er beim NKWD gelandet war, konnte er sich im Nachhinein wirklich nicht erklären. Tatsache war, dass damals alles begonnen hatte, und er fragte sich, ob es nicht besser gewesen wäre, sich nach etwas Anderem umzusehen.

Das Tuten eines Ausflugsdampfers, der gemächlich die Havel hinauf tuckerte, riss Kuragin wieder in die Gegenwart zurück. Ab und zu tat etwas Entspannung gut, besonders jetzt, kurz vor dem alles entscheidenden Moment. In gut zweieinhalb Stunden, so sein Kalkül, würde es endlich so weit sein. Dann würde sich zeigen, ob Brannigan der war, für den er ihn hielt. Und ob sein riskanter Plan überhaupt funktionieren würde.

Was ihn betraf, waren die Würfel jedenfalls gefallen. Er, der Agent mit dem glanzvollen Pseudonym, würde seinen Job an den Nagel hängen. Für immer.

Juri Andrejewitsch Kuragin, NKWD-Offizier und Ex-Major des sowjetischen MGB und vom heutigen Tage an auch Ex-Agent der CIA, öffnete die Augen und warf einen beiläufigen Blick auf die Uhr. In genau 150 Minuten, würde er sich an denen rächen, die geglaubt hatten, sich seiner wie eines abgetragenen Kleidungsstückes entledigen zu können. Kuragins Mundwinkel verzog sich zu einem abfälligen Grinsen. Noch wusste er zwar nicht genau, weshalb Bradlee ihn hatte beseitigen wollen, aber das würde er schon noch herausbekommen. Dass es mit den Erkenntnissen zusammenhing, die er gewonnen hatte, konnte er sich an fünf Fingern zusammenzählen. Blieb die Frage, weshalb der Firma die Tatsache, dass die Russen offenbar nicht im Traum an eine Offensive gegen Westberlin dachten, auf einmal unter den Tisch kehren wollte. Anders konnte man den Versuch, ihn aus dem Weg zu räumen, ja wohl nicht deuten. Die Augen zu einem schmalen Spalt verengt, ließ Kuragin Daumen und Zeigefinger über die Unterlippe gleiten und blickte mit sorgenvoller Miene zum gegenüberliegenden Ufer hinüber. Je länger er nachdachte, desto tiefer wurden die Falten auf seiner Stirn, und nachdem mehrere Minuten verstrichen waren, fiel es ihm plötzlich ein.

Kuragins Miene verhärtete sich, gefror buchstäblich zu Eis. Des Rätsels Lösung, so sie es denn war, hatte etwas Atemberaubendes, wenngleich zutiefst Deprimierendes an sich. Logisch zwingend waren seine Mutmaßungen jedoch allemal. Fakt war, dass Langley daran gelegen war, die Sowjets in einem ganz bestimmten Licht erscheinen zu lassen. Nämlich als potenzielle, nur auf den richtigen Zeitpunkt zum Losschlagen spekulierende Aggressoren. Fakt war aber auch, dass Kennedy davor zurückschreckte, ihnen einen Denkzettel zu verpassen. Seit dem Desaster in der Schweinebucht hatte er zwar nach außen große Töne gespuckt, intern jedoch durchblicken lassen, dass er nicht bereit war, es auf ein Kräftemessen mit den Sowjets ankommen zu lassen. Insider, beileibe nicht nur solche in der CIA, bezeichneten ihn deshalb als Schwächling, als einen Zauderer, der niemals hätte Präsident werden dürfen. Was also, folgerte Kuragin, lag in dieser Situation näher, als den unliebsamen irischen Appeaser dazu zu zwingen, endlich einmal Farbe zu bekennen? Mit dem nötigen Quäntchen Glück, den richtigen Leuten und einem triftigen Grund würde dies gelingen. Ein kleiner Zwischenfall hier, eine angebliche Provokation da, am besten gleich ein Feuergefecht – und schon wäre die Firma am Ziel. Und mit ihr all jene, die da glaubten, man müsse den Russen eine Lektion erteilen.

Zutiefst desillusioniert, konnte sich Kuragin eines Fröstelns nicht erwehren. Offenbar ging es nicht so sehr darum, ob der Dritte Weltkrieg ausbrechen, sondern darum, wann und wo dies der Fall sein würde.

Es sei denn, ein gewisser Juri Andrejewitschj

Kuragin würde dem Langley-Syndikat einen Strich durch die Rechnung machen. Und das nach Möglichkeit innerhalb der nächsten zweieinhalb Stunden.

Zuvor jedoch, in Anbetracht seiner prekären Lage, galt es, noch etwas zu erledigen. Etwas, das keinen Aufschub duldete.

*

»Von der CIA?«, entfuhr es Sydow Frau, während es ihr kalt den Rücken hinunterlief. »Wenn du schlau bist, lässt du die Finger davon.«

»Komm schon, Lea, du weißt genau, dass das nicht geht.«

Natürlich wusste sie das, schließlich war sie auf den Tag genau acht Jahre mit Tom verheiratet. Und natürlich wusste sie auch, dass ihm seine Arbeit über alles ging. Lea Sydow seufzte leise in sich hinein, hörte sich die Beteuerungen ihres Gatten am anderen Ende der Leitung mit banger Miene an und sagte: »Na schön, Tom – hab mir schon so etwas gedacht. Tu mir wenigstens den Gefallen und pass auf dich auf, ja? Versprochen, so, so. Du verlangst doch wohl nicht, dass ich dir das glaube, oder? Bis später, Schatz. Ja, ich warte auf dich – bis bald!«

Fragt sich nur, wie lange!, dachte Sydows Frau mit wehmütigem Lächeln, ließ den Hörer auf die Gabel sinken und machte sich auf den Weg in die

Küche, um ein Tasse Kaffee zu trinken. Nach Lage der Dinge würde sie sich eine Weile gedulden müssen, da konnte ein wenig Koffein nicht schaden.

Aber nicht einmal das war ihr vergönnt.

»Lea, Lea, komm, mein Kind – das musst du dir anschauen.«

Tante Lu. Die hatte ihr gerade noch gefehlt.

Luise von Zitzewitz, Geborene von Sydow und Toms Tante, war knapp 88, überaus agil und rüstig und so etwas wie die Ersatzmutter ihres Neffen, bei dem sie sich zuweilen ohne Vorwarnung einzuquartieren geruhte. Nicht immer zur Freude von Lea und meist dann, wenn es ihr überhaupt nicht in den Kram passte. Dies alles und der Umstand, dass heute ein besonderer Tag für die Sydows war, schien die resolute Dame aus altmärkischem Adel jedoch nicht im Geringsten zu interessieren.

»Was ist denn, Tante Lu? Ich dachte, du hättest dich längst hingelegt.«

»Um diese Zeit, Lea?«, schnarrte die alte Dame, hakte sich kurzerhand unter und dirigierte Sydows Frau ins Wohnzimmer, von wo aus man einen herrlichen Blick auf den Wannsee genoss. »So müde bin ich nun auch wieder nicht.«

Aber ich!, fuhr es Sydows Frau in einem Anflug von Galgenhumor durch den Sinn, während sie von ihrer auf einen Gehstock gestützten Begleiterin ans Fenster gelotst wurde. »Und was hast du auf dem Herzen, Tante Lu?«

»Da draußen ist ein Mann, mein Kind.«

»Ein Mann, aha.« Luise von Zitzewitz war eine Frau, mit der die Fantasie zuweilen durchzugehen pflegte, wovon sich Lea Sydow jedoch nicht aus der Ruhe bringen ließ. Im Umgang mit Tante Lu brauchte man starke Nerven, sonst stand man auf verlorenem Posten. »Und wo genau, glaubst du, schleicht er …«

»Er schleicht nicht, mein Kind, sondern steht wie ein Ölgötze in der Gegend herum.« Um ihren Worten den nötigen Nachdruck zu verleihen, ließ die Reinkarnation von Adele Sandrock* den Parkettboden von Sydows guter Stube durch einen Hieb ihres Gehstocks erzittern, ging auf Distanz zu ihrer Gastgeberin und wies mit ausgestreckter Hand auf den See hinaus, in dem sich das wie eine Feuersbrunst auflodernde Abendrot spiegelte. »Genau da!«

»Wo denn?« Aufgrund einer Birke, die ihr die Sicht versperrte, blieb Lea Sydow der Blick auf den vermeintlichen Eindringling zunächst verwehrt, und so ging sie hinaus auf die Terrasse, trat auf ihre Schmalseite und folgte der Richtung, in die Tante Lus Hand zeigte.

Und wurde fündig.

Am Ende des Bootsstegs, mit dem Rücken zum Haus, stand tatsächlich ein Mann. Lea Sydow blieb wie angewurzelt stehen. Da war etwas an ihm, das ihr bekannt vorkam. Etwas, das an ihr Erinnerungs-

---

* Ufa-Darstellerin der 20er- und 30er-Jahre (1863–1937).

vermögen appellierte, das sie bewog, die aufkeimende Verärgerung in ihr zu unterdrücken.

Sekunden später, ohne groß darüber nachzudenken, befand sich Sydows Frau auf dem Weg zur Anlegestelle. Der Kies knirschte unter ihren Füßen, doch der Fremde, auf den sie zusteuerte, rührte sich nicht vom Fleck. Aus dem Ufergestrüpp, an dem der hufeisenförmige Weg vorbeiführte, krochen die ersten Dunstschwaden empor, und eine merkwürdige, sämtliche Geräusche erstickende Stille senkte sich über den weitläufigen und von einem Birkenwäldchen begrenzten Garten herab. Alles, aber auch rein alles kam Lea in diesem Moment so unwirklich vor, dass ihr der Gedanke kam, sie befinde sich in einem Traum.

Nur noch knapp zehn Meter von ihrem Ziel entfernt, blieb Sydows Frau stehen. Nicht etwa, weil sie Angst hatte. Die hatte sie in den seltensten Fällen. Sondern weil sie immer noch herumrätselte, wo sie die hoch aufragende, schwarz gekleidete und mysteriös anmutende Gestalt schon einmal gesehen hatte. Auf alles gefasst, setzte sich Lea Sydow wieder in Bewegung, um die Distanz, die sie von dem Mann trennte, so schnell wie möglich hinter sich zu bringen.

Unmut stieg in ihr auf. Unmut über die Tatsache, dass er sich auf ihrem Grundstück herumtrieb, und über die Art und Weise, wie er hier sein Spiel mit ihr trieb. Was der Fremde damit bezweckte, wusste sie zwar nicht, doch darauf kam es im Moment nicht an. Sie konnte es auf den Tod nicht ausstehen, wenn sie zum Narren gehalten wurde, das würde sie diesem Burschen jetzt ins Gesicht sagen. »Können Sie mir verraten, was Sie hier zu suchen haben? Antworten Sie – oder sind Sie taub?«

»Das ganz gewiss nicht«, antwortete der Fremde und knöpfte sein Jackett zu, gerade so, als stünde er vor einem Spiegel. »Ich bin auf der Suche nach jemandem, weiter nichts.«

»Und nach wem, wenn man fragen darf?«

»Nach einem Freund«, antwortete Kuragin, vollzog eine Drehung um 180 Grad und nickte Lea Sydow, deren Mienenspiel zwischen Verblüffung und Ärger schwankte, freundlich lächelnd zu. »Ein Freund, den ich seit einer halben Ewigkeit nicht mehr gesehen habe. Oder ist Tom etwa nicht hier?«

»Und selbst wenn – finden Sie nicht, Sie sollten sich erst einmal vorstellen?«

Kuragin tat, wie ihm geheißen, deutete ein Kopfnicken an und fragte mit samtweicher Stimme: »Frau von Sydow, nehme ich an?«

»Sydow, ganz einfach Sydow. Was kann ich für Sie tun?«

»Der gute alte Tom – hat es ihn also doch noch erwischt.« Nachdenklich geworden, atmete Kuragin tief durch und ließ den Blick über die mit roten Geranien bepflanzten Schmuckbeete am Rand der ausladenden Terrasse schweifen. »Schön haben Sie's hier, wirklich schön.« Als habe er eine alte Bekannte vor sich, zündete er sich einen Zigarillo an und ging über die Frage der Hausherrin einfach hinweg. »Hat er denn nie von mir erzählt?«

»Falls es sich bei Ihnen um den Mann handelt, mit dem er sich vor acht Jahren angefreundet hat und von dem nur ein einziges Erinnerungsfoto existiert – ja.«

Kuragin schlug die Augen nieder und gab ein verlegenes Räuspern von sich. »Freut mich jedenfalls, Sie kennenzulernen, gnädige Frau«, flüsterte er, offenbar unschlüssig, was er als Nächstes sagen sollte. »Ich muss schon sagen, mein Freund Tom ist wirklich zu beneiden.«

»Wenn Sie tatsächlich sein Freund sind – weshalb haben Sie dann nichts mehr von sich hören lassen?«

»Nehmen Sie es mir nicht übel, gnädige Frau – aber darüber möchte ich lieber mit Ihrem Gatten sprechen.«

Versöhnlicher gestimmt, milderte Lea Sydow ihren Ton und sah den Mann, über den sie bereits so viele Geschichten gehört hatte, mit in die Höhe gezogenen Brauen an. »Tom ist nicht da, Herr Kuragin. Kann ich ihm etwas ausrichten?«

»Schade.« Kuragin nahm sein Zigarillo aus dem Mund und warf es achtlos in den See. »Darf ich Sie trotzdem um einen Gefallen bitten?«

»Wenn Sie sich anschließend nicht wieder in Luft auflösen – gern.«

Kuragin lachte aus vollem Hals und strich über seinen gepflegten Oberlippenbart. »Genau das ist der Punkt«, fuhr er fort, schnippte eine Staubfaser von seinem Jackett und entnahm ihm einen braunen DIN-A4-Umschlag, den er seiner verdutzten Gesprächspartnerin in die Hand drückte. »Sei's drum – wenn Sie erlauben, möchte ich Sie – beziehungsweise Tom – um einen Gefallen bitten. Wenn es ihm nichts ausmacht, soll er bitte so gut sein und das für mich ausbewahren.«

»Für wie lange?«

»So lange, bis ich mich wieder melde«, entgegnete Kuragin, sprang in das Boot, das neben ihm vertäut war, und ließ den 150-PS-Motor an. »Falls dies überhaupt der Fall sein wird.« Bevor er aufs Gas drückte, hob der ehemalige CIA-Agent die Hand zum Gruß. »Bitte entschuldigen Sie die Störung, gnädige Frau. Und grüßen Sie mir Tom!«

17

Berlin-Schöneberg, Dienstgebäude der Kripo in der Gothaer Straße | *19.45 h*

»Jetzt hören Sie mir mal gut zu, Fräulein, ich rufe bestimmt nicht zum Privatvergnügen an. Das können Sie mir getrost glauben. Mein Name, Gnädigste? Sydow. Siegfried – Ypsilon – Dora – Otto – Wilhelm. Kriminalhauptkommissar. Hätten Sie gern, dass ich Ihnen meinen Dienstgrad buchsta... Nicht nötig? Na, wenigstens etwas. So, und jetzt wäre ich Ihnen wirklich verbunden, wenn Sie mir endlich Auskunft geben würden.« Es fehlte nicht viel und Sydow wäre vollends aus den Latschen gekippt. Zickiger, hochnäsiger und lahmarschiger ging es nicht, auch wenn man wie die Dame in der Verwaltung des Notaufnahmelagers Marienfelde offenbar alle Hände voll zu tun hatte. Schließlich ging es hier um Mord. Um einen Fall, der ihm mehr Rätsel aufgab, als ihm lieb sein konnte. »Ernst Blaschkowitz – genau.« Sydow schüttelte entnervt den Kopf. Dass ausgerechnet er immer das Glück hatte, solche Leute an der Strippe zu haben. Kaum zum Aushalten. »Jahrgang 1909, könnte hinkommen.« Stille, und das mehrere Sekunden lang. Naujocks, der die

Szene beobachtete, amüsierte sich königlich. »Vor drei Jahren, genau. Aus Frankfurt an der Oder, aha.« Sydow nahm einen Stenoblock zur Hand und machte sich Notizen. »Wann? Am 28. Mai 1958? Nur zwei Wochen, aha. Und dann? Arbeit gefunden, wie schön. Als was denn? Buchhalter, auch das noch. Klingt verdammt aufregend, wenn Sie mich … Ob ich etwas gegen Verwaltungsfachkräfte habe? Wo denken Sie hin, gnädige Frau. Ganz bestimmt nicht. Soll ich Ihnen was sagen? Dank Ihres unermüdlichen Einsatzes sind wir einen Riesenschritt weiter gekommen! Ironisch – ich? Keine Ahnung, was das überhaupt ist. Schönen Tag noch – auf Wiederhören!«

Zum Leidwesen von Naujocks, der sich kaum noch beherrschen konnte, schleuderte Sydow den Hörer auf die Gabel und schluckte den Fluch, der ihm auf der Zunge lag, im letzten Moment hinunter. Dann ließ er sich in seinen Schreibtischsessel plumpsen, legte die Füße auf den Tisch und überflog die Notizen, die er sich gemacht hatte. »Ich frage mich wirklich, was es hier zu lachen gibt.«

»Respekt, Tom.« Da er wusste, wie er ihn zu nehmen hatte, ließ sich Naujocks die Laune nicht verderben und ging einfach über Sydows Rüffel hinweg. »Gegen deinen Charme ist wirklich kein Kraut gewachsen. Die Damenwelt liegt dir zu Füßen, von Lea gar nicht zu reden. Wie machst du das bloß?«

Entgegen seinen sonstigen Gepflogenheiten nahm

Sydow den Ball jedoch nicht auf und wandte sich wieder seinen Aufzeichnungen zu. »Sieht so aus, als hätte dieser … wie heißt dieser Kleiderschrank doch gleich?«

»Juskowiak, Alfred Juskowiak.«

»Sieht so aus, als hätte er die Wahrheit gesagt.«

»Warum auch nicht«, gab Naujocks achselzuckend zurück, enttäuscht über die geringe Resonanz, auf die seine Frotzeleien gestoßen waren. »Darf man erfahren, was du rausgekriegt hast?«

»Dass unser Möchtegern-Gigolo 52 ist, aus dem Osten stammt und sich vor gut drei Jahren in den Westen abgesetzt hat. Durchgangsstation Marienfelde, wie bei so vielen. Zwei Wochen lang Zimmergenosse von Juskowiak, ebenfalls Republikflüchtling. Und dass er in der Verwaltung tätig war – mehr nicht.«

»Stasi-Wanze?«

»Die Frage aller Fragen«, brummte Sydow, verschränkte die Hände im Nacken und ließ den Kopf nach hinten sacken. Einfach alles an diesem Fall wirkte mysteriös, angefangen beim Opfer bis hin zu den Umständen, unter denen es zu Tode gekommen war. »Ich denke, wir sollten uns an den Fakten orientieren.«

»So es denn welche gibt, Tom«, räumte Naujocks kleinlaut ein. »Was die Rostlaube angeht, in der Blaschkowitz gelandet ist, haben der oder die Täter so gut wie keine verwertbaren Spuren hinterlassen. Sieht ganz danach aus, als seien hier Profis am Werk gewesen. Auf die Idee, einen lästigen Zeitgenossen mittels Schrottpresse für immer verschwinden zu lassen, muss man ja erst mal kommen.«

»Und was heißt ›so gut wie keine‹?«

»Kaugummipapier, Tom. Hundsordinäres Kaugummipapier, mehrere Meter von der Schrottpresse entfernt. Ansonsten Fehlanzeige. Keine Fingerabdrücke, Hautpartikel, Haare, verwertbaren Fußspuren et cetera.«

»Hm. Deine Theorie?«

Naujocks legte den Ellbogen auf die Stuhllehne, schlug die Beine übereinander und betrachtete seine nagelneuen dunklen Elvis-Slipper, auf die er beinahe so stolz wie auf seine originalgetreue Tolle war. »Hört sich leicht bescheuert an, ich weiß –«, gestand er widerstrebend ein, »aber ich bin mir sicher, dass die Sache von langer Hand geplant worden ist.«

»Will sagen, die Täter bringen es irgendwie fertig, Blaschkowitz über den Zaun zu hieven und ihn im Anschluss daran in der Schrottpresse zu deponieren. Dann aber, so Lenuweit, schlägt sein Wachhund Alarm. Vorausgesetzt, man kann dem alten Suffkopf trauen, muss das so gegen ein Uhr heute Morgen gewesen sein. Wahr oder nicht, bis Lenuweit seinen Zerberus von der Leine lässt, vergeht mindestens eine Minute. Genug Zeit, um sich dünnzumachen, sollte man meinen.«

»Zumindest, was den älteren der beiden Täter angeht.«

»Genau.« Die Hände immer noch im Nacken, stierte Sydow an die Decke und rief sich die Schilderung, die Lenuweit am Ort des Geschehens abgegeben hatte, ins Gedächtnis zurück. »Der jüngere hat jedenfalls nicht so viel Glück, hauptsächlich, weil er bei Weitem nicht so gelenkig wie sein Kumpan gewesen zu sein scheint.«

»Weswegen er alle Mühe hat, sich den Kläffer vom Leib zu halten.«

»Was ihm denn auch gelingt, jedoch nicht ohne Blessuren.« Sydow nahm die Füße vom Tisch, legte die Handflächen auf die Oberschenkel und sah Naujocks, der an den Sohlen seiner Slipper herumspielte, lange und eindringlich an. »Das Ende vom Lied: Unser junger Freund mit dem Konfirmandengesicht kann sich zwar retten, jedoch nicht seinen Passierschein, der ihm während des Gerangels mit dem Hund von Baskerville abhandengekommen ist. Was dessen offenbar alkoholisiertes Herrchen betrifft, gibt sich Lenuweit damit zufrieden, die vermeintlichen Diebe in die Flucht geschlagen zu haben, trottet zurück in sein Kabuff und gießt sich ordentlich einen hinter die Binde. Ohne zu ahnen, aus welchem Grund ihm seine nächtlichen Besucher auf die Pelle gerückt sind. Ergo: Es dauert noch etwa zwölf Stunden, bis Juskowiak den Leichnam entdeckt. Dann, und erst dann, fängt's bei Lenuweit an zu klingeln. Das heißt, er spielt mal eben kurz Sherlock Holmes, begibt sich an den Ort des Geschehens und findet prompt den Passierschein, auf dem er das Konterfei des jüngeren der beiden Tagediebe entdeckt. Aus Angst vor Schereien zieht er es aber zunächst vor, niemandem etwas von seinem Fund zu erzählen. Bis, ja bis ein gewisser Krokowski auftaucht und ihn nach Gutsherrenart in die Mangel nimmt.« Sydow krempelte die Hemdsärmel hoch und verfiel in tiefes Brüten. »Denkst du, was ich denke, Waldi?«

Noch ehe Naujocks eine Antwort parat hatte, ging die Tür auf und ein vor lauter Tatendrang nur so sprühender Eduard Krokowski stürmte herein. »Und – irgendwelche Neuigkeiten?«

»Kann man wohl sagen, Tom!«, bestätigte Sydows Assistent mit der ihm eigenen und mitunter etwas schulmeisterlichen Art.

»Und die wären? Setz dich, Kroko, so viel Zeit muss sein.«

»Wenn der Herr Kriminalhauptkommissar gestatten, würde ich lieber stehen.«

»Noch einer, der meint, einen auf Scherzbold machen zu müssen. Womit hab ich das verdient!« Das Kinn auf die rechte Faust gestützt, während er mit den Fingern der anderen Hand auf dem Schreibtisch herumtrommelte, nickte Sydow seinem Assistenten auffordernd zu. »Stehen Sie bequem, Gefreiter Krokowski. Was gibt es Neues?«

»Herr Kriminalhauptkommissar werden zufrieden sein!«, schnarrte Krokowski, bevor er es förmlich aus ihm herauszusprudeln begann: »Was Blaschkowitz angeht, ist es mir gelungen, seine Adresse inklusive Telefonnummer und einige höchst interessante Details über seine derzeitigen Lebensumstände ausfindig zu machen.«

»Um den kümmern wir uns später, Kroko. Und was ist mit unserem Milchbubi aus Ostberlin?«

»Mit dem ist das so eine Sache.« Krokowski machte es gerne spannend, speziell dann, wenn es um Ergebnisse der eigenen Recherchen ging. Je länger er seine Zuhörer auf die Folter spannen konnte, desto mehr Freude machte es ihm. »Na ja, um wen es sich auch immer handeln mag, fest steht, dass sein Passierschein gefälscht worden ist.«

»Bist du dir da auch ganz …«

»Nicht ich, Tom, sondern die Kollegen aus dem kriminaltechnischen Labor. Und das ist längst noch nicht alles.« Krokowski warf sich in Pose, reckte das Kinn, sodass die Hässlichkeit seiner blassgelben Fliege besonders gut zur Geltung kam, und ließ den Blick zwischen Sydow und Naujocks hin und her wandern. »So, und jetzt möchtet ihr bestimmt wissen, was ich noch alles in petto habe.«

»Falls du es schaffst, vor deiner Pensionierung auf den Punkt zu kommen – gern.«

»Die Mühe, einen gewissen Josef Malinowski ausfindig zu machen, brauchen wir uns gar nicht zu geben, Tom. Laut Einwohnermeldeamt Ost, zu dem ich enge Beziehungen unterhalte, gibt es ihn nämlich überhaupt nicht. Zumindest nicht dort, wo der Passierschein ausgestellt worden ist – in Pankow.«

»Beziehungen, Herr Kriminalkommissar, habe ich da eben richtig gehört? Du bist ja ein ganz Schlimmer.«

»Rein verwandtschaftlicher Natur, Tom – wo denkst du hin.«

»Deine Ausreden werden immer schlechter, Kroko«, warf Sydow ein, ließ sich von Krokowski den Passierschein aushändigen und nahm ihn genauer in Augenschein. »Trotzdem – mein Kompliment.«

»Kinderspiel«, wiegelte Krokowski ab, der das Lob, welches Sydow ihm zollte, in vollen Zügen genoss. »Fragt sich nur, mit wem wir es in Wirklichkeit zu tun haben.«

»Und ob der Kerl, hinter dem wir her sind, überhaupt von drüben kommt.«

Krokowski und Naujocks tauschten einen überraschten Blick, enthielten sich jedoch jeglicher Kommentare.

»Eins kommt mir bei der ganzen Sache nämlich Spanisch vor«, fuhr Sydow wie im Selbstgespräch fort, erhob sich und begann, hinter dem Schreibtisch auf und ab zu gehen.

»Was denn?«

»Die Tatsache, Waldi, dass er seinen Passierschein verloren hat.« Sydow blieb stehen, ließ die Hand über den Nacken gleiten und sagte: »Mal ehrlich, Jungs – wenn man einen Mord vertuschen will und seine Visitenkarte hinterlässt, ist man ja wohl …«

»… dümmer, als die Polizei erlaubt?«

»Genau, Elvis. Und was folgt daraus?«

»Dass die Ganoven, hinter denen wir her sind, absichtlich eine falsche Fährte gelegt haben.«

»Kluges Kind.« Sydow umrundete den Schreibtisch und legte Naujocks die Hand auf die Schulter. »Und weshalb?«

»Na, um von sich abzulenken, weshalb den sonst?«

»Und aus welchem Grund?«

Naujocks, dem das Ganze allmählich zu bunt wurde, rollte mit den Augen. »An dir ist wirklich ein Oberlehrer verloren gegangen, Tom!«, murrte er, von Sydows Frage-und-Antwort-Spiel offenbar wenig angetan. »Worauf willst du eigentlich hinaus?«

»Denk doch mal nach, Waldi.« Sydow verpasste Naujocks einen sanften Schubs. »Wieso ausgerechnet ein Passierschein? Ausgestellt in Berlin-Ost?«

»Weil der Eindruck erweckt werden soll, dass es dort Leute gibt, die mit Blaschkowitz noch eine Rechnung offen hatten. Was weiß ich – vielleicht ist er deshalb ausgebüchst. Soll ja hin und wieder vorkommen.«

»Und bei wem, du Diplom-Spürnase, könnte sich der gute Mann derart unbeliebt gemacht haben, dass er nach allen Regeln der Kunst exekutiert worden ist? Na, fängt's demnächst an zu klingeln?«

»Bei der Stasi, Herr Lehrer«, antwortete Naujocks treu und brav, drehte sich zu Sydow um und zwinkerte ihm spitzbübisch zu. »Die aber bestimmt nicht so dämlich gewesen wäre, ihre Visitenkarte in Form eines gefälschten Passierscheines zu hinterlassen.«

»Wer also könnte deiner Meinung nach ein Interesse daran haben, von sich abzulenken und den Mord an Blaschkowitz dem VEB Horch, Guck und Greif* in die Schuhe zu schieben? Keine Bange, Waldi – gleich ist es geschafft.«

»Moment mal, Tom, du willst doch nicht etwa andeuten, dass der oder die Mörder von Blaschkowitz ... du glaubst doch wohl nicht im Ernst, die CIA hat etwas damit zu tun?«

Sydow wandte sich ab und trat ans Fenster. »Und ob ich das glaube, Waldi!«, bekräftigte er. »Wiewohl ich einstweilen nicht in der Lage bin, meine Theorie zu ... verdammt noch mal – kann man sich hier nicht mal in Ruhe unterhalten?« Den Passierschein immer noch in der Hand, ging Sydow zum Telefon und riss den Hörer von der Gabel. »Wer zum Teufel ... ach, du bist's, Heribert. Schlecht gelaunt – wie kommst du denn auf die Idee? Komm schon, lass hören!«

* Spitzname der Stasi

Im Verlauf des knapp einminütigen Gesprächs, während dem sich seine Miene merklich aufhellte, warf Sydow den Passierschein auf den Schreibtisch, setzte sich und hörte gespannt zu. »Bist du dir da auch ganz sicher?«, war alles, was er zu der Schilderung des Gerichtsmediziners zu sagen hatte, woraufhin er ein paar Dankesworte murmelte und den Hörer wieder auf die Gabel fallen ließ.

»Und – was hat der Leichenfledderer rausgekriegt?«, fragte Naujocks und sah Sydow erwartungsvoll an. Er konnte es sich nicht verkneifen, ihn auf den Arm zu nehmen: »Jetzt komm schon, lass hören.«

»Na, wer sagt's denn!«, murmelte Sydow, zuerst Naujocks und dann Krokowski fest im Blick. »Hab mir schon so was gedacht.« Und weiter: »Also, wenn ihr mich fragt, Jungs, können wir uns auf einiges gefasst machen.«

»Nichts Neues, oder?«, erwiderte Naujocks und ließ seiner Frage gleich die nächste folgen: »Wieso denn?«

»Weil jeder, selbst wenn er CIA-Agent ist, mitunter Fehler begeht.« Sydow griff nach seinen Zigaretten, widerstand jedoch der Versuchung, sich eine anzuzünden und warf die Schachtel in den Abfalleimer. »Um euch nicht weiter auf die Folter zu spannen, Männer: Laut Obduktionsbericht stammt die Kugel, die Blaschkowitz das Leben gekostet hat, aus einer …«

»… Parabellum 08, welche unter anderem von der CIA sowie diversen westlichen Geheimdiensten benutzt worden ist beziehungsweise immer noch benutzt wird«, vollendete Krokowski in dem Bemühen, erneut bei Sydow zu punkten. »Tja, wenn man der Konkurrenz schon die Schuld in die Schuhe schieben will, sollte man auch ihre Schießprügel benutzen.«

»Eben.«

»Oder sich erst gar nicht erwischen lassen.«

»Ganz deiner Meinung, Kroko.« Sydow knipste die Schreibtischlampe an und betrachtete den Passierschein genauer. »Kommt vermutlich mit einer Rasur pro Woche aus«, bemerkte er. »Das reinste Unterprimanergesicht.«

»Und so was ist bei der CIA!«, ließ Naujocks mit Blick auf das Lichtbild verlauten, auf dem ein blutjunger, anscheinend gerade einmal 20 Jahre alter Mann mit Brille und Seitenscheitel zu erkennen war. »Kein Wunder, dass die es zu nichts bringen.«

»An deiner Stelle wäre ich da etwas vorsichtig, Waldi«, tadelte Sydow seinen Kollegen, während dieser sich zurücklehnte und seiner Bemerkung eine wegwerfende Handbewegung folgen ließ. »Besonders, was den Zweiten im Bunde angeht. Zu dumm, dass wir keine genaue Beschreibung von ihm haben, was, Kroko?«

Der Angesprochene pflichtete ihm wohl oder

übel bei. »Groß, athletisch, kurzes Haar– mehr habe er nicht erkennen können, sagt Lenuweit.«

»Heißt, wir stecken in einer Sackgasse«, grummelte Naujocks, zur Abwechslung einmal mit seinem Schlipps beschäftigt, der von dem seines großen Vorbildes nicht zu unterscheiden war. »Gut möglich, dass der CIA-Killer, von dem wir gerade reden, längst über alle Berge ist.«

»Athletisch, aha.« Nicht ganz bei der Sache, hatte Sydow den Kommentar seines Kollegen nur am Rande registriert, richtete sich auf und starrte mit nachdenklicher Miene an die gegenüberliegende Wand, wo eine Karte von Berlin und Umgebung hing. Mehr als 16 Jahre nach dem Krieg war die Stadt immer noch in zwei Hälften geteilt, und es stand zu befürchten, dass dieser Zustand weiter andauern würde. Hüben wie drüben war man zu keinerlei Konzessionen bereit, wobei kein Zweifel bestand, wer in dieser Stadt die Fäden zog. Sydows Blick verengte sich. Zwei Morde innerhalb weniger Stunden, und vieles, wenn nicht gar alles, deutete darauf hin, dass die Herren aus Langley ihre Finger mit im Spiel hatten. Hier ein unbekannter Toter in der S-Bahn, dort ein eher unscheinbarer Flüchtling aus der Ostzone, der auf ebenso mysteriöse Weise ums Leben gekommen war. Und das zu einem Zeitpunkt, an dem man die Spannung, die über der Stadt lag, buchstäblich mit Händen greifen und nicht voraussehen konnte, was einem der nächste Tag bescheren würde. Nicht unbedingt ratsam, dachte Sydow, sich in einer derartigen Situation mit der CIA anzulegen. Doch wäre er nicht der gewesen, für den ihn seine Kollegen hielten, wenn er mir nichts, dir nichts klein beigegeben und die Spur, auf die er gestoßen war, geflissentlich ignoriert hätte. Da kannten ihn die Herren, mit denen er es zu tun bekommen hatte, aber schlecht. Hatte er erst einmal Lunte gerochen, war er nicht mehr zu bremsen, vor allem, wenn die Amerikaner glaubten, Recht und Gesetz nach Belieben brechen zu können und sich ihre Methoden von denjenigen gewöhnlicher Krimineller nicht im Geringsten unterschieden.

In diesem Fall, so sein fester Entschluss, würden sie es mit einem gewissen Tom Sydow, von Beruf Kriminalhauptkommissar, zu tun bekommen. Komme, was wolle. »Eins gebe ich euch schriftlich, Jungs.«

»Was denn?«

»Wenn die Amis denken, sie können machen, was sie wollen, haben sie sich geschnitten. Darauf gebe ich dir mein Wort, Kroko. Und dir auch, Waldi.«

»Und was, bitte schön, gedenkst du nun zu tun?«, fragte Naujocks, auf den die bevorstehenden Ermittlungen nicht gerade ermutigend zu wirken schienen. »Dir ist doch wohl klar, auf was wir uns eingelassen haben, oder?«

»Heißt das, du bist der gleichen Meinung wie ich?«, fragte Sydow spitz.

»Natürlich ist er der gleichen Meinung wie du, Tom!«, beeilte sich Krokowski zu antworten, in seinem Tatendrang wie immer nicht zu bremsen. »Was im Übrigen auch für meine Wenigkeit gilt. So etwas kann und darf man nicht tolerieren, selbst wenn wir dabei Kopf und Kragen riskieren.«

»Das hast du aber schön gesagt, Kroko!«, pflichtete Sydow seinem Assistenten bei, der es offenbar nicht abwarten konnte, mit dem gefährlichsten Gegner weit und breit die Klingen zu kreuzen. »Dann wollen wir drei der CIA mal ordentlich auf die Pelle …«

»Gar nichts werden Sie, Sydow. Und Sie beide auch nicht.« Es gab Leute, deren Namen er sich nicht merken konnte. Und es gab diejenigen, deren Aussehen er sich erst wieder ins Gedächtnis rufen musste. Und es gab seinen Vorgesetzten, Kriminalrat Oelßner. Ihn erkannte Sydow mit verbundenen Augen, ohne auch nur aufblicken oder den Blick zur Tür richten zu müssen. »Merken Sie sich das!«

»Und das bei meinem Gedächtnis, Herr Kriminalrat. Ist das nicht ein bisschen viel …«

»Sparen Sie sich Ihre impertinenten Scherze, Sydow. Darauf kann ich im Moment verzichten.« Ferdinand Oelßner, 36 Jahre, bis vor fünf Jahren noch Streifenpolizist und im Rekordtempo zum Kriminalrat avanciert, war ein Mann, mit dem nicht zu spaßen war. Seine Anhänger, zu denen Sydow weiß Gott nicht gehörte, konnte man an einer Hand abzählen, und er fragte sich, wie es der arrogante, besserwisserische und zugeknöpfte Hannoveraner bis an die Spitze der Kriminaldirektion II gebracht hatte. An seiner Ausstrahlung konnte es jedenfalls nicht gelegen haben, denn über so etwas verfügte er definitiv nicht. Er sah viel älter aus, als er war, hatte graublaue, nahezu wimpernlose Augen und eine Stimme, die so klang, als habe man einen Feldwebel vor sich.

»Darf man fragen, was Sie zu mir führt?« Bei Typen wie Oelßner lief Sydow zur Hochform auf, selbst dann, wenn er auf verlorenem Posten stand. »Ach ja, noch etwas: guten Abend, Herr Kriminalrat. Schönes Wetter, finden Sie nicht auch?«

»Ich fürchte, das Witzereißen wird Ihnen noch vergehen.«

»Ach, ja?«

Oelßners blutleere Lippen kräuselten sich, und sein Adamsapfel bewegte sich wie ein Jo-Jo auf und ab. »Ja, Sydow«, bekräftigte der mittelgroße, dank blank poliertem Schädel, Stehkragen und graublauer Weste wie sein eigener Großvater aussehende Chef von mehreren Dutzend Beamten und griente Sydow siegesgewiss an. »Und wissen Sie auch, warum?«

»Etwa, weil ich befördert worden bin?«

»Nein, Sydow«, konterte Oelßner mit einem Gesicht, das nichts Gutes ahnen ließ. »Weil Sie nämlich Feierabend machen, nach Hause gehen und sich ein schönes Wochenende genehmigen dürfen. Im

Klartext: Der Fall, an dem Sie arbeiten, ist so heikel, dass man ihn jemandem wie Ihnen nicht anvertrauen kann. Dasselbe gilt für Ihre Kollegen.«

»Mag sein. Aber jemandem wie Ihnen ja wohl auch nicht, oder?«

»Na schön, Herr Hauptkommissar – ganz wie Sie wollen.« Oelßners Eidechsenaugen weiteten sich, und ein Grinsen trat auf sein Gesicht. »Sie werden verstehen, Herr Kollege, dass ich nicht geneigt bin, mir eine derartige Frechheit bieten zu lassen. Schon gar nicht im Beisein von Mitarbeitern. Das bedeutet, ich sehe mich gezwungen, Sie bis auf Weiteres vom Dienst zu suspendieren. Guten Abend, die Herren – und einen angenehmen Feierabend!«

18

Oberkommando der Sowjetischen Streitkräfte in Wünsdorf, rund 40 Kilometer südöstlich von Berlin | *19.55 h*

»Verraten – die gesamte Operation?« Iwan Stepanowitsch Konew, Marschall der Sowjetunion und sowjetischer Oberkommandierender in Deutschland, fehlten die Worte. So etwas hatte er in seiner nun schon über 40 Jahre währenden Militärlaufbahn nur selten erlebt, und erlebt hatte er seit der Eroberung Berlin im Jahre 1945 eine Menge. Das galt vor allem für seine Rolle als Oberkommandierender der Ersten Ukrainischen Front, wo er im Wettstreit mit seinem Rivalen Schukow, dem Eroberer der Stadt, letztendlich das Nachsehen gehabt hatte. Geschadet hatte dies seiner Karriere nicht, war er doch bis zu seiner Pensionierung, die von Chruschtschow erst vor Kurzem rückgängig gemacht worden war, sogar stellvertretender Verteidigungsminister gewesen. »Sagen Sie das bitte noch einmal, Genosse Generalsekretär!«

Der Mann am anderen Ende der Leitung, just der, dem er die abrupte Beendigung seines Rentnerdaseins und die postwendende Entsendung in die DDR zu verdanken hatte, kam seinem Ansinnen prompt nach. Danach musste sich Konew erst einmal setzen. »Das darf doch nicht wahr sein!«, murmelte er, gerade so, als spräche er mit sich selbst. Mit allem hatte er gerechnet. Wirklich mit allem. Nur mit so einer Blamage nicht. Konew nahm seine Uniformmütze ab, warf sie achtlos auf den mit Karten, Depeschen und Einsatzbefehlen überhäuften Schreibtisch und riss den Kragenknopf seiner Marschallsuniform auf. Anders als sonst war Chruschtschow offenbar nicht nach Scherzen zumute, was angesichts des Schnitzers, den sich Ulbricht geleistet hatte, ja auch kein Wunder war.

»Dieser Ulbricht. Nicht einmal das kriegt er hin!« Noch während Nikita Chruschtschow, der Erste Sekretär des ZK der KPdSU, seinem Zorn freien Lauf und eine wahre Flut von Beschimpfungen vom Stapel ließ, goss sich der 63-jährige, etwas beleibte Russe mit dem kahl geschorenen Charakterkopf einen Wodka ein und machte sich Gedanken, wie der Schaden, den seine ostdeutschen Genossen angerichtet hatten, wieder zu beheben sein würde. Eine Lösung hatte freilich auch er nicht parat, dafür jedoch jede Menge Spott und Hohn. »Besser, wir hätten ihn 53 abgesägt.«

»Ist das alles, was Sie dazu zu sagen haben, Iwan Stepanowitsch?«

»Tut mir leid, Nikita Sergejewitsch – wenn ich so etwas höre, könnte ich die glatte Wand hochgehen.« Konew genehmigte sich einen Wodka und wartete ab, bis er seine Wirkung spürte. Diese trat denn auch prompt ein, wodurch die Gefahr, dass der Gaul mit ihm durchgehen würde, einstweilen beseitigt war. »Fragt sich, ob es nicht besser wäre, endlich Nägel mit Köpfen zu machen. Operation Rose – wenn ich das schon höre. Das konnte ja nicht gut gehen.« Konew holte tief Luft, ließ den Hörer von der linken in die rechte Hand wandern und grollte: »Ein Rat unter Freunden, Towarischtsch* – es ist höchste Zeit, dass wir den Amerikanern zeigen, wer der Herr im Hause ist. Ganz Berlin ist umstellt, unter anderem von Einheiten der Ersten Motorisierten Division der 20. Armee. Allein unsere ostdeutschen Waffenbrüder haben über 40.000 Mann aufgeboten, mehr als das Dreifache dessen, was die Alliierten derzeit zur Verfügung haben. Unsere eigenen Streitkräfte, von denen in den vergangenen Tagen und Wochen ein erheblicher Teil in und um Berlin stationiert worden ist, selbstverständlich nicht mitgerechnet. Alles in allem um die 120.000 Mann, genug, um mit den Yankees fertig zu werden, finden Sie nicht auch?«

»Auf gar keinen Fall, Konew. Das ist ein Befehl.«

»Und was ist, wenn die Amerikaner einen Präventivschlag führen? Nur damit ich weiß, was zu tun ist, wenn es so weit ist. Gut möglich, dass Sie dann nicht

* dt.: Genosse

mehr zu erreichen sein werden, Genosse«, bohrte der Sowjetmarschall nach, nicht gewillt, ohne Weiteres klein beizugeben.

»Sparen Sie sich Ihren Sarkasmus, Konew. So lange Kennedy Präsident ist, wird das nicht passieren. Und wissen Sie auch, wieso? Dieser Ostküsten-Playboy hat die Hosen gestrichen voll. Große Klappe, aber nichts dahinter. Mit dem können wir Blindekuh spielen, Iwan Stepanowitsch.«

»Wenn es so ist, wie Sie sagen, Towarischtsch, warum lassen wir es dann nicht drauf ankommen und erteilen den Imperialisten eine Lektion?«

»Nichts dagegen, Herr Marschall, wenn auch nicht so, wie es Ihnen vorschweben mag.« Im Gegensatz zu sonstigen Gewohnheiten ließ sich Chruschtschow von seinem Untergebenen nicht aus der Reserve locken und schlug einen versöhnlichen Tonfall an. »Wenn die Zeit reif dafür ist, werden wir die Yankees vorführen und vor aller Welt lächerlich machen. Darauf können Sie sich verlassen. Aber wenn, dann nicht in Berlin. Da werden wir in der Defensive bleiben, um jeden Preis.«

»Um jeden?«

»Damit wir uns richtig verstehen, Iwan Stepanowitsch: Sollte es zum Äußersten kommen, sind Sie befugt, jedwede Mittel anzuwenden, um einer Aggression in angemessener Form zu begegnen.«

Fürs Erste zufrieden, erhob Konew keine Einwände mehr und lächelte zufrieden vor sich hin.

»Eine Frage noch, Genosse Chruschtschow«, fügte er schließlich an, nachdem er die Details der geplanten Operation nochmals dargelegt und mit der Nummer eins der KPdSU durchgesprochen hatte. »Kann es sein, dass Sie mit dem Gedanken spielen, Atomraketen auf Kuba …«

Doch Chruschtschow ließ ihn gar nicht erst ausreden. »Zukunftsmusik, Iwan Stepanowitsch«, erwiderte er freundlich, aber bestimmt. »Wer weiß, was in den nächsten Jahren noch so alles passieren wird. Dieses Jahr werden wir es dabei belassen, die Yankees an der Nase herumzuführen.« Ein hintergründiges Lachen drang an Konews Ohr. »Nur Mut, Iwan Stepanowitsch, Sie kriegen das schon hin. Und nicht vergessen, kein Schuss ohne meine ausdrückliche Genehmigung. Es sei denn, die Amerikaner sind so dämlich und machen ernst. Aber keine Sorge. So weit wird es bestimmt nicht kommen. Doswidanja*, Marschall Konew – und eine geruhsame Nacht.«

»Ebenfalls.« In seinem Groll, dem er durch ein Tippen an die Stirn Luft machte, schleuderte Konjew den Hörer so heftig auf die Gabel, dass er das gleichzeitige Klopfen nicht bemerkte und sich wieder an die Arbeit machte. Gerade jetzt, vier Stunden vor der geplanten Operation, gab es noch jede Menge zu tun. Depeschen mussten unterzeichnet, Lageberichte studiert und alle nur erdenklichen Maßnahmen getroffen werden. Dabei konnte er nie-

* dt.: Auf Wiedersehen

manden brauchen, zumindest während der nächsten halben Stunde nicht.

Sein Wunsch ging allerdings nicht in Erfüllung. Es klopfte erneut, dermaßen laut, dass Konew verärgert in die Höhe fuhr. »Was ist denn jetzt schon wieder, verdammt noch mal!«, polterte der einstige Kriegsheld, als er den Kopf zur Tür drehte und seinen Adjutanten auf der Schwelle stehen sah. »Verdammt, kann man hier nicht mal fünf Minuten seine Ruhe haben?«

Der gedrungene Kirgise, höchstens halb so alt und 20 Kilo leichter wie sein korpulenter Vorgesetzter, machte eine beschwichtigende Geste und zog die Schultern im Zeitlupentempo in die Höhe. »Ich fürchte Nein, Genosse Kommandeur«, druckste er herum, bevor er sich in die Höhle des Löwen wagte und die Tür kaum hörbar ins Schloss fallen ließ. »Es gibt da nämlich etwas, worüber Sie im Bilde sein sollten.«

»Doch nicht etwa schon wieder eine Panne, Kulikowski, oder?«, fragte Konew, eine Depesche in der Hand, die ihn vor einer Viertelstunde erreicht hatte. »Für so etwas sind diese Trottel in Pankow nämlich immer gut.«

Kulikowski, der seine tatarische Abstammung nicht verleugnen konnte, wog bedächtig das Haupt. »Das nun nicht gerade, Ge…«

»Was zum Teufel denn dann? Spucken Sie's aus, Leutnant Kulikowski, ich habe noch etwas vor!«

»Die Sache ist die, Genosse Sowjetmarschall. Vor gut einer Stunde hat unser Radar ein unbekanntes Flugobjekt erfasst, vermutlich auf dem Weg von Ramstein nach Berlin.«

»Vermutlich?«

»Das genau ist das Problem. Etwa 20 Kilometer vom alliierten Luftraum entfernt, also noch über DDR-Gebiet, ist der Flugkörper plötzlich vom Radarschirm verschwunden.«

»Einfach so?«

»Um es vorwegzunehmen: *Wir* waren es nicht, Genosse Kommandeur. Überhaupt war das Scheißding sehr schnell, verdammt schnell sogar.« Kulikowski legte eine Kunstpause ein. Erst dann rückte er mit der Wahrheit heraus und gestand: »Unsere Abfangjäger waren einfach zu langsam, Towarischtsch, die haben nur noch die Kondensstreifen gesehen.«

»Wie immer.« Der schlechten Nachrichten allmählich überdrüssig, stützte sich Konew auf der Tischplatte ab und stemmte seinen massigen Rumpf in die Höhe. »Allmählich wird mir die Angelegenheit wirklich zu bunt«, erboste er sich, kurz davor, seine Wut an einem Briefbeschwerer abzureagieren, den er mit der rechten Hand umklammert hielt. »Höchste Zeit, dass wieder mal ein paar Köpfe rollen.«

»Tut mir leid, Genosse Kommandeur, aber das ist längst noch nicht alles.« Kulikowski schluckte, brachte indes nach kurzem Zögern den Mut auf, den Funkspruch hervorzukramen, welchen er in seiner Uniformjacke verwahrt hatte. »Erst ein paar Minuten alt, Genosse«, erläuterte er mit Leichenbittermiene. »Von einem unserer Kommandeure.«

Auf das Schlimmste gefasst, riss Konew seinem Adlatus das ockerfarbene Blatt aus der Hand, las es und wurde feuerrot im Gesicht. »Was hat denn das jetzt schon wieder zu bedeuten?«, schimpfte er, auf dem besten Weg, endgültig die Fassung zu verlieren. »Ein Wrack, vermutlich amerikanisches Militärflugzeug? Was zum Teufel soll das heißen? Vermutlich – wenn ich das schon höre. Sagen Sie mal, Kulikowski – sind die da draußen tatsächlich so dämlich, wie sie tun? Zu dumm, um ein amerikanisches Flugzeug zu identifizieren, das muss man sich mal vor ...«

»Nicht zu dumm, Genosse Sowjetmarschall, sondern schlicht und einfach nicht in der Lage.«

»Wieso, verdammt noch mal?«

»Zum einen, weil die Wrackteile über eine Fläche von mehreren Quadratkilometern verstreut sind. Das kann dauern, Genosse Kommandeur, so wie es aussieht, mindestens bis morgen früh.«

»Nur keine kapitalistische Hast!«, flüchtete sich Konew in Galgenhumor, drehte Kulikowski den Rücken zu und schirmte sein Gesicht gegen das grelle Abendrot ab, das ihm durch das Fenster entgegenflutete. »Und zum anderen?«

»Es mehren sich die Anzeichen, Iwan Stepanowitsch, derentwegen man zu dem Schluss kommen kann, dass es an Bord des amerikanischen Flugzeugs vor dem Absturz zu einer heftigen Explosion gekommen ist. So zumindest die Augenzeugen aus einem Dorf in der Nähe. Dermaßen heftig, dass es unseren Spezialisten schwerfallen dürfte, sämtliche Wrackteile zu bergen.«

»Wozu auch. Überlebende dürfte es wohl kaum gegeben haben.«

Kulikowski schlug seine mandelförmigen Augen weit auf und ließ den Blick zwischen seinen auf Hochglanz polierten Stiefeln hin und her wandern. »Bei allem gehörigen Respekt, Genosse Oberkommandierender. Ich denke, Sie ziehen die falschen Schlüsse.«

»Ach, ja? Dann seien Sie bitte so gut und klären mich auf.« Konew rieb den Zeigefinger an seiner Nase und hielt es offenbar nicht für nötig, seinem Adjutanten ins Gesicht zu blicken. »Wer weiß, vielleicht machen Sie am Ende noch Karriere. In Sibirien, meine ich.«

An diese und andere Drohungen längst gewöhnt, ließ sich Kulikowski jedoch nicht beirren. »Das eigentlich Erstaunliche an der Sache ist nämlich, dass unsere Experten nicht die geringste Spur menschlicher Überreste entdeckt haben.«

»Wie auch, bei einer derartigen Explosion.«

»Damit wir uns richtig verstehen, Genosse: keinerlei Spuren. Keine Leichenteile, Kleidungsstücke – nichts.« Um seine Pointe richtig zu platzieren, schwieg sich Konews Adjutant geraume Zeit aus. »Und auch keine Uniformen. Meiner Ansicht nach ein Indiz dafür, dass sich die Besatzung zum Zeitpunkt der Explosion nicht mehr an Bord befunden hat.«

»Aber wieso … ich meine, weshalb … Moment mal, Sie wollen doch nicht etwa damit sagen, dass …«

Zum ersten Mal seit seinem Eintreten huschte ein Lächeln über Kulikowskis wettergegerbtes, von dunklen Bartstoppeln besprenkeltes Gesicht. »Dass die Amerikaner irgendeine Teufelei ausgeheckt haben, in der Tat! Fragt sich nur, welche.«

FÜNF

›Auch der westdeutsche Nachrichtendienst BND schnappte dies und jenes auf. (…) Tatsächlich hatte Chruschtschow Ulbrichts Plan einige Tage zuvor schließlich sein Plazet erteilt.‹

(Aus: Frederick Taylor: Die Mauer, 13. August 1961 bis 9. November 1989. München 2009, S. 195)

URANUS

Rangsdorf / Berlin

(13.08.1961)

19

Sowjetische Raketenbatterie nördlich von Rangsdorf, knapp zehn Kilometer vom amerikanischen Sektor entfernt | *20.05 h*

Auf seine Beförderung zum Feldwebel und seine nagelneue olivfarbene Uniform war Alexei Komarowski, Kosename Aljoscha, immer noch stolz. Fast so stolz wie auf den Auftrag, mit dem er von seinem Kommandeur, einem bärbeißigen Weisrussen, betraut worden war. Der Herr Oberstleutnant hatte ihm nämlich das Kommando über eine Raketenbatterie übertragen, ihm, der er gerade einmal 20 war. Das musste man sich mal vorstellen. Natürlich war er geschmeichelt, wer an seiner Stelle wäre das nicht gewesen. Und natürlich hatte er sofort Ja gesagt.

Dass er damit sein eigenes Todesurteil unterschreiben würde, hatte er freilich nicht ahnen können.

Alexei Komarowski, wohnhaft in Swerdlowsk, war groß, kräftig, hellhäutig und ausgesprochen gern Soldat. Aus eben jenem Grund hatte er die ihm anvertraute Batterie stets auf ihre Gefechtstauglichkeit überprüft. Nichts, aber auch rein gar nichts hatte der Sibirier mit dem Chorknabengesicht dem Zufall überlassen. So ein Mehrfachraketenwerfer vom Typ BM-21 war schließlich ein hochsensibles Gerät, da durfte einem kein Schnitzer unterlaufen. Eine Geheimwaffe sozusagen, frisch aus der Fabrik. In ein, voraussichtlich aber erst zwei Jahren würde die neue Wunderwaffe in Serie gehen. Bis dahin würde er, Aljoscha Komarowski, zu den wenigen Auserwählten gehören, denen es gestattet war, einen Blick auf sie zu werfen und, falls nötig, Gebrauch von ihr zu machen. Dass der Tod bereits auf der Lauer lag und in Kürze die Hand nach ihm ausstrecken würde, wäre ihm nicht im Traum eingefallen.

Um dies vorauszuahnen, hätte Alexei Komarowski freilich Hellseher sein müssen. Deutete doch jetzt, genau sieben Minuten nach acht, nicht das Geringste auf die sich anbahnende Katastrophe hin. Aljoscha war bester Stimmung, in seinem Eifer kaum zu bremsen. Wenn die zu Hause mich jetzt sehen könnten!, schwelgte er. Mich und diesen nagelneuen Raketenwerfer. Das Beste vom Besten. In drei Minuten einsatzbereit, 40 Werferrohre. Macht zusammen 40 Raketen in sage und schreibe 20 Sekunden. Kampfbereit in sechs Minuten, Reichweite gut und gerne 20 Kilometer. Idiotensichere Bedienungskonsole, hohe Treffergenauigkeit. Dazu fünf weitere Mehrfachraketenwerfer. Beziehungsweise 200 Raketen. Da konnten die Amis nicht mithalten. Im Leben nicht.

Noch Fragen, Mister Kennedy?

Blieb die Überprüfung der Zieldaten. Um auf Nummer sicher zu gehen, hatte Aljoscha diese Prozedur zwar bereits hinter sich gebracht. Zufrieden war er jedoch noch lange nicht. Ohne sich groß um seine Kameraden zu kümmern, die irgendwo in der Gegend herumlungerten, trat er deshalb an die Bedienungskonsole und checkte alles ein weiteres Mal durch. Wie immer, wenn er dies tat, hatte er weder Augen noch Ohren für seine Umgebung, voll und ganz auf seine Aufgabe konzentriert. Für den Fall, dass es zum Krieg kommen würde, bestand diese darin, die Zufahrtswege nach Berlin unter Beschuss zu nehmen und die alliierte Garnison in Berlin vom Nachschub aus dem Westen abzuschneiden. Eine Aufgabe so recht nach Aljoschas Geschmack, weshalb er sichergehen wollte, dass nichts dem Zufall überlassen blieb. Eine Gewohnheit, die ihm jetzt, um 20.12 Uhr Berliner Zeit, zum Verhängnis werden würde.

Der Tod kam lautlos, in Gestalt eines CIA-Agenten im Tarnanzug und mit rußgeschwärztem Gesicht. Und er kam schnell. Überaus schnell. So rasant, dass Alexei Komarowski, beheimatet in der Oktiabria-Straße in Swerdlowsk, davon kaum etwas bemerkte. Der Dolch, den ihm der wie aus dem Nichts aufgetauchte Angreifer von hinten zwischen die Rippen rammte, war spitz, der Sicherheit halber mit Nervengift überzogen worden und so scharf, dass er seine Herzkammer in null Komma nichts durchbohrte. Aljoscha hatte nicht einmal mehr Zeit zum Nachdenken, genauso wenig wie seine Kameraden, die von den insgesamt acht Angehörigen der CIA-Sondereinheit in Sekundenschnelle liquidiert wurden.

So lautlos, dass es schien, als sei alles nur ein Spuk gewesen.

Doch dem war nicht so. Kaum hatten Aljoscha und die Kameraden aus seiner Batterie ihr Leben ausgehaucht, versammelten sich die acht Angreifer um den Lkw vom Typ Ural 375B, auf den einer der Raketenwerfer montiert worden war. Keiner von ihnen sprach ein Wort. Das war auch nicht nötig. Jeder Schritt, jedes Detail, jeder noch so unbedeutende Handgriff des riskanten Kommandounternehmens war zuvor immer wieder besprochen, geübt und bis zum Überdruss durchgeprobt worden. Jeder einzelne der acht Spezialagenten, von denen keiner den Namen seiner Gefährten kannte, war ein Experte auf seinem Gebiet, die einen im Töten, die anderen im Bedienen russischer Raketenwerfer. Ihre Ausbilder daheim in Langley hatten an alles gedacht, sogar daran, dass es von Vorteil war, wenn einer von ihnen Russisch sprach.

Dass es sich bei der Operation mit dem Codenamen Uranus um ein Himmelfahrtskommando handelte, war ihnen dennoch bewusst. Bis zum Point Zero, dem Zeitpunkt, an dem die Raketen auf die jeweiligen Ziele in den westlichen Sektoren abgefeuert werden sollten, konnte noch eine Menge passieren. Wäre es nach ihrem Anführer gegangen, hätte er die Raketen startklar gemacht, aus allen Rohren gefeuert und anschließend die gesamte Werferbatterie in die Luft gejagt. Lieutenant Major Skip McClellan, ein drahtiger, robuster und überaus zäher Veteran aus dem Koreakrieg, hatte jedoch den Kürzeren gezogen. Aus Gründen, die ihm selbst zwar nicht ganz klar waren, nach denen er aber dennoch nicht zu fragen gewagt hatte. Raketenabschuss um 3.45 Uhr Berliner Zeit, eine Viertelstunde vor dem nächsten Wachwechsel. Und keine Sekunde früher. Daran musste er sich halten, ob aus Überzeugung oder nicht. Befehl war nun einmal Befehl.

Und Calabrese der Boss.

Zu tun gab es mehr als genug, sowohl für McClellan wie auch die übrigen Angehörigen des Trupps. »Zielkoordinaten ändern!«, wies er den ebenfalls maskierten, jedoch bei Weitem nicht so durchtrainierten und mindestens einen Kopf kleineren Agenten neben ihm an. Der wiederum gehorchte prompt, ohne auch nur eine Sekunde zu zögern, entschlüsselte den Zugangscode, als sei dies alles nur ein Kinderspiel, und klapperte mit den spindeldürren Fingern auf den mit kyrillischen Buchstaben versehenen Tasten herum. Purgatschow, so sein richtiger Name, kannte sich bestens aus, nicht nur, weil er das Kind russischer Emigranten, sondern auch ein ausgewiesener Dechiffrierexperte war.

Kurz vor dem Ende der komplizierten Prozedur, mit Blick auf den Zettel, den ihm McClellan vor die Nase hielt, geriet der untersetzte Westpoint-Absolvent mit dem dunklen Dreitagebart und auffällig großen Riechorgan ins Stocken. »Warten Sie mal, Sir!«, forderte er seinen Nebenmann auf, »Warten Sie – da stimmt etwas nicht.«

McClellan gab sich ahnungslos. »Und was sollte Ihrer Meinung daran nicht …«

»Die Zielkoordinaten, Sir«, lautete die hektische Antwort, nachdem sich Purgatschow überzeugt hatte, dass ihm kein Fehler unterlaufen war. »Wenn die nicht falsch sind, will ich Nikita Chruschtschow heißen.«

»Ach, ja?«

»Ich sag mal so, Sir – hätten wir die Vögel alle abgefeuert, würde an bestimmten Stellen im amerikanischen Sektor vermutlich kein Stein mehr auf dem anderen stehen.« Purgatschow nahm die Hand von der Konsole und atmete geräuschvoll aus. »Möchte wissen, was für ein Idiot uns das eingebrockt hat«, wetterte er mit Blick auf die Liste, die soeben in McClellans Gesäßtasche verschwand, drauflos. »So dumm kann man ja wohl wirklich nicht sein. Die falschen Ziele anzugeben – man sollte es nicht für möglich halten. Wenn mir der Kerl unter die Augen kommt, kann er was er …«

Trotz all seiner Cleverness war Igor Michailowitsch Purgatschow ein Zeitgenosse mit einem ausgesprochen hitzigen Naturell. Wenn ihm etwas gegen den Strich ging, gab es für ihn kein Halten mehr. Und auch keinen Vorgesetzten, auf den er Rücksicht nehmen musste. Dann gab es nur noch ihn, Purgatschow, und seinen Jähzorn, der ihn alles ringsum vergessen ließ.

So wie jetzt, 20 Minuten nach acht.

»… leben.« Kaum hatte Purgatschow Luft geholt, um der zu erwartenden Serie von Flüchen den entsprechenden Nachdruck zu verleihen, spürte er plötzlich die Mündung eines Schalldämpfers an seiner Schläfe. Und hörte die Worte »Was denn?« und das unterdrückte Lachen aus dem Mund von McClellan, der sich über die Begriffsstutzigkeit seines Dechiffrierexperten lustig machte.

Obwohl es nicht das Geringste zu lachen gab.

20

Berlin-Kreuzberg, Yorckstraße | *20.35 h*

»Suspendiert!«, wetterte Sydow, trank seinen Doppelten Marke Beefeater auf ex und bestellte sich umgehend das nächste Glas. Der Barkeeper, ein treuer Gefährte aus Junggesellentagen, ließ sich nicht lange bitten und stellte die Flasche mit dazu. »Wenn Oelßner glaubt, er kriegt mich auf die Art klein, hat er sich geschnitten.«

»Selbst schuld.«

»Ja, ja – ich weiß, Kroko«, grummelte Sydow und schob das Gin-Glas mit griesgrämiger Miene auf die Seite. »Dumm von mir, gleich auf die Barrikaden zu gehen.«

»Eben.«

»Darauf hat dieser Schnösel nämlich nur gewartet«, bekräftigte Naujocks, stibitzte Sydows Glas und trank es rasch leer. »Zumal er dich seit geraumer Zeit auf dem Kieker zu haben scheint.«

»Kieker oder nicht – fest steht doch wohl, dass der Herr Kriminalrat beabsichtigt, uns aufs Abstellgleis zu schieben.«

»Was zeigt, dass wir dabei sind, ein verdammt heißes Eisen anzufassen«, schloss Krokowski, dem die Tatsache, dass er sich in einem der verrufensten

Kneipen von ganz Kreuzberg aufhielt, ganz offensichtlich auf den Magen geschlagen hatte. Seine Sinalco hatte er bislang nicht angerührt, auch so wirkte er aber nicht gerade entspannt. Von sich aus hätte er sich wohl niemals hierher verirrt, und selbst wenn, hätte ihn die Schummerbeleuchtung, der Zigarettenrauch, die Musik aus der Jukebox und die leicht bekleideten Damen, von denen es mindestens ein Dutzend gab, auf der Stelle in die Flucht geschlagen. »Aber was soll's, das sind wir ja mittlerweile gewohnt.«

»Jetzt mach aber mal 'nen Punkt, Kroko«, spöttelte Sydow und verpasste Naujocks, der eine vollbusige Animierdame mit seinen Blicken geradezu verschlang, einen dezenten Schubs mit dem Ellbogen. Nach vollbrachter Tat, die jedoch keinerlei Wirkung zeigte, wandte er sich erneut seinem Assistenten zu. »Ausgerechnet du, unser Musterknabe, spielst mit dem Gedanken, dich dem Befehl unseres allseits geschätzten Herrn Kriminalrates zu widersetzen?«

»In der Tat!«, gab Krokowski, der wie ein begossener Pudel auf seinem Barhocker kauerte, mit trotziger Miene zurück. »Ihr zwei doch wohl auch, oder?«

»Worauf du einen lassen kannst, Eduard«, kam Naujocks, trotz intensiver Balzversuche wenigstens mit einem Ohr bei der Sache, einer ähnlich gearteten Antwort vonseiten seines Nebenmannes zuvor und hatte von da nur noch Augen für die Animierdame, die sich mit wiegenden Hüften auf ihn zubewegte. »Einer für alle, alle für … Hallo, schöne Frau – hocherfreut, Sie kennenzulernen.«

»Der geht vielleicht ran«, flüsterte Sydow einem sichtlich konsternierten Eduard Krokowski ins Ohr, dessen Moralvorstellungen soeben einen herben Dämpfer erlitten hatten. »Da bleibt dir glatt die Spucke weg!«

»An deiner Stelle würde ich mir lieber überlegen, wie wir …«

»Eins vorweg, Kroko – ich habe nicht die geringste Ahnung, wie es jetzt weitergehen soll«, beschied Sydow seinen Assistenten, bezahlte und drehte seinen Barhocker nach rechts, damit er Krokowski, der es ihm gleichtat, direkt in die Augen sehen konnte. »Falls es das ist, worüber du dir momentan den Kopf zerbrichst.«

»Du hast es erfasst, Tom«, bestätigte Krokowski, dessen Fliege in bedenkliche Schieflage geraten war. »Man macht sich eben so seine Gedanken.« Krokowski stutzte. »Sag mal, du hast doch nicht etwa vor, nach Hause zu gehen? Nach allem, was heute Nachmittag los gewesen ist?«

»Doch, Kroko«, beharrte Sydow, der es auf einmal eilig hatte, sein ehemaliges Stammlokal zu verlassen. Bei Lola, nur eines von einem guten Dutzend Etablissements seiner bevorzugten Informantin, hatte er sich früher immer wohlgefühlt.

Trotz oder gerade wegen der ehrenwerten Gesellschaft, die sich hier allabendlich ein Stelldichein gab. Jetzt aber, am Ende eines langen und scheinbar nutzlos vertanen Tages, zog es ihn wieder nach Hause. Zu Lea, die bestimmt schon auf glühenden Kohlen saß. »Genau das werde ich jetzt tun. Heute ist nämlich mein Hochzeitstag, für den Fall, dass du es vergessen haben solltest.« Sydow schielte auf die Uhr, sprang von seinem Barhocker und schlüpfte in sein völlig zerknittertes Jackett. »Morgen ist auch noch ein Tag. Oder kannst du mir flüstern, was wir in der gegenwärtigen Situation tun sollten?«

»Dranbleiben, Tom. Was denn sonst?«

»Weißt du was, Kroko?«, fragte Sydow zurück, nachdem er sich von der mittlerweile 68 Jahre alten Inhaberin, die mit bürgerlichem Namen Erna Pommerenke hieß, per Kusshand verabschiedet hatte. Die Rote Lola, unumschränkte Herrin über das Kreuzberger Milieu und trotz mehr als 100 Kilo Lebendgewicht mit Federboa, hautengem Atlaskleid und Netzstrümpfen bekleidet, dankte es ihm mit einem huldvollen Lächeln. »Langsam hab ich es satt, mich ständig mit den gleichen Ganoven rumschlagen zu müssen.«

»Das glaubst du doch wohl selbst nicht, oder?«

Sydow zögerte einen Moment, besann sich und entgegnete: »CIA oder nicht – momentan hab ich wirklich die Schnauze voll. Da kurvst du durch halb Berlin, von Pontius bis zu Pilatus und wieder zurück. Schlägst dir deinen freien Tag um die Ohren. Quetschst jede Menge Galgenvögel aus. Gibst dein Bestes, und das nach beinahe 25 Jahren im Dienst. Und was kommt dabei raus, Kroko? Nichts, aber auch rein gar nichts. Ein junger Schnösel, den sie im Eilverfahren zum Kriminalrat befördert haben, lässt dich runterlaufen wie einen Schuljungen. Suspendiert dich vom Dienst, als habe es all die Jahre vorher nicht gegeben. Das haste nun davon, Sydow.«

»So darfst du nicht denken, Tom.«

»Und warum nicht, wenn man fragen darf? Ich hab's satt, Kroko, granatenmäßig satt. Immer die gleiche Kundschaft, einfach zum Kotzen. Erst die Gestapo, mit der ich mich anno 42 rumgeschlagen habe, dann diese durchgeknallten Werwölfe, und vor acht Jahren die Geschichte mit dem Bernsteinzimmer. Drehbuch: Stasi und CIA. Hauptrolle: ein gewisser Juri Andrejewitsch Kuragin, der von einem auf den anderen Tag von der Bildfläche verschwunden ist. So viel zum Thema Freundschaft, Herr Kriminalkommissar. Und zum Thema Diensteifer. Nee, Kroko, allmählich habe ich die Faxen dicke. Sollen sie mich doch suspendieren, von mir aus. Für heute hab ich jedenfalls genug. Was immer die Jungs aus Langley auf Lager haben, Tom Sydow wird sich jetzt erst mal eine Auszeit nehmen.«

»Du vielleicht, aber nicht ich.«

Im Innersten berührt, flog ein wehmütiges Lächeln über Sydows Gesicht. »Tu, was du nicht lassen kannst, Kroko«, seufzte er und verpasste seinem Assistenten einen freundschaftlichen Klaps. »Da fällt mir gerade ein: Falls du nichts Besseres vorhast, könntest du ja mal bei den Hinterbliebenen von Blaschkowitz vorbeischauen. Denen sollten wir heute Abend noch Bescheid geben. In meiner derzeitigen Verfassung bin ich wirklich nicht in der Lage dazu. Keine Angst, du wirst schon die richtigen Worte finden. Für so was bist du allemal besser geeignet als ich.«

»Wenn du meinst.«

»Aber klar doch, Kroko. Kopf hoch, du wirst das Ding schon schaukeln. Falls es dich beruhigt, können wir morgen früh miteinander telefonieren. Was mich betrifft, werde ich machen, dass ich nach Hause komme. Zur Feier des Tages mit dem Taxi. Lea wartet bestimmt schon auf mich. Und wehe, mich ruft jemand an. Dann ist aber wirklich was los. Mach's gut, Kumpel – bis morgen früh!«

»Mach's besser, Tom«, entgegnete Sydows Assistent und setzte alles daran, Naujocks aus den Fängen der brünetten Animierdame zu befreien, um anschließend ebenfalls den Nachhauseweg anzutreten. »Bis irgendwann.«

*

Eine Viertelstunde später, mit sich und der Welt wieder halbwegs im Reinen, hatte es sich Sydow auf dem Beifahrersitz eines Taxis bequem gemacht und warf einen Blick auf das Armaturenbrett. Schlag neun. Auf die Minute. Er war reichlich spät dran, aber hoffentlich nicht zu spät, um den verhunzten Nachmittag möglichst rasch zu vergessen und den Abend zusammen mit Lea in den eigenen vier Wänden ausklingen zu lassen.

»Janz schön wat los hier, wa?«

In Gedanken längst bei seiner Frau, hatte Sydow den Taxifahrer völlig vergessen. Lust auf Konversation hatte er zwar keine, aber da er nicht unhöflich sein wollte, rang er sich zu einem schicksalsergebenen Nicken durch und sagte: »Kein Wunder, ist ja auch Samstag.« Den Zusatz ›Und was für einer!‹ konnte er sich gerade noch verkneifen.

Der Taxifahrer, ein behäbiger Koloss mit Prinz-Heinrich-Mütze, viel zu engem Hemd und noch engeren Hosen, kurbelte das Fenster herunter, legte den Ellbogen auf die Kante und murmelte etwas vor sich hin, das sich in Sydows Ohren wie eine kollektive Verwünschung sämtlicher Müßiggänger in Westberlin anhörte. »Auch das noch, haste Töne!« Im Anschluss daran trat er auf die Bremse und wartete, bis eine Horde angetrunkener GIs, die über den Zebrastreifen in Höhe der Gedächtniskirche torkelte, auf der gegenüberliegenden Straßenseite angekommen war. »Benehmen sich wie die letzten

Menschen. Ab durch die Mitte, kann ick da nur sagen. Je schneller diese versoffenen Cowboys die Fliege machen, desto besser.«

»Keine gute Idee, wenn Sie mich fragen.«

»Und ob dat eine jute Idee ist!«, erboste sich der Taxifahrer und sah Sydow, der seine Bemerkung auf der Stelle bereute, mit missmutiger Miene an. »Soll ick Ihnen mal wat sagen, Herr ...«

»Sydow.«

»Anjenehm, Paschulke. Soll ick Ihnen mal wat flüstern, werter Herr? Die Amis haben's jerade nötig. Die haben doch wirklich jenug Dreck am Stecken. Korea, die Pleite in der Schweinebucht, seit Neuestem auch noch Vietnam – andauernd müssen diese Yankees ihre Nase in anderer Leute Anjelegenheiten stecken.«

»Wie zum Beispiel in die Unsrigen, meinen Sie.«

»Eens kann ick Ihnen sagen, ob Sie mir's nun glauben oder nich. Allzu lange wird sich der Iwan dat nich mehr mit angucken. Und der olle Ulbricht da drüben ooch nich. Dann kriegt der Ami eins vor den Latz jeknallt. Dass es nur so scheppert.«

»Und woher wollen Sie das so genau wissen?«

»Von meinem Bruder. Lebt drüben im Osten. Parteiaktivist. Eener von den Hundertprozentigen.«

»Und Sie?«

»Icke? Is dat Ihr Ernst? Ick hab mit der Politik nüscht am Hut. Aber auch gar nüscht.« Nicht gewillt, auf Sydows Ablenkungsmanöver einzugehen, tippte sich der Taxifahrer an die Stirn und schwadronierte: »Jedenfalls sagt mein Bruder, dass es demnächst zur Sache jehn und der Iwan diesem Kennedy zeigen wird, wer der Herr im Hause is.«

Sydow, der für Politiker nicht übermäßig viel übrig hatte und allein deswegen keinerlei Lust verspürte, sich auf eine längere Diskussion einzulassen, verfiel in beharrliches Brüten und überlegte fieberhaft, wie er das unerquickliche Thema abschließen konnte. Nicht so der Taxifahrer, der sein Schweigen offenbar missverstand und jetzt erst richtig loszulegen begann. »Unter uns, Herr Sydow –«, setzte er seine Rede zur Lage von Berlin ungeniert fort, »sind Sie vielleicht scharf drauf, dass wir jeden Tag über tausend Hungerleider aus dem Osten bei uns aufnehmen? Irjendwann kommt nämlich mal der Punkt, wo wir uns dat nich mehr leisten können. Und der jute Willy Brandt* ooch nich. Macht hoch die Tür, die Tor macht weit. Lange jeht dat nicht mehr jut, darauf geb ick Ihnen Brief und Siejel.«

»Eine Frage, Herr Paschulke«, fiel Sydow dem Taxifahrer unvermittelt ins Wort, »haben Sie den Mann auf dem Foto schon mal gesehen?«

»Een Polyp, hätt ick mir ja denken können.« Die linke Hand am Steuer, griff Paschulke nach der Schwarz-Weiß-Aufnahme, die Sydow ihm vor die

* Regierender Bürgermeister von Berlin (1957-1966)

Nase hielt, blitzte sie scheel an und gab sie postwendend zurück. »Hab ick«, brummte er kurz angebunden, augenscheinlich nicht gerade erfreut. »Und wat is mit ihm?«

»Später, Herr Paschulke«, beschied Sydow seinen Nebenmann und gratulierte sich zu dem Dusel, den er wieder einmal gehabt hatte. »Zuvor hätte ich nämlich ein paar Fragen – mit der Bitte, sie postwendend zu beantworten.«

21

Berlin-Wannsee, Am Großen Wannsee | *21.25 h*

»Hier, für Sie!« Sichtlich zufrieden drückte Sydow dem Taxifahrer ein Fünfmarkstück in die Hand, nickte ihm freundlich zu und klopfte auf die Brusttasche seines Sakkos, in der sich das Konterfei von Blaschkowitz befand. »Der Rest ist für Sie.« Danach stieg er aus, schloss die Tür und ging die kurze Strecke, welche ihn von seinem Haus trennte, zu Fuß.

Ein abgekartetes Spiel also. Zumindest sah es danach aus. Sydow beschleunigte seinen Schritt. Hier Ernst Blaschkowitz aus Kreuzberg, dort eine rassige Schönheit, die aus Gründen, die Paschulke nicht klar geworden waren, alles darangesetzt hatte, um mit einem etwa 20 Jahre älteren Mann ins Bett zu steigen. Mit einem Mann, der, gelinde gesagt, mehrere Nummern zu klein für sie und vermutlich auch nicht mehr ganz nüchtern gewesen war. Hinzu kam, dass der Taxifahrer, ein Mann mit geschulter Beobachtungsgabe, felsenfest davon überzeugt gewesen war, es habe sich bei der mysteriösen Schönheit keinesfalls um eine Prostituierte gehandelt. Da es sich bei Paschulke offenbar um einen profunden Kenner der Szene und menschlicher Schwächen handelte, war Sydow geneigt, auf sein Urteil zu vertrauen, wenngleich man das Gegenteil natürlich nicht ausschließen konnte.

Eins war in jedem Fall gewiss, oder, vorsichtig ausgedrückt, ziemlich naheliegend. Nach Lage der Dinge war Ernst Blaschkowitz Opfer eines bis ins Detail ausgetüftelten Komplotts geworden, auf einen Lockvogel hereingefallen und anschließend, nachdem er seinen Zweck erfüllt hatte, beseitigt und in der Schrottpresse der Firma Lenuweit und Co. deponiert worden. Angenommen, Sydows Hypothese träfe zu, würde dies bedeuten, dass der Vamp, welcher nicht nur bei seinem Verehrer, sondern auch bei Paschulke einen bleibenden Eindruck hinterlassen hatte, mit dem Mörder beziehungsweise den Mördern von Blaschkowitz unter einer Decke steckte. Das wiederum hieß, dass die adrette Dame vom CIA angeheuert und dahingehend instruiert worden war, ihn abzuschleppen, in ihr Hotel zu locken und den ahnungslosen Don Juan in spe seinen Mördern auszuliefern. Die, aus welchem Grund auch immer, alles darangesetzt hatten, die Tat als Werk östlicher Geheimdienste erscheinen zu lassen. Gelungen war ihnen dies jedoch nicht, zumal Paschulke versichert hatte, der Vamp mit Namen Natalja habe es darauf angelegt, Deutsch mit russischem Akzent zu sprechen. Auf Sydows Frage, um was für eine Landsmännin es sich seiner Meinung nach gehandelt habe, hatte der Taxifahrer allerdings passen müssen. Wie von ihr gewünscht, hatte er das ungleiche Paar in eine in der Nähe des Anhalter Bahnhofs gelegene Nobelherberge chauffiert, ein fürstliches Trinkgeld kassiert und anschließend zugesehen, dass er so rasch wie möglich in die Federn kam.

Ein abgekartetes Spiel also – aber mit welchem Ziel?

Entschlossen, die Suche nach dem möglichen Tatmotiv auf den nächsten Tag zu verschieben, setzte Sydow seinen Nachhauseweg fort. Die Straße vor ihm wirkte wie ausgestorben, wäre das Licht nicht gewesen, welches hie und da zwischen den Fensterläden hindurchsickerte, hätte er geglaubt, er spaziere durch eine Geisterstadt. Zudem war er merklich kühler geworden, und obwohl er nicht so leicht fror und nur noch wenige Meter zu gehen hatte, schlug Sydow die Arme übereinander und hastete weiter. Der Ostwind, der einen Birkenzweig über die öde und leer daliegende Uferstraße fegte, roch bereits nach Herbst, überlagert vom Duft welker Blätter, der aus dem Gestrüpp, an dem er vorüberhastete, in die Höhe stieg und sich zu einer nach abgestorbenen Blüten und feuchter Erde riechenden Mixtur vereinigte. Die Stille tat ein Übriges, weshalb ihn das Gefühl beschlich, viel zu früh ausgestiegen und noch kilometerweit von zu Hause entfernt zu sein.

»Hauptkommissar Sydow, wenn ich mich nicht irre?«

In seine Gedanken vertieft, hatte Sydow den Fremden, dessen Stimme aus dem Halbdunkel längs des Weges drang, nicht bemerkt und drehte sich auf dem Absatz um. Seiner Stimme nach zu urteilen war er noch recht jung, von der Körpergröße her mindestens einen Kopf kleiner und gut gebaut. Dass die nächtliche Begegnung kein Zufall war, konnte er sich natürlich denken, weshalb er es bei der Andeutung eines Nickens beließ und die Gestalt, welche ihn unvermutet angesprochen hatte, näher in Augenschein nahm. »Und was verschafft mir die Ehre?«

»Ich denke, wir sollten uns ein wenig unterhalten«, entgegnete der Fremde, aufreizend lässig gegen eine Eiche gelehnt und obendrein auch noch eine Fluppe in der Hand. »Das heißt, falls Sie momentan nichts Besseres zu tun haben.«

»Kommt drauf an.« Sydow hasste es, wenn er den Leuten, mit denen er sprach, nicht in die Augen sehen konnte, und so machte er ein, zwei Schritte nach vorn. Fast gleichzeitig gab der Unbekannte, dessen angewinkeltes Bein auf dem Baumstamm ruhte, seine entspannte Haltung auf, trat aus dem Schatten und schlenderte gemächlich auf ihn zu. Im Schein der Straßenlaterne, die ihr fahles Licht auf den Bürgersteig warf, sah sein Lächeln gezwungen und aufgesetzt aus, worauf Sydow mit instinktivem Argwohn reagierte. »Mit wem habe ich das Vergnügen?«

»Das tut nichts zur Sache.«

»CIA?«

»Falsch geraten, Herr Kriminalhauptkommissar«, höhnte der tipptopp gekleidete, um die 40 Jahre alte und nicht eben unattraktive Fremde, immer noch das gleiche Lächeln im Gesicht, auf das er anscheinend ein Dauerabonnement besaß. »Wenngleich nicht allzu weit von der Wahrheit entfernt.«

»Dann eben Stasi, hab ich recht?«

»Nicht schlecht, Herr Kommissar, mein Kompliment. Freut mich, dass wir so schnell zur Sache kommen können.« Mischa Bartosz, Oberleutnant in Diensten der DDR-Staatssicherheit, stieß ein galliges Lachen aus. »Aus diesem Grund werde ich es jetzt kurz machen.« Bartosz ließ seine Kippe fallen und beförderte sie mit dem Fuß in den Rinnstein. »Wie ich wohl nicht weiter ausführen muss, sind Sie, Herr Kriminalhauptkommissar, beileibe kein Unbekannter für uns. Spätestens seit dem Tag, an dem eines unserer Kommandos mit Ihnen und Ihrem – wie drücke ich mich jetzt bloß akkurat aus? –, mit Ihrem ehemaligen Weggefährten Kuragin Bekanntschaft gemacht hat.«

»Falls es um das Bernsteinzimmer geht: Vergessen Sie's.«

Das Dauerlächeln auf dem Gesicht von Bartosz verschwand. »Nach Preziosen jedweder Art, Herr von Sydow, steht mir momentan nicht der Sinn.«

»Mir auch nicht.«

»Freut mich zu hören. Was mich dagegen weitaus mehr interessiert, wäre, Näheres über den Aufenthaltsort Ihres sogenannten Freundes zu erfahren, den es vor acht Jahren quasi über Nacht ins gegnerische Lager verschlug.« Um einer Erwiderung von Sydow zuvorzukommen, hob Bartosz ruckartig die Hand. »Bitte verstehen Sie mich nicht falsch, Herr Kommissar. Nichts läge mir ferner, als Druck auf Sie auszuüben oder Sie zu etwas zu zwingen, was Ihnen von Grund auf widerstrebt. Aber die Sache ist nun mal die, dass meine vorgesetzte Behörde ein vitales Interesse daran hat, mit Herrn Kuragin in Kontakt zu treten.«

»Geben Sie sich keine Mühe. Von mir erfahren Sie kein Wort.« Drauf und dran, zur Waffe zu greifen, ließ Sydow sein Gegenüber nicht aus den Augen. Typen wie dieses Grinsegesicht, die einen auf verständnisvoll machten und bei passender Gelegenheit jeden noch so menschenverachtenden Befehl ausführten, waren ihm im Verlauf seiner Karriere schon des Öfteren begegnet, für seinen Geschmack viel zu oft. Deshalb hatte er nicht übel Lust, dem Stasi-Schergen eine Lektion zu erteilen, und zwar eine, die er so schnell nicht vergessen würde. »Selbst wenn ich wüsste, wo Kuragin steckt, wären sie der Letzte, dem ich es auf die Nase binden würde.«

»Gestern Abend, vor ziemlich genau 24 Stunden, hat Kuragin versucht, Sie anzurufen. Von einer Gaststätte in der Nähe des Alexanderplatzes. Die Frage ist, warum. So leid es mir tut, Herr von Sydow, ich muss darauf bestehen, dass Sie mir gegenüber etwas gesprächiger …«

»Und ich, Sie Mielke-Lakai, muss darauf bestehen, dass Sie die Beine in die Hand nehmen und verduften. Sonst können Sie was erleben!«

»Na schön, Herr Kommissar, Sie haben es nicht anders gewollt.« Das stets gleiche, wie eingekerbt wirkende Lächeln im Gesicht, warf Bartosz einen Blick auf Sydows Sakko, unter dem sich der Haltegurt seines Pistolenhalfters abzeichnete, neigte den Kopf zur Seite und sah ihn mitleidig an. »Bedauerlich, dass Sie sich weigern, mit uns zu kooperieren.« Daraufhin wandte er sich um und verschwand. So schnell, dass Sydow glaubte, er habe Halluzinationen.

Der Gedanke war natürlich völlig absurd, und noch während er in die Seitenstraße einbog, die zum See hinunterführte, löste sich die unwirtliche Szenerie auf einen Schlag auf. Schuld daran war nicht etwa sein Haus, dessen Konturen sich in der Dunkelheit abzeichneten, sondern ein urplötzlich aufleuchtendes, grelles, ihn nahezu vollständig blendendes Licht.

Dass es sich um die Scheinwerfer einer schwarz lackierten Limousine russischer Bauart handelte, konnte Sydow allenfalls erahnen. Eines wurde ihm jedoch auf Anhieb klar. Dies hier war kein Versehen. Oder ein Dummejungenstreich. Oder der Versuch, ihn einzuschüchtern, weichzuklopfen oder mit Brachialgewalt gefügig zu machen.

Nein, hier ging es um etwas anderes. Nämlich ums nackte Überleben.

Kaum war ihm der Gedanke gekommen, als der Vierzylindermotor des Moskwitsch 402 so laut aufheulte, dass er die Stille ringsum jäh zerplatzen und Sydow wie zu einer Salzsäule erstarren ließ. Die Entfernung zu ihm betrug knapp 50 Meter, viel zu wenig, um groß nachdenken oder gar flüchten zu können. Rechts von ihm ein übermannshoher, mit Efeu überwucherter Gartenzaun, vor ihm die Straße und zur Linken eine Buche, bis zu der er es wohl kaum schaffen würde. Sydow biss die Zähne zusammen. Wer auch immer in dieser Karre saß, hatte die Stelle mit Bedacht gewählt, war bestimmt nicht auf den Kopf gefallen. Oder, weitaus wahrscheinlicher, ein mit allen Wassern gewaschener Profi. Einer, der sich aufs Töten verstand.

Einer, der auf ihn angesetzt worden war.

Eher instinktiv denn mit Absicht verschwand Sydows Hand unter seinem Sakko und umklammerte den Griff seiner Walther PP. Hechtsprung, Drehung, auf die Knie und feuern. Feuern, was seine Knarre hergeben würde. Genauso, wie es ihm während seiner Ausbildung eingetrichtert worden war. Hörte sich alles sehr einfach an. Eine Spur zu einfach vielleicht, wenn man die Realität miteinbezog. Sydow zuckte die Achseln. Aber was blieb ihm übrig. Er musste es versuchen. Oder riskieren, dass man ihn über den Haufen fuhr.

Vom Aufblenden der Scheinwerfer bis zu dem Moment, in dem der Moskwitsch mit quietschenden Reifen nach vorn schoss, vergingen nur wenige Sekunden. Sydow, auf alles gefasst und vor Anspannung wie erstarrt, kamen sie schier endlos vor. Wie ein Albtraum, bei dem man das Gefühl hatte, er würde kein Ende nehmen.

Noch zehn Meter, wenn überhaupt. Jetzt hing alles davon ab, ob die Gestalt, die sich schemenhaft hinter dem Steuer abzeichnete, auf seine Masche reinfallen würde. Und wenn ja, ob er die Chance, die sich ihm bot, würde nutzen können.

Acht, fünf, drei – und Hechtsprung.

Das laute, durch Mark und Bein gehende Bremsgeräusch des Moskwitsch im Ohr, rappelte sich Sydow auf, riss seine Waffe hoch und feuerte, was das Zeug hielt, auf die Heckscheibe. Er tat dies blindlings, mit einer gehörigen Portion Wut im Bauch. Und, wie er sich hinterher eingestehen musste, mit einer zumindest ebenso großen Portion Hass. Hass auf die Banditen, mit denen er sich seit Jahren herumschlagen musste. Hass auf all die Drahtzieher, denen man nicht an den Karren fahren konnte. Und mit nichts als Abscheu gegenüber Regierungen, die sich solcher oder ähnlicher Mittel bedienten.

Dem Moskwitsch und seinen Insassen schien dies nichts anhaben zu können. Doch dann, in gut

30 Metern Entfernung, geschah es. Die Limousine schrammte an einer Buche entlang, dass die Funken nur so sprühten, geriet außer Kontrolle, legte sich quer und prallte mit dem rechten Kotflügel gegen einen Laternenpfahl.

Und blieb mit demolierter Karosserie liegen.

Ohne eine Sekunde zu zögern, stürmte Sydow mit gezückter Waffe los. Was er da tat, war natürlich Wahnsinn, eine Pokerpartie mit dem Tod. Doch wie immer, wenn ihn der Zorn packte, dachte er nicht an die Konsequenzen und warf jegliche Vorsicht über Bord.

Eine Stinkwut im Bauch, hetzte Sydow auf den Moskwitsch los, bereit, die Fahrertür aufzureißen und es den Kerlen, die ihn beseitigen wollten, nach Kräften heimzuzahlen. Aber dazu sollte es nicht mehr kommen.

Ehe Sydow sein Ziel erreichte, wurde die Tür der Limousine plötzlich aufgestoßen. Einem angeborenen Instinkt folgend, versuchte er hinter einer Eiche in Deckung zu gehen und machte einen Satz nach rechts. Aber er hatte sich verkalkuliert. Der Mann, allem Anschein der Fahrer, blieb in Deckung, rührte sich nicht vom Fleck. Die Waffe in der Hand, kauerte Sydow hinter der Eiche und fluchte lautstark vor sich hin. Ausgerechnet jetzt, wo es aufs Ganze ging, klemmte anscheinend das neue Magazin.

Doch damit nicht genug. Als sei nichts geschehen, stieß der Moskwitsch zurück, bog um die Ecke und jagte mit quietschenden Reifen davon. Sydow fluchte, was das Zeug hielt. Immer noch mit seiner Waffe beschäftigt, die partout nicht funktionieren wollte, verlor er schließlich die Geduld und schleuderte sie ins Gebüsch. Dann rappelte er sich auf und rannte dem Moskwitsch hinterher. Das war natürlich völliger Humbug, wusste er doch genau, dass er den Kürzeren ziehen und die Limousine binnen Kurzem aus den Augen verlieren würde.

Weit gefehlt. In etwa 100 Metern Entfernung hielt der Moskwitsch auf einmal an. Wieso, war Sydow zunächst schleierhaft. Kurz darauf, zu weit entfernt, als dass er hätte eingreifen können, wurde ihm der Grund bewusst.

Aus dem Schatten einer Villa, in dem sie offenbar die ganze Zeit über verborgen gewesen war, löste sich eine Gestalt und schlenderte in aller Gemütsruhe zur Beifahrertür. Der Unbekannte war nicht sehr groß, allenfalls 1,75 Meter. Die Hände in den Taschen, machte er den Eindruck, als ging ihn das, was soeben geschehen war, überhaupt nichts an, schlenderte auf den Wagen zu und öffnete die Beifahrertür. Erst dort, im Schein einer Laterne, die ihn wie eine Fata Morgana erscheinen ließ, drehte er sich in aller Gemütsruhe um.

Das hast du jetzt davon!, schoss es Sydow durch den Kopf. Mit dem Kopf durch die Wand, sieht dir ähnlich. Nur ein Schuss, selbst aus dieser Distanz, und es ist aus mit dir.

Zu keiner Reaktion fähig, blieb er einfach stehen und rührte sich nicht vom Fleck. Sein Gegenüber, der Agent mit dem Dauerlächeln, ließ sich mit dem Einsteigen Zeit, schien die Situation in vollen Zügen zu genießen. Sydow wußte zwar nicht, wieso, war sich jedoch sicher, auf dem Gesicht seines Widersachers so etwas wie Vergnügtheit zu entdecken.

Doch dann, genauso schnell, wie er aufgetaucht war, wandte der Stasi-Agent den Blick von ihm ab, schwang sich auf den Rücksitz und schloss die Tür.

Kurz darauf war der Moskwitsch verschwunden, und mit ihm der Mann, dessen Lächeln ihm fortan nicht mehr aus dem Sinn gehen sollte.

22

Berlin-Charlottenburg, Waldbühne | *21.42 h*

Juri Andrejewitsch Kuragin war mit allen Wassern gewaschen, und vor allem ihm, dem einstigen Lehrmeister, um Längen voraus. Das musste Brannigan wohl oder übel zugeben. Er war abgebrüht, kaltblütig und wusste genau, was er wollte. Und er war unberechenbar, imstande, die Intentionen seiner Widersacher bereits im Voraus zu erahnen. Genau das machte seinen ehemaligen Zögling so gefährlich. Für ihn, Calabrese und die gesamte CIA, die er nach allen Regeln der Kunst vorgeführt hatte.

Eine Verwünschung auf den Lippen, die er sich wohlweislich verkniff, musterte Brannigan sein Konterfei, das sich im Fenster des S-Bahn-Waggons der Linie 5 spiegelte. Er sah einen vorzeitig gealterten Mann, unrasiert, ausgebrannt und mit tiefen Furchen im Gesicht. Dieser Mann trug ein abgetragenes und im Verhältnis zu seiner untersetzten Statur viel zu großes Jackett, eine ausgefranste Krawatte und ein Hemd, um das ihn niemand beneidete. Das einzig Auffällige, Ungewöhnliche und mitunter sogar Anziehende an Jim Brannigan waren seine Augen, hellblau schimmernd, weit offen und von sanft geschwungenen rötlichen Brauen überwölbt. Die geröteten Wangen zeugten dagegen von regelmäßigem Alkoholkonsum, ein Erbteil seines irischstämmigen Vaters, den er während seiner Kindheit in der New Yorker Bronx nur selten nüchtern erlebt hatte.

Ganz so schlimm war es bei Brannigan nicht, wenngleich er sich in letzter Zeit immer häufiger einen Glenfiddich einschenkte. Nach Meinung seiner Kollegen, bei denen er als kauzig und verschroben galt, hatte er sich in jüngster Zeit das eine oder andere Glas zu viel genehmigt. Brannigan ließ dies kalt, obwohl er sich so seine Gedanken machte, ob der Job, den er verrichtete, noch das Richtige für ihn war. Seit geraumer Zeit, nicht erst seit dem Schweinebucht-Desaster, hatten sich seine Selbstzweifel und die Vorbehalte gegenüber den Zielen, welche die Firma verfolgte, immer mehr verstärkt. Vielleicht war es besser, grübelte Brannigan, nicht auf zu vielen Hochzeiten gleichzeitig zu tanzen, erst einmal vor der eigenen Tür zu kehren und dafür zu sorgen, dass auch wirklich alle Amerikaner die gleichen Rechte besaßen. Diesbezüglich gab es weiß Gott genug zu tun, vor allem im Süden, wo man das Gefühl hatte, dass die Tage von Uncle Tom* noch lange nicht vorüber waren. Er selbst, fünftes von insgesamt acht Kindern von Sean und Lisa Bran-

* Anspielung auf Onkel Toms Hütte, den Anti-Sklaverei-Roman von Harriet Beecher-Stowe

nigan, konnte ein Lied davon singen, was es hieß, in ärmlichen Verhältnissen aufzuwachsen und von anderen herumschikaniert zu werden. Daheim in der Bronx galten die Iren nicht viel mehr als die Nachkommen der Sklaven und konnten froh sein, wenn sie für andere die Drecksarbeit machen durften. Der Präsident, auf den Brannigan nichts kommen ließ, bildete da die rühmliche Ausnahme. JFK war mit einem goldenen Löffel im Mund geboren worden, wobei die Gerüchte, Kennedy Senior habe sein Vermögen durch Alkoholschmuggel während der Prohibitionszeit gemacht, einfach nicht totzukriegen waren. Er dagegen war von der High School geflogen, hatte sich mit Gelegenheitsjobs durchgeschlagen und froh sein müssen, wenn sein Alter die paar Kröten, die er nach Hause brachte, nicht am gleichen Tag verjubelte.

Brannigans Miene verhärtete sich, um auf andere Gedanken zu kommen, wandte er den Blick abrupt ab und ließ ihn durch den nahezu leeren S-Bahn-Waggon wandern. Außer einem Stadtstreicher, ein paar Halbstarken und einer Gruppe amerikanischer GIs, unter ihnen ein Schwarzer, gab es nichts Aufregendes zu begutachten. Brannigans Mundwinkel verzogen sich zu einem höhnischen Grinsen. Im Grunde war es doch ein Unding, ständig gegen die Russen zu wettern und bis in die Fünfziger dabei zuzusehen, wie Schwarzen der Zugang zur High School, Restaurants und dem vorderen

Teil öffentlicher Busse verwehrt wurde. Wenn nicht bald etwas geschah, würde es zu Hause jede Menge Ärger geben, weitaus mehr als hier in Berlin.

Nachdem seine Laune am Tiefpunkt angelangt war, griff Jim Brannigan zu seinem Stock, erhob sich und humpelte zur Tür. Schon wieder sein Knie, ausgerechnet jetzt, wo alles darauf ankam, dass er voll bei der Sache war.

»Olympiastadion.« Heilfroh, frische Luft schnappen zu können, stieg Brannigan aus und überquerte die Fußgängerbrücke, die zum ehemaligen Reichssportgelände führte. Er konnte sich noch genau an die Olympischen Spiele im Jahre 1936 erinnern, wenn er ehrlich war, hatte er für die Art, wie die Nazis die Sache durchgezogen hatten, im Stillen so etwas wie Bewunderung verspürt. Mit Hitler und Konsorten hatte er natürlich nichts am Hut gehabt. Wie so viele, die späteren Alliierten mit eingeschlossen, hatte er sich von der Show, welche die Nazis inszenierten, dennoch blenden lassen. Um einiges schlauer, hatte er sich dann kurz nach Pearl Harbour zu den Marines gemeldet. Mit welchem Ergebnis, war nicht zu übersehen. Im Nachhinein war es ihm immer noch schleierhaft, wie er bei der CIA hatte landen können, aber da er nichts Vernünftiges gelernt und demnach keine andere Wahl gehabt hatte, war er auf das Angebot, das man ihm im Lazarett auf den Philippinen unterbreitet hatte, sofort eingegangen. Bereut hatte er diesen Entschluss zunächst nicht, war er doch anfangs der Meinung, dass die Methoden, welche die Firma anwandte, allemal gerechtfertigt seien. Speziell dann, wenn es gegen die Russen oder ihre Trabanten ging. Der Kampf gegen den Kommunismus hatte nun einmal oberste Priorität, was die Mittel, welche die CIA anwandte, allemal gerechtfertigt erscheinen ließ.

Zumindest in der Theorie.

Was das Problem Kuragin betraf, lagen die Dinge jedoch anders. Brannigan seufzte aus tiefster Seele, und das nicht nur aufgrund der Schmerzen in seinem Bein. Da war zum einen der Befehl von ganz oben, den Zarewitsch umgehend zu exekutieren. Und zum anderen war da sein Instinkt, der ihm riet, nicht blindlings auf die Version vom Staatsfeind Nummer eins zu vertrauen. Schließlich wusste er genau, dass man Männern wie Calabrese oder Ross nicht alles abkaufen durfte, schon gar nicht jetzt, wo ein Schuss genügte, um den dritten Weltkrieg auszulösen.

Brannigans Sorgenfalten vertieften sich. Die Frage war, was diese beiden Ränkeschmiede im Schilde führten. Und weshalb der Zarewitsch, Agent von hohen Gnaden, zum Abschuss freigegeben worden war. Wo doch jeder, Brannigan eingeschlossen, die Hand für ihn ins Feuer gelegt hätte. Wie hatte sich Kuragin ausgedrückt? ›Du wirst voll und ganz auf deine Kosten kommen.‹ Na ja, wenn er ehrlich war, hätte er auf das, was ihm bevorstand, liebend gerne verzichtet. Standen die Chancen, dass er auch noch die letzten Illusionen verlieren würde, gewiss nicht schlecht.

Bringen wir's hinter uns!, schloss der vor der Zeit gealterte Special Agent der CIA, ignorierte sein schmerzendes Bein und bog in Sichtweite des Olympischen Tors nach links. Er war so sehr in Gedanken, dass er seine Umgebung kaum registrierte, weder den Stadtstreicher, der hinter ihm her torkelte, noch den Buick Roadmaster, der nur einen Steinwurf weit geparkt worden war. Entgegen seiner Gewohnheit, nichts dem Zufall zu überlassen, hatte Jim Brannigan sämtliche Vorsichtsmaßnahmen über Bord geworfen. Seinen Instinkt, auf den er so stolz war, mit eingeschlossen.

Unweit der Langemarckhalle, die den westlichen Rand des Olympiageländes markierte, legte Brannigan eine Pause ein und warf einen Blick nach oben. Eins muss man den Berlinern ja lassen, fuhr es ihm durch den Sinn, während er das Gerüst inspizierte, aus dem der im Wiederaufbau befindliche Glockenturm in den nächtlichen Himmel ragte. Die lassen sich einfach nicht unterkriegen. Da kommen die Briten daher und jagen das baufällige Konstrukt in die Luft. Und was machen die Berliner? Bauen es wieder auf. Als sei nichts gewesen. Deutschfreundlich aus Passion, ein Erbteil seiner aus Lübeck stammenden Mutter, konnte sich Brannigan ein Schmunzeln nicht verkneifen. Eins stand von vornherein fest: An den Berlinern, vor allem denen im Westen, würden sich die Russen die Zähne ausbeißen. Ganz gleich, auf welche Einfälle sie noch kommen würden, um ihnen das Leben zu schwerzumachen.

Wieder einigermaßen bei Kräften, setzte Brannigan seinen Weg fort und durchquerte die Langemarckhalle, von wo aus er bis zu seinem Ziel, der Waldbühne, nur noch wenige Schritte zu gehen hatte. Im Gegensatz zu früheren Missionen, bei denen er eine ans Paranoide grenzende Vorsicht an den Tag gelegt hatte, drehte er sich auch jetzt kein einziges Mal um. Er tat dies nicht einmal dann, als er plötzlich ein Knirschen vernahm, ein Geräusch, das sich so anhörte, als sei jemand auf Glasscherben getreten. Jim Brannigan war so sehr auf das Kommende fixiert, dass er den Blick für das, was hinter seinem Rücken geschah, verlor. Ein Fehler, wie sich in Kürze erweisen würde.

Endlich am Ziel, seufzte der Mann, unter dessen Fittichen Dutzende von CIA-Agenten ausgebildet worden waren, laut und vernehmlich auf und verlagerte das Gewicht einmal mehr auf seinen Stock, ohne den er es bestimmt nicht so weit geschafft hätte. Auf die Frage, weshalb gerade er mit der Liquidierung seines ehemaligen Musterschülers betraut worden war, verschwendete er jedoch keinen Gedanken mehr. Für ihn, den hochdekorierten Marineinfanteristen, waren die Würfel endgültig gefallen. Denn was James Stuart Landon Brannigan lange Zeit nicht hatte wahrhaben wollen, war ihm auf dem Weg hierher klar geworden. In der Firma hatte er nichts zu suchen. Daran bestand kein Zweifel mehr. Und da dem so war, würde er die Mission, mit der er betraut worden war, geflissentlich ignorieren, Kuragin aus der Patsche helfen und versuchen, möglichst heil aus der Sache herauszukommen. Wie genau das vonstatten gehen sollte, war ihm allerdings schleierhaft. Brannigan kratzte sich nachdenklich hinterm Ohr. Wie pflegte Scarlett O'Hara doch zu sagen: ›Verschieben wir's doch auf Morgen.‹*

Am Rand der Schlucht postiert, von wo aus er die leeren Zuschauerränge überblicken konnte, holte Jim Brannigan tief Luft und hielt Ausschau nach dem Mann, auf den er von Calabrese angesetzt worden war. Kompliment, Juri!, zollte er dem Schüler von einst Tribut, während er den Blick über die Abhänge des Talkessels wandern ließ, auf dessen Grund die Waldbühne lag. Scheint so, als hättest du an alles gedacht. Brannigan stieß ein anerkennendes Schnauben aus. Ein abgelegener, nur schwer überschaubarer Treffpunkt, umgeben von Kiefern, knorrigen alten Eichen und urwaldartigem Unterholz. Wie geschaffen, um etwaige Verfolger an der Nase herumzufüh-

* Berühmtes Zitat aus dem Film ›Vom Winde verweht‹ und aus dem gleichnamigen Roman von Margaret Mitchell aus dem Jahre 1936

ren und nach getaner Arbeit rasch das Weite zu suchen.

Kurzum: der ideale Ort für ein Gespräch unter Freunden.

In Gedanken bei dem, was ihn wohl demnächst erwarten würde, setzte sich Brannigan in Bewegung und betrat das weitläufige, nach dem Vorbild griechischer Theater errichtete Areal. Aus Gewohnheit und nicht etwa einem bestimmten Grund betastete der CIA-Agent sein Jackett, unter dem sich seine 44er Magnum befand, umklammerte den silbernen Knauf seines Stocks und humpelte die Stufen hinunter, welche zur Bühne führten. Außer dem Geräusch, das er machte, herrschte absolute Stille, sodass ihm der Gedanke kam, Kuragin erlaube sich einen Jux mit ihm und sei längst über alle Berge.

Dennoch kehrte Brannigan nicht etwa um, sondern bezog am Fuß der Zuschauerränge Position. Sein Atem ging rascher und eine eher seltene Gefühlsregung ergriff Besitz von ihm: Nervosität. Peinlich berührt, schalt sich Brannigan einen Narren, nur um festzustellen, dass sein Hemd nahezu durchgeschwitzt war. Es war eine wolkenlose, mondhelle Nacht, und die Szenerie sah so unwirklich aus, dass er sich bei der Vorstellung ertappte, lediglich Teil einer bis ins Detail durchdachten Inszenierung zu sein. Eines Stückes, in dem Juri Andrejewitsch Kuragin, der den Mentor von einst längst übertrumpft hatte, auf unnachahmliche Weise Regie führte.

Blieb die Frage, um welche Art Stück es sich handelte – um eines mit gutem Ausgang oder um eine Tragödie.

Aufgeschreckt durch eine Fledermaus, die wie aus dem Nichts herangeflattert kam und ebenso schnell wieder verschwand, wirbelte Brannigan herum, die 44er Magnum in der ausgestreckten Hand. In der Tat war Nervosität etwas völlig Neues für ihn, weshalb er sich an die Stirn tippte und die Waffe wieder unter seinem Jackett verschwinden ließ. Wie hatten Kuragins Worte doch gelautet? »Alles, worum ich dich bitte, ist, dass du mir einen kleinen Gefallen erweist.« Brannigan wischte sich den Schweiß von der Schläfe und lachte. ›Gefallen‹ war bestimmt nicht das richtige Wort dafür. Landesverrat schon eher.

»So allein, Jim? Was dagegen, wenn ich dir ein bisschen Gesellschaft leiste?«

Auf einen Schlag wie elektrisiert, schreckte Brannigan aus seinen Gedanken auf und horchte in die Dunkelheit hinein. Er kam sich vor wie im falschen Film, wie der letzte Hampelmann. Aus welcher Richtung die Stimme gekommen war, konnte er beim besten Willen nicht sagen, und so blieb ihm nichts anderes übrig als abzuwarten. Genau das war jedoch nicht seine Stärke, weshalb seine Anspannung in Aggressivität umschlug. »Mensch, was soll das?«, rief er barsch. »Schluss mit dem Blödsinn, verdammt noch mal!«

»Aber, aber, Special Agent«, beschwichtigte ihn der Unsichtbare, dessen weichen, mit einem Schuss Ironie durchsetzten Tonfall er aus Tausenden von Stimmen heraushören konnte. »Wer wird denn gleich so grob werden. Ein wenig mehr Selbstbeherrschung stünde dir wahrhaftig gut zu Gesicht.«

»Spar dir deine Ratschläge, Juri!«, entgegnete Brannigan, die Hand am Abzug seiner Magnum, deren Griff sich warm und schweißverklebt anfühlte. »Und komm endlich zur Sache, ich habe nämlich nicht ewig …«

»An deiner Stelle, James Landon Brannigan, würde ich das nicht tun. Oder ziehst du es vor, wenn ich dir eine Kugel durch den Kopf jage?«

»Kommt drauf an, was du dir von unserem kleinen Plausch erhoffst!«, konterte Brannigan, die Sitzreihen im Blick, die sich vor ihm auftürmten. Entdecken konnte er freilich niemanden, was die Beklommenheit, die er verspürte, umso mehr anwachsen ließ. »Beziehungsweise wer hier wen am dringendsten braucht. Weshalb hast du mich hierher gelotst, Juri, durch halb Berlin? Und warum ist die Chefetage in Langley hinter dir her? Komm schon, Junge. Das geschieht doch nicht ohne Grund. Die heuern nicht extra einen Killer an, es sei denn, du könntest ihnen gefährlich werden.«

»Bingo, Herr Kollege, richtig getippt.«

»Du willst doch nicht etwa sagen, dass du für beide Seiten …« Einen Duft im Nacken, der ihm bestens vertraut war, brach Brannigan mitten im Satz ab. Und dann auch noch kubanische Zigarillos qualmen!, dachte er. Abgebrühter geht es ja wohl wirklich nicht.

»Schade, Jim«, fiel ihm Kuragin ins Wort, »wirklich schade, dass du mich immer noch nicht kennst. Sonst wüsstest du, dass Loyalität kein Fremdwort für mich ist.« Bevor er weitersprach, ließ Brannigans ehemaliger Schützling ein paar Sekunden verstreichen. Dann verschärfte er den Ton und sagte: »Meinetwegen. Machen wir's also kurz. Was ist mit dem Gefallen, um den ich dich gebeten habe?«

Rein äußerlich die Ruhe selbst, ließ Brannigan seine Waffe unter dem Jackett verschwinden, knöpfte es zu und drehte sich betont lässig um. »Eine Hand wäscht bekanntlich die andere, Juri. Soll heißen: Erst die Ware, dann …«

»… die Gegenleistung, schon gut.«

»Raus mit der Sprache, Juri! Was ist der Grund, weshalb sie auf einmal alle hinter dir her sind?« Lediglich eine Armlänge von Kuragin entfernt, war dessen Gesicht nur schemenhaft zu erkennen, als habe es Brannigan mit einem Phantom und nicht mit einem Menschen aus Fleisch und Blut zu tun. »Lass dich nicht lange bitten, dafür ist unsere Zeit …«

»Sie haben vor, eine Mauer zu bauen. Eine Mauer, Jim, mitten durch Berlin.«

»... zu schade.« Brannigan stutzte, und obwohl er nicht auf den Mund gefallen war, verschlug es ihm die Sprache. »Was sagt du da, eine Mauer?«

»Du sagst es, mein Freund.«

»Und wer sind die, bitte schön?«

»Ulbricht und Co., wer sonst? Mit freundlicher Unterstützung des großen Bruders.«

»Woher willst du das so genau wissen?«

»Von meinem Kontaktmann in Ostberlin.«

»Verlässlich?«

»Absolut. Woraus folgt, dass sich Dulles und Calabrese nicht anders zu helfen wussten, als mich aus dem Weg zu räumen. Die Grenze soll dichtgemacht werden, Jim, Irrtum ausgeschlossen.«

»Und wann?«

»Auf die Minute genau in zwei Stunden.«

Brannigan holte tief Luft, kaum imstande, das Gehörte zu begreifen. »Aber ... aber das ...«, stammelte er und rang fieberhaft nach Worten.

»Und ob das geht, Jim!«, nahm Kuragin ihm die Worte aus dem Mund und kam dem einstigen Lehrmeister so nahe, dass er dessen Atem, der ein unverwechselbares Aroma verströmte, riechen konnte. »Wirst schon sehen.«

»Mit anderen Worten, die Genossen igeln sich ein.«

»Treffend formuliert, Special Agent Brannigan.«

»Nicht unser Bier, oder?«

»Das genau ist der Punkt, Jimbo.« Kuragin ließ sein Zigarillo fallen und trat es ohne hinzusehen aus. »So habe ich bis heute Morgen auch gedacht. Bedauerlich, aber nicht zu ändern. Auch dann noch, als ich meinen Funkspruch abgesetzt und die Zentrale über mein Kommen informiert hatte. Hätte ich geahnt, welch warmherzigen Empfang man mir bereiten würde, wäre ich höchstwahrscheinlich drüben geblieben.«

»Bleibt die Frage, weshalb sie dich umlegen wollten.«

»Wollen, mein lieber Jim, wollen. Es sei denn, ein gewisser James Landon Brannigan hat seine Beziehungen spielen lassen und in seiner Eigenschaft als Verbindungsoffizier zum MI6 dafür gesorgt, dass ich so schnell wie möglich außer Landes befördert werde. Per Luftpost, wie ich wohl nicht extra betonen muss.«

»Hat er, Juri, hat er.«

»Abflugzeit?«

»In ziemlich genau einer Stunde, Juri. Von Gatow aus.«

Kuragin nickte zufrieden. »Damit wäre ja alles geklärt. Noch irgendwelche Fragen, Jim?«

»Was, glaubst du, haben die vor?«

»Calabrese und sein Gorilla? Nichts Gutes, fürchte ich, nichts Gutes.«

»Schon irgendeine Theorie?«

»Gewiss doch.«

»Und die wäre?«

»Klarer Fall von organisiertem Komplott.«

»Gegen wen?«

»Na, gegen wen wohl, Jim? Dreimal darfst du raten.«

»CIA versus JFK?«

»Volltreffer, Jim. Und jetzt willst du bestimmt wissen, weshalb die Chefetage versucht, dem Präsidenten Knüppel zwischen die Beine zu werfen.«

Weder fähig noch gewillt, Einwände zu erheben, schwieg sich Brannigan zunächst aus. »Nicht nötig, Juri«, wehrte er schließlich mit rauer Stimme ab. »Kann mir denken, was jetzt kommt.«

Kuragin vernahm es mit Genugtuung. »Keine angenehme Vorstellung, ich weiß«, gab er zu. »Ausgerechnet die CIA, die Firma, der wir beide angehören. Beziehungsweise angehört haben. Scheint so, als könnten es einige Betonköpfe in Langley nicht abwarten, meinen ehemaligen Landsleuten eine Lektion zu erteilen.«

»Die, wie wir beide wissen, unweigerlich in den dritten Weltkrieg münden würde.«

»Genau, Jimbo. Kurzum, es sieht danach aus, als sei ihnen der Präsident ein Dorn im Auge. Sputnik, Kuba, Gagarin – für die Hardliner in unseren Reihen des Schlechten zu viel. Und dann noch seine zahllosen Affären, von den angeblichen Verbindungen von Kennedy Senior zur Chicago-Mafia gar nicht zu reden. Schon gewusst, Jimbo, dass er im Verdacht steht, Tausende von Wählern geschmiert zu haben? Bei einem Vorsprung von knapp 120.000 Stimmen durchaus nachvollziehbar, findest du nicht auch? Ergo: höchste Zeit, diesem Ostküsten-Dandy richtige Manieren beizubringen. Und vor allem höchste Zeit, den Russen die Zähne zu zeigen. Am besten in Berlin. Fragt sich nur, wie es die Herren fertigbringen wollen, den Präsidenten in ihrem Sinne zu manipulieren. Je länger ich darüber nachdenke, käme eigentlich nur eine Methode infrage.«

»Nämlich?«

»Schon mal von Pearl Harbour gehört, Jim?«

»Du meinst, die haben allen Ernstes vor, einen Überraschungsangriff zu inszenieren?«

»Glaub mir – Calabrese und Konsorten werden nichts unversucht lassen, um unser Land in einen Krieg hineinzuziehen. Für die ist Kennedy zu lasch, viel zu nachgiebig, ein Angsthase. Kurzum, ein typischer Appeaser. Getreu dem Motto: Die Russen verstehen nur eine Sprache, und zwar die der Gewalt. Weißt du, was ich glaube, Jim? Die können es gar nicht abwarten, unser Land vom Kennedy-Syndrom zu kurieren.«

»Aber das ist doch Wahnsinn, Juri.«

»Und ob es das ist. Verstehst du jetzt, warum ich es so eilig habe, möglichst schnell … wie sagt man hier in Berlin doch gleich?«

»Die Fliege zu machen?«

»Genau. Ich weiß zwar noch nicht, ob es mir glücken wird, an den Präsidenten heranzukommen. Versuchen werde ich es aber trotzdem. So schnell es irgend geht.«

»Dir wird schon etwas einfallen, Juri. Da bin ich mir sicher. Eins aber solltest du nicht vergessen. Um die Chefetage aufs Kreuz zu legen, brauchst du Beweise. Belastende Dokumente. Hieb- und stichfestes Material. Sonst kannst du dir gleich die Kugel geben.«

»Keine Sorge, großer Bruder. Diesbezüglich bin ich bestens versorgt.«

»Und wo – wenn du erlaubst – hast du dein Mitbringsel aus Ostberlin gebunkert? Müsste mich doch sehr wundern, wenn du es mit dir rumschleppen würdest.«

Kuragin setzte ein verschmitztes Lächeln auf. »Bei dem Lehrmeister – wo denkst du hin!«, scherzte er, obwohl ihm beileibe nicht danach war. »Unter uns, Jimbo: Ich habe es in Verwahrung gegeben, bei guten Bekannten.«

»Doch nicht etwa bei diesem Sydow, mit dem du einmal befreundet warst?«

»Doch, Jimbo.« Kuragin fischte ein Feuerzeug aus der Tasche, ließ es kurz aufflammen und warf einen Blick auf die Uhr. Dann senkte er die Stimme und sagte: »Er ist der Einzige, zu dem ich noch Vertrauen habe. Außer einem gewissen James Brannigan, wie ich wohl nicht extra betonen muss.«

»Danke für die Blumen.« Ein schiefes Lächeln im Gesicht, klopfte Brannigan seinem Ex-Schüler auf die Schulter und sah den Gefährten vergangener Tage lange und eindringlich an. »Dann bleibt mir wohl nichts anderes übrig, als mich von dir zu verabschieden, Juri. Und dir jede Menge Glück zu wünschen.«

»Und du, Jimbo?«

»Um mich mach dir mal keine Sorgen, kleiner Bruder. Ich komme schon über die Runden.« Brannigan atmete tief durch, und während er sich anschickte, Kuragins Akzent zu imitieren, huschte ein Lächeln über sein Gesicht. »Außer Reichweite der Firma, wie ich wohl nicht extra betonen muss.«

»Ein weiser Entschluss.«

»Du sagst es, Juri.«

»Auf bald, Brannigan – und pass auf dich auf.«

»Du auch, Juri«, erwiderte Brannigan, zog Kuragin an sich und umarmte ihn so stürmisch, dass Letzterer nicht wusste, wie ihm geschah. »Du weißt doch, alter Junge, Unkraut vergeht …«

Von Natur aus eher reserviert, unternahm Kuragin den Versuch, sich aus der Umarmung des einstigen Mentors zu lösen, als er auf einmal ein weithin hörbares Knacken vernahm, welches die Stille ringsum jäh durchbrach, ließ er von seinem Vorhaben ab. Im gleichen Moment fegte eine MG-Salve über die Waldbühne hinweg, ohrenbetäubend, mehr als 600 Schuss pro Minute. Das nicht enden wollende, nervenzerfetzende und markerschütternde Stakkato im Ohr, zog Kuragin den Kopf ein und verkrallte sich im von Kugeln durchsiebten Rumpf des Mannes, der stets so etwas wie sein Beschützer gewesen war. Erst als seine Hand auf etwas Klebriges, Feuchtes und Warmes traf, das mit Macht aus Brannigans Rücken hervorschoss, kam er wieder zur Besinnung.

Eine AK-47*!, durchzuckte es ihn, die Hände voller Blut. Tja, Genossen, knapp 20 Jahre sowjetischer Geheimdienst hinterlassen ihr Spuren.

Genau wie acht Jahre CIA.

Auf die Frage, wer den Körper von John Landon Brannigan mit zwei Dutzend oder mehr Kugeln durchsiebt hatte, verschwendete Kuragin keinen Gedanken. Das war jetzt nicht das Problem. Die Frage war, wie lange der Heckenschütze, der auf Brannigan angesetzt worden war, zum Nachladen seiner Kalaschnikow brauchen würde.

Und ob sein Komplize, dessen Schritte er hinter sich vernahm, so dilettantisch war, wie er sich anstellte.

Den Finger am Abzug seiner Tokarew, ließ Kuragin den Körper seines Mentors aus den Händen gleiten und wirbelte herum. Keine zehn Meter von ihm entfernt, inmitten der monumentalen Bühnenaufbauten, konnte er die Silhouette eines Mannes

* Abkürzung für Awtomat Kalaschnikowa, obrasza 47, ein sowjetisches Sturmgewehr und die wohl meistproduzierte Waffe weltweit

erkennen, der ihm auf Anhieb bekannt vorkam. Viel Zeit zum Nachdenken blieb indes nicht, wenn überhaupt, nur Bruchteile von Sekunden. Kuragin zögerte keinen Augenblick. Kaum war Brannigan in sich zusammengesunken, krümmte sich sein Finger um den Abzug seiner Tokarew, mit der er auf das rechte Bein seines Widersachers zielte. Der wiederum, überrascht über seine blitzschnelle Reaktion, hielt ebenfalls eine Pistole in der Hand, kam aber einen Wimpernschlag zu spät. Ein Schuss hallte durch die Nacht, und noch während Kuragin durchatmete, bäumte sich Jermaine Ross, Bissels rechte Hand, plötzlich auf. Die Hand an den Oberschenkel gepresst, begann er unkontrolliert hin und her zu torkeln, ein, zwei Schritte nach rechts, dann wiederum nach links, wie ein Alleinunterhalter, der versucht, sein Publikum bei Laune zu halten. Die makabere Posse währte allerdings nicht lange. Laut aufstöhnend vor Schmerzen, taumelte Ross schließlich auf Kuragin zu, beschrieb eine Pirouette und brach zusammen.

In Gedanken längst wieder bei seinem Komplizen, dessen Kalaschnikow jeden Moment die nächste Garbe ausspeien würde, wirbelte Kuragin auf dem Absatz herum und ließ den Blick durch den weiten, in gleißend helles Mondlicht gehüllten Talkessel wandern. Irgendwo da droben, möglicherweise nur einen Steinwurf entfernt, befand sich ein gedungener Meuchelmörder, ein Killer aus den Reihen der CIA. In wenigen Sekunden, vielleicht auch schon in diesem Moment, würde er ihn ins Visier nehmen, auf den Abzug drücken und Juri Andrejewitsch Kuragin, CIA-Agent außer Dienst, so lange beackern, bis sein Körper mit Kugeln durchsiebt und vom Kadaver eines Tieres, das einer nach Blut lechzenden Meute zur Strecke gebracht wurde, nicht mehr zu unterscheiden sein würde.

Es sei denn, er würde den Spieß umdrehen.

Die Waffe im Anschlag und so kaltblütig, dass er sich selbst darüber wunderte, wich Kuragin zurück, umklammerte Ross, der sich mit schmerzverzerrter Miene auf dem Boden wälzte, mit dem linken Arm und riss ihn mit einem gewaltigen Ruck in die Höhe. Anschließend wich er Schritt für Schritt zurück, ohne die oberen Sitzreihen, von wo aus die Schüsse auf ihn abgefeuert worden waren, auch nur eine Sekunde aus den Augen zu lassen.

Auf eine Reaktion seines Kontrahenten brauchte er nicht lange zu warten. Kaum hatte er sich hinter Ross verschanzt, tat er genau das, worauf Kuragin spekuliert hatte. Um ihn an der Flucht zu hindern und seinen Komplizen nicht in Gefahr zu bringen, feuerte er in die Luft, nur wenige Zentimeter über die Köpfe von Kuragin und Ross hinweg, der mit schreckgeweitetem Blick auf die Zuschauerränge starrte. Dort regte sich zunächst nichts, doch kurz darauf, wie von Kuragin erhofft, erhellte ein zweiter, auf seine ursprüngliche Position gezielter Feuerstoß die mondhelle Nacht.

Fast gleichzeitig stieß er Ross von sich und zielte auf die Stelle, wo das Mündungsfeuer der Kalaschnikow aufgeblitzt war. Er tat dies aufs Geratewohl, und, wie er genau wusste, auf die Gefahr hin, dass die nächste Garbe seinen Körper in Stücke reißen würde.

Aber Juri Andrejewitsch Kuragin, nicht gerade eine Spielernatur, hatte Glück. Sein auf gut Glück abgefeuerter Schuss war ein Treffer. Und nicht nur das. Einen Laut auf den Lippen, welcher demjenigen eines waidwunden Tieres glich, bäumte sich sein bis dahin unsichtbarer Gegner auf, ließ die Kalaschnikow aus der Hand gleiten und torkelte auf den Rand des Talkessels zu. Dort blieb der Helfershelfer von Ross stehen, so als sei er zu Stein erstarrt. Danach geriet er ins Wanken, überschlug sich und blieb inmitten von Glasscherben, Unkraut und Abfall liegen.

Kuragin verlor keine Zeit. Ohne einen Blick, geschweige denn einen Gedanken auf ihn zu verschwenden, richtete er seine Aufmerksamkeit auf den Mann, der nur wenige Schritte von ihm entfernt am Boden kauerte. Außer der Schusswunde, die auf Kuragins Konto ging, hatte er einen Streifschuss an der linken Hüfte abbekommen, was bedeutete, dass von Jermaine Ross, Calabreses Mann fürs Grobe, vermutlich keinerlei Gefahr mehr ausgehen würde. Doch davon ließ sich Kuragin, der mit gezückter Waffe neben ihm stand, nicht blenden. »Na, wen haben wir denn da!«, höhnte er, beugte das Knie und drückte ihm seine Tokarew so heftig gegen die Schläfe, dass Ross krampfartig zusammenfuhr. »Mit Ihnen habe ich schon gerechnet. Wenn sich der Handlanger von Calabrese die Ehre gibt, muss es sich um etwas Besonderes handeln.«

»Scher dich zum Teufel, Russki!«, zischte Ross, von Krämpfen geschüttelt, gegen die er sich vergeblich aufbäumte. »Aus mir kriegst du so schnell nichts …«

»Na schön, Ross – anscheinend wollen Sie es nicht anders«, unterbrach ihn Kuragin und trat seinem Gegenspieler so heftig gegen die Hüfte, dass dieser laut aufjaulend auf dem Rücken landete. Bevor er wusste, wie ihm geschah, war Kuragin über ihm, beugte sich nach vorn und richtete die Tokarew auf seine Stirn. »So, und jetzt werden Sie mir sagen, wer das alles angezettelt hat.«

»Kannst … kannst du dir das nicht denken?«, keuchte Ross, wohl wissend, dass ihm nichts anderes übrigblieb.

»Ich zähle jetzt bis drei, Sie Versager. Danach können Sie sich auf etwas gefasst machen.«

»Na, wenn schon. Ich habe nichts zu verlieren.«

»Außer Ihrem Leben«, spöttelte Kuragin, ein verächtliches Lächeln im Gesicht. »Folglich würde ich mir genau überlegen, was ich tue.«

»Was soll das heißen, du Hurensohn?«

»Wie gesagt – wenn ich Sie wäre, würde ich den Mund nicht so voll nehmen. Sonst bleibt mir nichts anderes übrig, als mich mit ein paar ehemaligen Kollegen vom KGB in Verbindung zu setzen«, fügte Kuragin mit süffisanter Miene hinzu und wunderte sich, wie glatt ihm der Bluff, den er gerade inszenierte, über die Lippen kam. »Nach einem Mann ihres Schlages und mit Ihren Kenntnissen würden die sich nämlich die Finger lecken. Oder glauben Sie allen Ernstes, Sie können mir etwas vormachen? Raus mit der Sprache, Ross, was führt ihr Herr und Meister im Schilde?«

»Und was, wenn ich nicht im Bilde bin?«

»Schluss mit dem Theater. Es sei denn, Sie sind erpicht darauf, die Gastfreundschaft des KGB am eigenen Leib zu verspüren. Mit Betonung auf verspüren, falls Sie verstehen, was ich meine.«

»Gut und schön, aber was springt für mich dabei heraus?«

»Erst die Ware, dann die Gefälligkeiten. So, und jetzt machen Sie gefälligst den Mund auf, Ross«, drohte Kuragin, ein Flackern im Blick, das nichts Gutes verhieß, »bevor ich am Ende die Geduld verliere!«

»An allem ist nur Calabrese schuld.«

»Was Sie nicht sagen. Raus mit der Sprache, Ross, ich habe nicht ewig Zeit.«

»Calabrese und Dulles, meinte ich. Ginge es nach denen, wäre Kennedy die längste Zeit Präsident gewesen.«

»Eine Intrige nach Art des Hauses, so, so. Mehr haben Sie nicht zu bieten?«

»Keine Intrige, Kuragin, sondern ein organisiertes Komplott.«

»Mit welchem Ziel?«

»Mit dem Ziel, den Russen einen Denkzettel zu verpassen. Damit uns nicht die Felle davonschwimmen. So wie neulich auf Kuba. Kommunistenpack, verfluchtes. Besitzt die Frechheit, uns auf der Nase herumzutanzen. Und Kennedy schaut einfach nur zu. Rührt keinen Finger und spielt den Ahnungslosen. Aber nicht mit uns, Genosse Chruschtschow! Das lassen wir uns nicht bieten. Höchste Zeit, dass ihm jemand eine Kugel verpasst. Sonst ruiniert dieser Scheißkatholik noch das ganze Land.«

»Genug der Vorrede, Ross. Und nicht ganz so nebulös, wenn ich bitten darf.«

Ross antwortete mit einem lang gezogenen Stöhnen. »Alles, was recht ist, Kuragin –«, röchelte er, die Augen auf einen Punkt gerichtet, der nur in seiner Fantasie existierte, »bist du wirklich so schwer von Begriff, wie du tust? Wenn … wenn es einen Ort gibt, der für eine Provokation taugt, dann ja wohl Berlin!« Ross lachte hämisch in sich hinein. »Peng – und schon gehen alle aufeinander los. Keine große Kunst, hier einen Krieg anzuzetteln. Ein Möchtegern-Gigolo, der in die Venusfalle tappt, eine russische Spionin, die spurlos verschwindet, Geheimdokumente, die auf wundersame Weise in unsere

Hände fallen, ein … ein kleiner Raketenangriff, und schon ist dieser Schlappschwanz von Präsident gezwungen, Farbe zu bekennen!«

»Das heißt, die CIA hat vor, Raketen auf russisches Ge …«

»Nicht wir auf die Russen, wo denkst du hin. Sondern die auf uns!«

Kuragin schüttelte ungläubig den Kopf. »Sehe ich das richtig, Ross –«, raunte er, bemüht, seine Erregung zu verbergen, »Calabrese und Konsorten haben vor, eine russische Raketenbatterie zu kapern, mit dem Ziel, das vorhandene Arsenal auf Westberlin abzufeuern?«

»Was heißt hier vorhaben«, keuchte Ross, ein boshaftes Lächeln im Gesicht. »Soweit ich weiß, ist die Aktion bereits angelaufen.«

Außer sich vor Zorn, verlor Kuragin die Geduld, packte Ross am Kragen und riss ihn zu sich empor. »Wo, Ross?«, schäumte er, so grimmig, dass der Angesprochene den Blick abwandte. »Von wo aus sollen die Rakten abgefeuert werden – und wann?«

»In knapp sechs Stunden, Herr Kollege. Sieht so aus, als müsstest du dich …«

»Von wo aus, verdammt noch mal!«

»Suchet in Rangsdorf«, spöttelte Ross, während seine Hand in die Hosentasche glitt und den Griff eines Stiletts umschloss. »Suchet, so werdet ihr finden. Tja, Kuragin, scheint so, als wärst du in einer Sackgasse gelandet.«

»Es sei denn, ich würde meine Beziehungen spielen lassen. Sie wissen doch, Ross: Einmal KGB, immer KGB. Bin mir sicher, meine Ex-Kollegen wären brennend daran interessiert, in Rangsdorf nach dem Rechten zu sehen. Tut mir leid für Sie, Ross – ehrlich.«

»Ach, ja?«

»In der Tat, Herr Kollege«, spöttelte Kuragin, ließ von seinem Erzfeind ab und entfernte sich. Kurz darauf, in knapp zehn Metern Entfernung, hielt er inne und drehte sich in aller Gemütsruhe um. »Vor allem, weil Sie sich nicht an die Spielregeln gehalten haben.«

Dann zielte er und drückte ab.

23

Gästehaus der DDR-Regierung am Großen Dölln-see / Uckermark | *22.09 h*

»Operation Rose wie geplant durchführen, trotz Fahndung nach mutmaßlichem Verräter. In Ordnung. Verlass? Auf uns? Aber selbstverständlich, Nikita Sergejewitsch«, katzbuckelte SED-Chef Walter Ulbricht und legte sich derart ins Zeug, dass er im Eifer des Gefechts sogar eine Verbeugung machte. »Vermeidung von Übergriffen und Ignorieren gezielter Provokationen – verstehe. Wie bitte? Aber natürlich haben wir alle verfügbaren Kräfte in erhöhte Gefechtsbereitschaft versetzt. Defensivstrategie – wie besprochen. Wahrung alliierter Rechte, Beschränkung sämtlicher Maßnahmen auf das Territorium der Deutschen Demokratischen Republik. Verhinderung von Übergriffen, Schusswaffengebrauch nur im Notfall. Alles vermeiden, wodurch sich die Westmächte provoziert fühlen könnten. Und was passiert, wenn die Imperialisten Ernst ma… verstehe. Sie sind es, der das Sagen hat, ganz Ihrer Meinung. Operationsbeginn? In genau einer Stunde und 50 Minuten. Truppenstärke? Knapp 40.000 Mann. Keine Sorge, Nikita Sergejewitsch, wir sind bestens vorbereitet.« Das Porträt im Blick, auf dem der ordengeschmückte Staats- und Parteichef abgebildet war, platzte Ulbricht nur so vor Tatendrang. Endlich war es soweit, der Moment, auf den er seit Monaten hingearbeitet hatte, zum Greifen nah. Vorausgesetzt, es käme nichts dazwischen, würden die Maßnahmen, über die nur die Wenigsten im Bilde waren, demnächst in Gang gesetzt werden. Von ihnen, aber auch vom reibungslosen Verlauf der Operation Rose, hing eine Menge ab. Unter anderem sein politisches Überleben. »Auf dem Laufenden halten – aber selbstverständlich! Doswidanja!, Genosse Chruschtschow – auf bald!«

Fest entschlossen, seinen Worten Taten folgen zu lassen, ließ Ulbricht den Hörer auf die Gabel fallen und verließ sein Arbeitszimmer. Es war an der Zeit, die Karten auf den Tisch zu legen und die Genossen draußen auf der Terrasse über sein Gespräch mit Chruschtschow und den Grund, weshalb er sie hierher zitiert hatte, in Kenntnis zu setzen. Außer Honecker, seinem Cheforganisator, der die Operationen vom Polizeipräsidium in der Keibelstraße aus leitete, gab es nur ein paar Dutzend Eingeweihte, unter ihnen Stasi-Chef Erich Mielke und der sowjetische Botschafter. Ansonsten kursierten natürlich Gerüchte, jede Menge sogar. Aber die gab es ja bekanntlich immer. Wirklich durchgesickert war von der geplanten Aktion jedoch nichts. Ulbricht kratzte sich verlegen hinterm Ohr. Na ja, beziehungsweise so gut wie nichts.

In Gedanken bei der Rede, die er in Kürze halten würde, holte der Erste Sekretär des ZK der SED tief Luft, las sich die Notizen durch, die er sich in aller Eile auf ein Blatt gekritzelt hatte, und ließ die vergangenen Tage und Monate Revue passieren. Das macht uns so schnell keiner nach!, zog er Bilanz, mit sich und der Welt restlos zufrieden. Die da draußen auf der Terrasse werden aus dem Staunen nicht mehr herauskommen. Mehr als 18.000 Betonpfosten, dazu 150 Tonnen Stacheldraht, fünf Tonnen Bindedraht und zwei Tonnen Krampen. Darüber hinaus genug Material für eine provisorische Barriere rund um Berlin, auf einer Länge von sage und schreibe 155 Kilometern. Auf so etwas war der Westen nicht vorbereitet, am allerwenigsten dieser Brandt.

Für seine Verhältnisse ungewöhnlich entspannt, warf Ulbricht einen Blick auf die Uhr und setzte den Weg zur Terrasse, von wo aus ihm der Klang von Sektgläsern, das Geklapper von Besteck und gedämpftes Gelächter entgegenschlug, mit beschwingten Schritten fort. In der Tat ein Grund zum Feiern, dachte er, während er die Gasse durchschritt, die sich bei seinem Erscheinen bildete. Die Zeiten, in der pro Tag mehrere tausend Republikflüchtlinge die Grenze überquerten, waren unwiderruflich vorbei. Vorbei auch die Tage, in denen er im

Westen nicht für voll genommen und zu einer Witzfigur degradiert worden war. Vom morgigen Tage an würde die Weltgeschichte einen anderen Verlauf nehmen und der Sozialismus, an dessen Überlegenheit er nicht den geringsten Zweifel hegte, seinen endgültigen Siegeszug antreten.

»Genossen!«, begann Ulbricht, seiner selbst und der Wirkung, die sein Auftreten erzeugte, wie immer voll bewusst. »Kampfgefährten, verdiente Kader unserer Sozialistischen Einheitspartei! In meiner Eigenschaft als Erster Sekretär des Zentralkomitees, Vorsitzender des Nationalen Verteidigungsrates und Staatsratsvorsitzender habe ich euch eine wichtige, uns alle betreffende und streng vertrauliche Mitteilung zu machen.« Ulbricht räusperte sich und warf einen Blick in die Runde. Es war kühler geworden, definitiv zu kühl für die Jahreszeit. Im Schein der Laternen, welche die Terrasse flankierten, wirkten die Gesichter der versammelten Parteigrößen, Funktionäre und Spitzenbeamten merkwürdig bleich, und wie immer tat er sich schwer, seine Hemmungen zu überwinden. Er fragte sich, was wohl in ihren Köpfen vorgehen mochte, ob sie die Neuigkeiten, die er überbringen würde, ohne Weiteres hinnehmen würden. Vertrauen hatte er ohnehin zu niemandem, nicht einmal zu seinen engsten Weggefährten. Genau deswegen hatte er die illustre Runde herbeizitiert, nicht etwa, weil er sich auf die Anwesenden verlassen konnte, sondern weil er sie hier, mitten in der Schorfheide, besser unter Kontrolle haben würde. Wie pflegte man während der Stalin-Ära doch zu sagen: ›Vertrauen ist gut, Kontrolle ist besser.‹ Was die führenden Köpfe der DDR betraf, war dem nichts hinzuzufügen.

Eingedenk dieser Tatsache wartete Ulbricht ab, bis sich die Verblüffung, die er in manch einem Gesicht zu entdecken glaubte, wieder gelegt hatte, hob das Kinn und deklamierte in dem für ihn typischen, mitunter ins Schrille kippenden Ton: »In genau 100 Minuten, Genossinnen und Genossen, wird die Aktion, in deren Details ich euch nunmehr einweihen möchte, ihren Anfang nehmen. Aus Gründen, die euch sicherlich einleuchten werden, haben Genosse Chruschtschow und ich es vorgezogen, sie bis jetzt geheim zu halten. Außer den für die praktische Durchführung der Operation Rose verantwortlichen Geheimnisträgern, zum Beispiel den Genossen Mielke und Honecker, ist so gut wie niemand darüber in Kenntnis gesetzt worden. Die Gefahr, dass etwas durchsickert, erschien mir zu groß, als dass man das Risiko hätte eingehen können, einen größeren Personenkreis in die Planungen miteinzubeziehen.«

»Vertrauen ist gut, Kontrolle ist besser.«

»Genau, Genosse«, pflichtete Ulbricht postwendend bei und bedachte das Politbüromitglied, auf dessen Konto die launige Bemerkung ging, mit einem argwöhnischen Blick. »Eine Maxime, die man stets beherzigen sollte. Doch zurück zum Thema. Um Mitternacht werden sämtliche Grenzübergänge, welche das Territorium der Deutschen Demokratischen Republik mit dem kapitalistischen Ausland verbinden, bis auf Weiteres geschlossen. Darüber hinaus werden die bewaffneten Organe unserer Republik, das heißt Betriebskampfgruppen, Volkspolizei und NVA, dafür Sorge tragen, dass der Infiltration durch Konterrevolutionäre, Saboteure und CIA-Agenten ein unüberwindlicher Riegel vorgeschoben wird.«

»Riegel, was hat denn das zu …?«

»Das bedeutet, Genosse, dass wir von dem Recht Gebrauch machen werden, unsere Staatsgrenze so zu schützen, dass sämtliche Unterwanderungsversuche des Klassenfeindes von vornherein zum Scheitern verurteilt sein werden. Ab Mitternacht Berliner Zeit wird es niemandem mehr möglich sein, unsere Grenze zu überqueren. Weder von West nach Ost noch umgekehrt. Ganz gleich, wer es wagt, unsere Souveränität zu verletzen, die bewaffneten Organe unseres Staates werden ihn daran hindern.«

»Immer mit der Ruhe, Genosse Ulbricht, so schnell schießen die Amis nicht.«

Der Angesprochene holte tief Luft, kurz davor, dem FDGB*-Funktionär zu seiner Rechten einen Denkzettel in Sachen Parteidisziplin zu verpassen. Da dies allerdings nicht der Ort geschweige

* Freier Deutscher Gewerkschaftsbund

denn der rechte Zeitpunkt war, schluckte er seinen Ärger hinunter und nahm sich vor, dem feisten, sichtlich angeheiterten und für seine Eskapaden bekannten Mecklenburger bei passender Gelegenheit eine Standpauke zu halten. »Und wenn doch?«, war alles, was ihm schließlich über die Lippen kam, wenngleich der Tonfall, in dem dies geschah, für die Zukunft nichts Gutes erahnen ließ.

»Die Amerikaner? Uns angreifen? Niemals. Die sind froh, wenn sie ihre Ruhe haben. Allen voran ihr Präsident.«

»An ihrer Stelle, Genosse«, giftete Ulbricht, nicht gewohnt, dass man ihm vor versammelter Mannschaft widersprach, »wäre ich mir da nicht so sicher.«

»Ich schon.«

»Heißt das, Sie zweifeln an meinem politischen Sachverstand?«

»Ich? Nie und nimmer«, lautete die ironische Replik. »Ich zweifle lediglich daran, ob von den Maßnahmen, die Sie, Herr Staatsratsvorsitzender, ergriffen haben, am Ende nicht doch etwas nach drüben durchgesickert ist. Machen wir uns nichts vor. Die Amerikaner haben überall ihre Leute sitzen, genau wie wir bei denen. Müsste mich wundern, wenn die Überraschung, die Sie ihnen bereiten wollen, nicht schon längst ausgeplaudert worden wäre. Alles, was recht ist, Genosse Ulbricht – so etwas kann man nicht geheim halten. Und selbst wenn – wie stehen wir dann da? Durch ganz Berlin wird ein Aufschrei gehen, wer kann, wird alles daransetzen, unsere Sperranlagen zu überwinden. Seitens unserer Verbündeten werden sich die Einwände natürlich in Grenzen halten. Logisch. Aber was ist mit der übrigen Welt? Mit den Staaten, die nicht zum sozialistischen Lager gehören? Von denen werden wir einiges zu hören bekommen, glauben Sie mir. Und wenn es dann noch Tote gibt, können wir endgültig einpacken.«

Bebend vor Erregung, hatte Ulbricht seinen Kontrahenten gewähren lassen, aber wer ihn kannte, wusste, dass ein Wutausbruch nicht mehr lange auf sich warten lassen würde.

Und genau das trat ein. »Sehe ich das richtig, Genosse«, knurrte er in dem Bemühen, nach außen hin Haltung zu bewahren. »Ausgerechnet Sie, der Sie dazu verpflichtet sind, die Partei der Arbeiterklasse und ihre Organe mit allen Ihnen zur Verfügung stehenden Mitteln zu unterstützen, erdreisten sich, mir Vorhaltungen zu machen? Und das in Gegenwart meiner Gäste? Damit wir uns richtig verstehen: *Ich* bin es, der hier die Entscheidungen trifft, kapiert? Für den Fall, dass Sie damit nicht klarkommen, sehe ich mich gezwungen, Mittel anzuwenden, die Sie wieder zur Vernunft bringen …«

»Bitte um Entschuldigung, Genosse Staatsratsvorsitzender, aber es ist dringend.«

»… werden. Dringend – was soll das heißen?«

Von Ulbricht unbemerkt, hatte sich der Leutnant der Staatssicherheit, schlank, bebrillt und höchstens 25, dem illustren Kreis vom Haupteingang aus genähert und dies mit einer Miene getan, die erahnen ließ, dass er keine frohe Kunde brachte. »Schlechte Nachrichten, Genosse!«, raunte er der Nummer eins der DDR ins Ohr. »Wenn ich Sie bitten dürfte, mir zu folgen!«

*

»Fehlgeschlagen? Auch das noch. Zeigen Sie mal her!« Im Begriff, die angestaute Wut an dem MfS-Beamten auszulassen, der ihm soeben einen entschlüsselten Funkspruch überreicht hatte, riss sich Ulbricht so gut es ging zusammen und ließ sich in den Ohrenbackensessel sinken, der in der weitläufigen Lobby des Gästehauses stand. Auf Komfort, Bequemlichkeit und sogar auf einen Fernsehapparat musste hier niemand verzichten, der Eindruck, man befinde sich auf einem ostelbischen Herrensitz, kam nicht von ungefähr. Vor nicht allzu langer Zeit hatte sich hier noch die Nazi-Prominenz die Klinke in die Hand gegeben, was Ulbricht, der es zu seinem bevorzugten Domizil auserkoren hatte, offenbar wenig Kopfzerbrechen bereitete.

›Liquidierung Zielperson gescheitert, Erfolg der Mission ungewiss – Stop – Geheimunterlagen verschollen – Stop – Von K, ihrem Überbringer, keine Spur – Stop – Bitte um Instruktionen – Stop – Operation Rose abbrechen? Geheimhaltung nicht mehr gewährleistet – Stop – B‹

Kalkweiß im Gesicht, pendelte Ulbrichts Blick zwischen dem Unglücksboten und dem Funkspruch hin und her. »Kommt überhaupt nicht infrage!«

»Ihre Befehle, Genosse Generalsekretär?«

»Bin ich denn hier von lauter Dilettanten umgeben?«, polterte Ulbricht, worauf der Stasi-Offizier, welcher in Habachtstellung neben ihm stand, erschrocken zusammenzuckte. »Und was heißt denn überhaupt ›abbrechen‹? Dass das nicht geht, weiß Bartosz doch so gut wie ich. Können Sie mir mal sagen, Herr Leutnant, wieso ich jedes Jahr Millionen in die Stasi hineinpumpe, wenn sie es nicht mal fertigbringt, einen popeligen Hautkommissar aus dem Verkehr zu ziehen? So schwer kann das doch nicht sein.«

»Und was ist mit diesem Überläufer?«

»Der wird früher oder später mit seinem ehemaligen Spezi Kontakt aufnehmen. Darauf können Sie sich verlassen, junger Freund.«

»Und wenn nicht?«

Ulbricht runzelte die Stirn, schnappte nach Luft und ließ den Nacken auf der Lehne seines Ohrenbackensessels ruhen. „Gute Frage."

Auf einen Schlag hundemüde, schloss Moskaus Statthalter in der DDR die Augen und dachte angestrengt nach. Sekunden später öffnete er sie wieder, winkte seinen Gesprächspartner heran und sagte: »Schönen Gruß an Bartosz, Herr Leutnant. Von mir höchstpersönlich. Operation Rose ist wie geplant durchzuführen. Verstanden? Kein Rückzieher, egal, was noch passiert. Und vor allem: Bartosz soll alle verfügbaren Kräfte zusammenziehen, um diesen Sydow zu observieren. Rund um die Uhr. Wer weiß, vielleicht macht die Stasi zur Abwechslung mal etwas richtig und schafft es, sein Telefon anzuzapfen.«

»Schon passiert.«

»Umso besser. Früher oder später wird dieser CIA-Schnüffler bestimmt Kontakt mit ihm aufnehmen. Dessen bin ich mir absolut sicher.«

»Was dann?«

Ulbricht richtete sich auf und rieb sich die Hände. »Dann, junger Freund, werden wir unser Möglichstes tun, damit dieser Sydow für immer von der Bildfläche verschwindet. Und der Verräter, dessen Namen ich hier nicht nennen will, mit dazu.«

SECHS

»Ostdeutschland blutet aus. Das gefährdet den gesamten Ostblock. Er muss etwas dagegen tun. Vielleicht eine Mauer. Und dagegen können wir überhaupt nichts machen. Ich könnte die Alliierten zum Handeln bewegen, wenn er irgendetwas mit Westberlin anstellt, aber nicht, wenn er in Ostberlin etwas tut.«

Präsident Kennedy zu Senator William Fulbright am 4.7.1961

›Kennedys Reaktionen auf den Mauerbau waren bewusst behutsam. Er blieb, wie geplant, bis zum Montagmorgen auf seinem Familiensitz und ließ lediglich durch das Außenministerium erklären, die Abriegelung West-Berlins habe keine Auswirkungen auf die alliierten Rechte in West-Berlin und den Zugang dorthin. In dieser zurückhaltenden Reaktion kommt zum Ausdruck, dass Kennedy die Berliner Mauer als Gottesgeschenk betrachtete. Warum sollte Chruschtschow eine Mauer bauen lassen, wenn er tatsächlich vorhätte, West-Berlin zu vereinnahmen?

(Aus: Robert Dallek: John F. Kennedy. Ein unvollendetes Leben. Frankfurt am Main 2005, S. 374 f.)

ROSE

Berlin / Rangsdorf / Hyannis Port
Massachusetts,

(Samstag, 12.08.1961 und Sonntag, 13.08.1961)

24

Berlin-Wannsee, Seestraße | *22.12 h*

Allmählich wurde ihm die Sache zu bunt. Die Hände auf das Sims gestützt, konnte sich Sydow den Kraftausdruck, der ihm auf der Zunge lag, gerade noch verkneifen und stierte mit angespannter Miene zum Fenster hinaus. Drunten im Garten, Leas Ein und Alles, rührte sich nichts, mit Ausnahme der Buchsbaumhecken, über die gerade eine milde Brise strich. Alles war ruhig, und er hoffte, dass das Geräusch, das er soeben gehört hatte, ein Produkt seiner Fantasie gewesen war.

Keine Einbildung und das vorläufig letzte Glied in einer Serie von Tiefschlägen, die er am heutigen Tage hatte einstecken müssen, war dagegen die Schießerei vor einer guten halben Stunde gewesen. Sydow holte tief Luft. Er konnte von Glück sagen, mit heiler Haut davongekommen zu sein, und der Gedanke daran, mit wem er sich heute schon angelegt hatte, verstärkte sein Unbehagen umso mehr. Die Chance, heil aus dieser Sache herauszukommen, ging gegen Null, selbst wenn es ihm gelänge, sich die Stasi vom Leib zu halten. Gesetzt den Fall, er würde auf seine Suspendierung pfeifen, wäre der nächste Ärger ohnehin vorprogrammiert, denn dann würde er es nicht nur mit Oelßner, dem über alles geliebten Vorgesetzten, sondern mit Sicherheit auch mit der CIA zu tun bekommen, auf deren Konto der Mord an Blaschkowitz ja wohl ging. Eine Frage stand indes noch aus, wenngleich er den Gedanken, der ihm seit geraumer Zeit im Kopf herumspukte, lieber nicht aussprechen wollte. Die Frage nämlich, wer hinter dem Mord in der S-Bahn steckte und wer so kaltblütig, professionell und gerissen war, dass er es geschafft hatte, unerkannt das Weite zu suchen. Im Grunde, so Sydows Resümee, kam dafür nur jemand ganz Bestimmtes infrage, nur so würde sich das Puzzle, das er vor sich hatte, zusammenfügen.

»Und dann ist er einfach in sein Boot geklettert und hat sich aus dem Staub gemacht?«, fragte Sydow nach minutenlangem Schweigen und drehte sich zu seiner Frau Lea um, die ihn mit forschendem Blick musterte und sich nicht zum ersten Mal fragte, wieso gerade sie mit einem Mann verheiratet war, der in jedes erreichbare Fettnäpfchen trat. »Einfach so?«

Lea nickte. »Einfach so«, wiederholte sie, im Zweifel, ob es nicht besser war, die Angelegenheit auf sich beruhen zu lassen und Oelßner beim Wort zu nehmen. »Weißt du was, Tom? Wenn ich nicht wüsste, aus welchem Holz du geschnitzt bist, würde ich dir raten, die Finger von der Sache zu lassen. Sonst bekommst du es nicht nur mit Oelßner, sondern mit Leuten zu tun, denen man am besten aus dem Weg gehen sollte.« An die Kante von Sydows Schreibtisch gelehnt, auf dem die gleiche Unordnung wie im gesamten Arbeitszimmer herrschte, wo jeder verfügbare Quadratzentimeter mit Bücherstapeln, Akten, Ordnern und Zeitungsausschnitten belegt war, verschränkte seine Frau die Arme und beäugte den Umschlag, der immer noch ungeöffnet neben ihr lag. »Aber da ich weiß, wie du bist, behalte ich meine Weisheiten lieber für mich.«

»Du denkst also, dass es besser wäre die Sache auf sich beruhen zu lassen und für eine Weile unterzutauchen.«

»Genau das, mein Herz, wäre das Vernünftigste, was man unter den obwaltenden Umständen tun sollte. Es sei denn, man heißt Tom Sydow und nimmt seinen Beruf so ernst, dass alles andere dahinter zurückzustehen hat.«

»Nicht alles«, flüsterte Sydow, drehte sich um und gesellte sich zu seiner Frau. »Nicht alles.« Dann nahm er ihr Gesicht zwischen die Handflächen und küsste sie sanft auf die Stirn.

»Wenn dem so ist, tu mir den Gefallen und versuche nicht, den Helden zu spielen. Sonst riskierst du, dass dies unser letzter Hochzeitstag ist.«

»Wo du recht hast, hast du recht«, entgegnete Sydow mit Blick auf den Umschlag, den nicht nur er am liebsten umgehend losgeworden wäre. »Fragt sich, was wir damit anstellen sollen.«

»Neugierig?«

»Dir kann man aber auch wirklich nichts vormachen«, antwortete Sydow, küsste seine Frau ein weiteres Mal und richtete sich zu voller Größe auf. »Langsam wirst du mir unheimlich.«

»Acht Jahre an der Seite eines Kriminalisten hinterlassen eben ihre Spuren. Ein Blick in deine Augen, Edler von Sydow, und ich weiß, was dir gerade im Kopf herumgeht.«

»Wenn du dich da mal nicht täuschst.«

»Heißt das, du spielst mit dem Gedanken, den Dienst zu quittieren?«

»Genau.«

»Wie bitte? *Du*? So kenne ich dich ja gar nicht.« Perplex wie schon lange nicht mehr, schnellte Lea Sydow in die Höhe und sah ihren Mann mit zusammengekniffenen Brauen an. »Das meinst du doch wohl nicht ernst.«

»Und ob.«

»Das heißt, du hast vor, einfach aufzugeben den Dingen ihren Lauf zu lassen? Ausgerechnet du, wo du doch sonst keine Ruhe gibst, bis sich die Halunken, hinter denen du her bist, samt und sonders hinter Schloss und Riegel befinden?«

»Du hast es erfasst, Lea«, entgegnete Sydow, strich seiner Frau über die Wange und fügte hinzu: »Weißt du, Lea, allmählich geht mir wirklich die Puste aus. Da versuchst du zwei Morde aufzuklären, hetzt den lieben langen Tag durch Berlin und legst dich mit allen möglichen Leuten an. Und mit welchem Ergebnis? Genau. Suspendiert. Damit dir nur ja nicht langweilig wird, lauert dir anschließend die Stasi auf und setzt sämtliche Hebel in Bewegung, um dich ins Jenseits zu befördern. Und wieso? Wegen eines Freundes und vermeintlichen CIA-Agenten, von dem du acht Jahre nichts mehr gehört hast und der vermutlich nichts Besseres zu tun hat, als irgendwelche geheimen Unterlagen, Dossiers oder hochbrisante Dokumente, für die sich die Genossen vom MfS offenbar brennend interessieren, bei dir zu bunkern. Ohne groß nachzudenken und im Vertrauen auf deine Diskretion und die alten Zeiten. Damit dir – wie gesagt – nur ja nicht langweilig wird. Alles, was recht ist, Lea: Wenn dir da nicht der Kragen platzt, dann weiß ich nicht mehr.« Entschlossener denn je, hielt Sydow inne, hob den Zeigefinger und verkündete: »Eins weiß ich jedenfalls genau. Wir beide werden jetzt unsere Bude verrammeln, Tante Lu nach Hause kutschieren und zusehen, dass wir uns irgendwohin verkrümeln, wo uns keiner … was war denn das?«

»Es hat geklingelt, Tom.« Bevor ihr Mann, dessen Tirade abrupt unterbrochen worden war, sich wieder gefangen hatte, stand Lea Sydow bereits am Fenster und spähte zur Gartentür. Die Gestalt, die dort stand, ließ sie spürbar aufatmen, und so verlor sie keine Zeit, dem unerwarteten Besucher zu öffnen.

»Du, Kroko?«, stieß Sydow hervor, als sein Assistent kurz darauf im Türrahmen erschien und es sich als Kavalier der alten Schule nicht nehmen ließ, der Dame des Hauses den Vortritt zu lassen. »Wie kommst du denn hierher?«

»Mit dem Taxi«, erwiderte Krokowski, der Sydows Einladung, sich zu setzen, überhaupt nicht zu bemerken schien, auf ihn zustürmte und blaffte: »Wie denn sonst?«

Völlig überrumpelt, zog Sydow die Brauen in die Höhe, verkniff sich jedoch jeglichen Kommentar.

Dies war auch gut so, denn kaum stand ihm Krokowski gegenüber, begann er auch schon mit seinem Rapport. »Du wirst es nicht glauben, Tom«, redete er wie besessen auf Sydow ein, »wirst es einfach nicht für möglich halten. Halt dich fest, sonst haut es dich um!«

»Mich kann nichts mehr erschüttern, Kroko, was gibt's?«

»Da wäre ich mir nicht so sicher!«, versetzte Krokowski und ergänzte: »Man stelle sich das einmal vor. Der Geheimdienst eines verbündeten Staates, dessen Name uns beiden wohlbekannt ist, setzt sich über Recht und Gesetz hinweg, lockt einen harmlosen Bürger in die Falle und besitzt dann noch die Kaltblütigkeit, ihn zu beseitigen. Um es kurz zu machen, Tom: Auf deine Bitte, die mir wie immer Befehl war, habe ich mich schnurstracks auf den Weg zum Domizil der Familie Blaschkowitz gemacht. Man weiß ja schließlich, was sich gehört. Und tut, was man von seinem Vorgesetzten aufgetragen bekommt. Nun gut. Da stehe ich also und zerbreche mir den Kopf, wie ich der treu sorgenden Gattin von Blaschkowitz beibringen soll, dass ihre bessere Hälfte nicht mehr unter den Lebenden weilt. Und weißt du, wie die Dame des Hauses auf die schlechte Kunde reagiert hat?«

»So gut wie gar nicht. Beziehungsweise auf höchst indifferente Art und Weise.«

»Du sagst es. Armer Schlucker aus dem Osten heiratet wohlhabende Fabrikantentochter – eine Romanze wie aus einem Groschenroman. Allerdings ohne Happy End. Sei's drum. Nachdem mir klar war, wo es bei Familie Blaschkowitz langgeht – beziehungsweise langging –, bekam ich plötzlich einen Riesendurst.«

»Du? Ist das dein Ernst? Wie bist du denn auf die Idee ge…«

»Durch das Lamento einer gewissen Frau Blaschkowitz, die sich über den Alkoholkonsum ihres Gatten zu beklagen geruhte. Und das unmittelbar im Anschluss an die Nachricht von seinem Tod. Einerlei. Ich also nichts wie hin in seine Stammkneipe, und wie es der Zufall – oder das Glück – so will, bin ich dort umgehend fündig geworden.«

»Augenzeugen?«

»Jede Menge, Tom. Aber immer schön der Reihe nach.« Krokowski schnappte nach Luft, zurrte seine

Fliege zurecht und sagte: »Gestern Abend, nach übereinstimmenden Aussagen um halb neun, betritt Blaschkowitz den Wilden Mann und stellt sich an die Theke.«

»Wie jeden Freitagabend.«

»Genau. Zunächst sieht alles danach aus, als sollte dies ein Freitagabend wie jeder andere werden. Bis, tja, bis so gegen zehn eine brünette, überaus ansehnliche und in besagten Gefilden nie zuvor in Erscheinung getretene …«

»Dame auftaucht. Geht's vielleicht noch ein bisschen hochgestochener, Herr Kommissar?«

»Hochgestochen oder nicht – zur Überraschung der Anwesenden, Blaschkowitz mit eingeschlossen, beginnt die Erwähnte alsbald, Letzterem heftige Avancen – Entschuldigung! – macht sie sich sofort an Blaschkowitz ran. Der fühlt sich geschmeichelt, zögert keine Sekunde und ist offenbar der Meinung, die schöne Unbekannte verzehre sich förmlich nach ihm.«

»Ein Trugschluss.«

»Und was für einer. Kein Zweifel, die Dame hat es auf Blaschkowitz abgesehen, weniger aufgrund seines Alters oder körperlicher Vorzüge, sondern aus einem ganz anderen Grund.«

»Klassischer Fall von Lockvogel.«

»Exakt«, bekräftigte Krokowski, derart in Fahrt, dass er Sydows Schmunzeln nicht bemerkte. »Auf den Punkt gebracht, kurz nach elf fassen die beiden

den Entschluss, den Abend im privaten Rahmen ausklingen zu … ihr Techtelmechtel woanders fortsetzen und bitten den Wirt, ein Taxi zu rufen.«

»Ziel?«

»Anhalter Bahnhof. Ein Domizil für gehobene Ansprüche.«

»Und woher weißt du das so genau?«

»Weil Natalja – so ihr angeblicher Name – ein entscheidender Fehler unterlaufen ist, darum.« Krokowski räusperte sich und sah Sydow Beifall heischend an. »Ein Fehler, wie ihn sonst nur Anfänger begehen.«

»Nun red schon Kroko. Mach's nicht immer so spannend.«

»Sie hat ihre Handtasche vergessen, Tom.«

»Sie hat … sie hat *was*?«

»Du hast richtig gehört, Tom. Inklusive der Visitenkarte ihrer Nobelabsteige.« Um Eindruck zu schinden, ließ Krokowski einige Sekunden verstreichen. Dann fügte er mit stolz geschwellter Brust hinzu: »Einen gefälschten Ausweis, der auf eine gewisse Natalja Opuczinski, wohnhaft in Berlin-Zehlendorf, ausgestellt ist, nicht zu vergessen.«

»Gefälscht, sagst du?«

»Und das nicht mal besonders gut.« Krokowski strahlte förmlich vor Glück. »Aber das ist immer noch nicht alles, Tom.«

»Heiliger Strohsack, manchmal kannst du einem wirklich auf den …«

»Nebst anderen Utensilien bin ich bei meiner Untersuchung des Corpus Delicti auf ein vergoldetes Zigarettenetui aus dem Hause Marlboro gestoßen. Auf dessen Rückseite war eine achtstellige Ziffer eingestanzt, allem Anschein nach eine Art Seriennummer. Dem war allerdings nicht so.« Stolz wie ein Pfau, hob Krokowski das Kinn und streckte die Brust heraus. »Es war eine Telefonnummer, Tom!«, frohlockte er. »Und weißt du auch, welche?«

»Etwa die vom amerikanischen Hauptquartier?«

»Dreimal kurz gelacht. Ganz so dilettantisch, wie es den Anschein hat, ist die Dame dann doch nicht vorgegangen.«

»Dann eben die von einer konspirativen Wohnung.«

»So schwer es mir fällt, dir recht zu geben, Tom – ja.« Die Hände hinter dem Rücken verschränkt, begann Krokowski ruhelos auf und ab zu wandern. »Da niemand drangegangen ist, habe ich mir die Freiheit genommen, genauere Erkundigungen einzuziehen. Kurzum – der Mieter der möblierten Wohnung, unter dessen Namen der Anschluss angemeldet wurde, taucht nach Auskunft des Hausbesitzers anscheinend nur sporadisch dort auf.«

»Denkst du, was ich denke?«

»Falls du darauf anspielst, dass es sich um einen Agententreff handeln könnte – ja.«

»Und warum hat sich der Vermieter dann nicht gerührt?«

»Ganz einfach. Weil die Miete für das besagte Domizil, welches nur etwa einen Kilometer vom amerikanischen Hautquartier entfernt liegt, offenbar bis Jahresende im Voraus bezahlt worden zu sein scheint. Ach, übrigens, bevor ich's vergesse: Der ominöse Mieter ist anscheinend Amerikaner.«

»Was du nicht sagst.«

»Wie es scheint, handelt es sich beim Hausbesitzer, einem gewissen Herrn Matuschek, um einen mitteilsamen und nicht eben diskreten Mann. Heißt, er will beobachtet haben, wie sein Mieter, dessen Name angeblich Petschke war, des Öfteren Damenbesuch erhielt. Und zwar von einer etwa 30 Jahre alten, brünetten und überaus attraktiven Venus, mit der er sich nicht etwa auf Russisch, sondern angeblich auf Englisch mit unüberhörbar amerikanischen Akzent unterhalten hat.« Krokowski rieb sich genüsslich die Hände. »Du verstehst, was ich damit andeuten will?«

»Natalja.«

»Alle neune! Schenkt man der Aussage von Matuschek Glauben, haben die beiden überhaupt nicht zusammengepasst. Unter anderem, weil Petschke knapp zehn Jahre jünger, eher schmächtig und so bieder und unscheinbar war, dass die lieben Nachbarn alsbald rätselten, was die beiden miteinander zu tun haben könnten. Er, Matuschek, sei jedenfalls zu dem Schluss gekommen, es müsse sich um eine rein geschäftliche Beziehung gehandelt haben.«

»So kann man es natürlich auch sagen. Sonst noch was?«

»Wenn man so will – ja.« Gerade eben noch in Hochstimmung, dämpfte Krokowski seinen Ton und ergänzte: »Auf dem Rückweg bin noch mal schnell ins Präsidium. Man weiß ja schließlich nie, ob es etwas Neues gibt.«

»Oder ob sich die Gelegenheit zu einem privaten Stelldichein mit einer gewissen Annerose Mollig anbietet.«

»Eine … eine durch nichts bewiesene Unterstellung.«

»An dir ist wirklich ein Schauspieler verloren gegangen«, konterte Sydow amüsiert. »Nur Mut – mir kannst du es ja sagen.«

Knallrot im Gesicht, schlug Krokowski die Augen nieder, wich dem überaus heiklen Thema aus und erklärte: »Stelldichein oder nicht – kaum war ich im Präsidium, hat der Kollege Peters angerufen. Sieht so aus, als habe es in beziehungsweise in der Nähe der Waldbühne eine wilde Schießerei gegeben. Resultat: Drei Tote.«

Nichts Gutes ahnend, verzog Sydow das Gesicht. »Kannst du mir verraten, was das mit unserem Fall …«

»Eine Menge, Tom«, fuhr Krokowski ungerührt fort. »Und weißt du auch, warum?«

Sydow verschränkte die Arme, sandte ein Stoßgebet zum Himmel und schwieg.

»Weil es sich bei den Toten ausnahmslos um amerikanische Staatsbürger handelt, darum. Und weil – hört, hört! – unmittelbar nach dem Auftauchen der Spurensicherung der Befehl erging, die Ermittlungen einzustellen und den Kollegen von der MP das Feld zu überlassen. Die wiederum, so Peters, von der CIA dazu verdonnert worden sind, keinerlei Informationen an uns weiterzugeben.«

»Der Befehl kam von Oelßner, stimmt's?«

»Richtig getippt. Und jetzt kommt's. Der Herr Kriminalrat hat es sich anscheinend nicht nehmen lassen, Naujocks und Peters höchstselbst zum Schweigen zu verdonnern.«

Sydow pfiff durch die Zähne. »Mit anderen Worten, du nimmst an, die Schießerei hat irgendetwas mit unserem Fall zu tun.«

»Ich nehme es nicht nur an, Tom, sondern bin felsenfest davon überzeugt. Nach Angaben des Vermieters hat unser amerikanischer College-Boy nämlich nicht nur Damenbesuch gehabt. Gestern Abend, Herrn Naseweis zufolge gegen sechs, soll es in Petschkes Wohnung zu einer Ménage-à-trois gekommen sein, an der – man höre und staune! – nicht nur sein ominöser Untermieter und die noch viel ominösere Venus mit Namen Natalja, sondern ein weiterer, circa 30 Jahre alter, kräftiger, pockennarbiger und noch dazu schwarzer Gast teilgenommen haben soll.«

»Herkunftsland: vermutlich USA.«

»Exakt.«

»Gut und schön. Aber was hat das alles mit der Schießerei in der Waldbühne …?«

»Was es damit zu tun hat? Die Beschreibung, Herr Kriminalhauptkommissar, die mir Matuschek vom Dritten im Bunde gab, passt ziemlich auf einen der drei Toten, welche sich in der Waldbühne in die Haare gekriegt haben.«

Wäre Lea, die dem Gespräch mit wachsender Besorgnis gefolgt war, nicht zugegen gewesen, hätte Sydow eine nicht ganz stubenreine Bemerkung gemacht. So aber schluckte er den Ausruf, der ihm auf der Zunge lag, einfach hinunter und flüsterte: »Verdammt. Jetzt wird mir einiges …«

Ehe Sydow seinen Satz vollenden konnte, läutete das Telefon. »Für dich, Tom!«, hörte er Lea wenige Sekunden später sagen, immer noch wie benommen aufgrund der Erkenntnisse, welche er im Verlauf der letzten Viertelstunde gewonnen hatte. Kein Zweifel, dank Krokowski war er ein erhebliches Stück weitergekommen, hatten sich die Puzzleteile nach und nach zusammengefügt. Bis auf die Frage, auf wessen Konto der Leichnam in der U-Bahn und die drei Toten auf der Waldbühne gingen, waren eigentlich alle Fragen geklärt.

Eine Frage, die sich im Grunde von selbst beantwortete.

»Bist du's, Juri?«, meldete sich Sydow, im Bewusstsein, dass ihn jetzt, eine gute Stunde vor Mitternacht, nichts mehr vom Stuhl hauen konnte.

»Ja, Tom«, bekräftigte die Stimme am anderen Ende der Leitung, längst nicht mehr so souverän, wie er sie in Erinnerung hatte. »Ich bin's, Kuragin. Falls du momentan nichts vorhast, würde ich gerne mit dir plaudern. Wenn möglich, unter vier Augen!«

25

Sowjetische Raketenbatterie nördlich von Rangsdorf, knapp zehn Kilometer vom amerikanischen Sektor entfernt | *22.40 h*

»Alles klar, Männer?« Skip McClellan, Lieutenant Major a. D. und Agent in Diensten der CIA, sah die rußgeschwärzten Gesichter seiner Männer der Reihe nach an und warf einen Blick auf die Uhr, deren Zeiger unaufhaltsam vorwärtsrückte. Der 34-jährige Veteran aus dem Koreakrieg tat dies ohne erkennbare Regung, genau so, wie man es von einem Mann, der zwei Jahre Gefangenschaft überstanden hatte, erwarten würde. Damals, in einem Camp nahe der chinesischen Grenze, hatten ihn seine Peiniger tagelang gefoltert, mit Salzlauge übergossen und in ein Erdloch gesteckt, in dem es von Ratten nur so wimmelte. Er hatte verschimmeltes Brot, Würmer und Reptilienfleisch gegessen, an dessen Aroma er sich lieber nicht erinnerte. Er war vor lauter Durst halb wahnsinnig geworden und hatte sogar den eigenen Urin getrunken. Er hatte mehrere Wochen in einem verschimmelten Kellerverlies verbracht, in das kein Licht, geschweige denn der Klang menschlicher Stimmen gedrungen war. Aber er hatte es überstanden, wenngleich ihm Gefühlsregungen von da an wie überflüssiger Luxus vorgekommen waren. Genau deswegen war er für das Unternehmen Uranus ausgesucht und mit dessen Leitung betraut worden. McClellan wusste genau, auf was er sich eingelassen hatte, aber da Befehl nun einmal Befehl für ihn war und er sich daran gewöhnt hatte, jede noch so widersinnige Order auszuführen, wirkte er jetzt, gut fünf Stunden vor Beginn des dritten Weltkrieges, wie die Ruhe selbst. »Noch Fragen?«

Die Antwort der sechs Spezialagenten, deren Gesichter ebenfalls keinerlei Regung verriet, bestand aus einem Kopfschütteln. An ihren Kameraden, der unweit des sowjetischen Raketenwerfers vom Typ BM-21 verscharrt worden war, verschwendeten sie keinen Gedanken mehr. Für sie war er nichts weiter als ein Verräter, ein Weichling wie Präsident Kennedy, der im alles entscheidenden Moment kalte Füße bekommen hatte. Was innerhalb der nächsten Stunden passieren würde, stand ihnen deutlich vor Augen, dennoch, oder gerade deswegen, wirkten sie wie ein Abbild ihres Kommandanten, emotionslos, entschlossen, zu allem bereit. Selbst dazu, hier, nur ein paar Kilometer vom amerikanischen Sektor entfernt, ein Inferno auszulösen, das unweigerlich zu einem nuklearen Schlagabtausch führen würde. Ein Kräftemessen, welches die USA für sich entscheiden würden. Koste es, was es wolle.

»Fertigmachen zum Abrücken.« Aus Spaß an der Freude, nicht etwa, weil er seine Männer beeindrucken wollte, zündete sich McClellan eine Zigarre an und paffte den Rauch der Havanna in die kristallklare Luft. Im Verlauf der Nacht, der wichtigsten seines Lebens, war das Thermometer auf 10 Grad gesunken, tief genug, um jedermann klar zu machen, dass der Sommer unwiderruflich zu Ende war. Im übertragenen Sinne traf dies auch auf das Verhältnis zwischen Russen und Amerikanern zu, wenngleich sich McClellan einen Dreck darum scherte, wie die Welt am morgigen Sonntag aussehen würde. Bei den Zielen, auf die die Raketen gerichtet waren, handelte es sich nämlich keineswegs um strategisch wichtige Punkte, sondern in der Hauptsache um zivile Objekte, unter anderem den Funkturm, das Schöneberger Rathaus und das Reichstagsgebäude. Na gut, um den Schein zu wahren, würde der große Bruder auch etwas abbekommen, aber wenn schon, dann würde es sich um eher unbedeutende Zielgebiete wie zum Beispiel Truppenübungsplätze, Fuhrparks oder Depots von geringem strategischen Wert handeln. Nur so würde es gelingen, die Weltöffentlichkeit auf die Seite der USA zu bringen und amerikanische Verluste nach Möglichkeit zu minimieren. Nur so, und nicht etwa, indem ausschließlich die eigenen Militäreinrichtungen bombardiert wurden. Dafür hätte er seinen Kopf nicht hingehalten. Auf keinen Fall.

Vom Erfolg der Operation überzeugt, sog McClellan genüsslich an seiner Havanna und nahm eine Pose ein, aus der man hätte schließen können, dass Uranus das reinste Kinderspiel werden würde. Höchste Zeit, sagte er sich, dass Amerika die Muskeln spielen und sich von Chruschtschow nicht weiter auf der Nase herumtanzen ließ. In wenigen Stunden, spätestens dann, wenn die Raketen in Westberlin einschlagen würden, wäre diese Clique aus Angsthasen, Drückebergern und Klugscheißern im Weißen Haus gezwungen, endlich Farbe zu bekennen. Allen voran ein gewisser JFK, dem nichts anderes mehr übrig bleiben würde, als den Russen Paroli zu bieten. Was das zu bedeuten hatte, war McClellan wohl bewusst. Dennoch erfüllte ihn die Aussicht auf das Kommende nicht mit Schrecken. Mit den Sowjets, so sein unerschütterliches Credo, hätte längst aufgeräumt werden müssen, am besten gleich, unmittelbar nach dem Krieg. Damals wie heute hatten sich diese Weicheier im Weißen Haus jedoch von den Kommunisten einlullen lassen, zuerst Roosevelt, der Stalin aus der Hand gefressen hatte, und dann Kennedy, mit dem Chruschtschow anscheinend machen konnte, was er wollte. McClellans Miene sprach Bände, und als sein Blick auf die Körper der getöteten Rotarmisten fiel, verspürte er tiefe Genugtuung. So und nicht anders musste man mit den Russen umgehen, wenn Kennedy das nicht kapierte, würde er,

Lieutenant Major Skip McClellan, ihn dazu zwingen müssen.

»Noch fünf Stunden, Countdown läuft.« Täuschte er sich, oder konnte man aus der Stimme des Agenten, der an der Konsole von einem der insgesamt sechs BM-21 herumhantierte und als Einziger zurückbleiben würde, so etwas wie Beklommenheit heraushören? Ohne sich seine Irritation anmerken zu lassen, ließ der Kommandeur der Sondereinheit Uranus seinen Zigarrenstummel ins nachtfeuchte Gras fallen, zupfte an seiner fleischigen Nase herum und nahm sein Spezialfernglas zur Hand, um die Gegend in unmittelbarer Nähe des Rangsdorfer Sees nach unerwünschten Störenfrieden abzusuchen. Es war immer noch widernatürlich hell, doch als er den Blick über das aus Birken, Schilf und Pappeln bestehende Idylle schweifen ließ, konnte er nichts Verdächtiges entdecken. Die Landschaft ringsum sah friedlich und unberührt aus, und einen kurzen Moment lang hatte er das Gefühl, wieder zu Hause in Minnesota zu sein, von wo aus er vor mehr als 15 Jahren aufgebrochen war, um an die Militärakademie in Westpoint zu gehen.

»Sir! Sondereinheit Uranus bereit zum Abrücken, Sir.«

»Na, dann woll'n wir mal.« Ohne die Raketenwerfer, welche ihre tödlichen Geschosse in knapp fünf Stunden ausspeien würden, auch nur eines Blickes zu würdigen, gab McClellan das Zeichen zum

Aufbruch, schulterte seinen Rucksack und band seinen Helmriemen fest. Er tat dies mit der gleichen Kaltschnäuzigkeit, die seine Männer im Verlauf der letzten Wochen, während denen sie für ihren Einsatz instruiert worden waren, stets aufs Neue in Erstaunen versetzt hatte. Die Andeutung eines Lächelns im Gesicht, hielt McClellan inne und weidete sich am Anblick der getöteten Rotarmisten, deren Körper zuvor mit Benzin übergossen und in unmittelbarer Nähe der Raketenbatterie deponiert worden waren. Morgen früh würde so gut wie nichts mehr von ihnen übrig, ihre Leiber verkohlt oder bis zur Unkenntlichkeit verstümmelt sein. So zumindest wollte es sein Plan, und McClellan hegte nicht den geringsten Zweifel, dass er ihn in die Tat umsetzen würde. Dies hier war seine Art, Vergeltung zu üben, für alles, was ihm in den letzten Jahren angetan worden war. Rache für seine Behandlung durch sowjetische Militärberater, die ihre koreanischen Folterknechte auf ihn gehetzt hatten. Rache für die getöteten Kameraden, die vor seinen Augen zu Tode gemartert worden waren. Rache aber auch für die Demütigung, welche der CIA durch den Rückzieher des Weißen Hauses während der Schweinebuchtinvasion zuteil geworden war.

Die Abrechnung mit John Fitzgerald Kennedy, der all dies zu verantworten hatte, nicht zu vergessen.

»Dann mal los, Männer.« Beschwingt wie selten zuvor, gab McClellan das Zeichen zum Aufbruch.

Und wurde Zeuge, wie der Agent an der Bedienungskonsole plötzlich erstarrte, einen erstickten Schrei ausstieß und wie ein gefällter Baum zu Boden stürzte.

Reaktionsschneller als seine Kameraden, riss McClellan seinem Nebenmann den Karabiner aus der Hand, wirbelte herum und nahm den Heckenschützen, den er irgendwo im nahen Dickicht wähnte, ins Visier.

Mit seiner Vermutung lag der Veteran der 7. Infanteriedivision richtig. Das Inferno, welches im gleichen Moment über ihn hereinbrach, hatten jedoch weder er noch seine Männer erwartet. Es begann im gleichen Moment, als der Agent an der Konsole sein Leben aushauchte, ohne Vorwarnung, wie aus dem Nichts. Auf einen Schlag war es taghell, und ehe die CIA-Leute begriffen hatten, was gespielt wurde, wurde das Geräusch explodierender Blendgranaten vom Geknatter der Kalaschnikows, den Detonationen zahlloser Handgranaten und vom Getriebelärm einer MIG, die im Tiefflug über den Rangsdorfer See donnerte, nahezu vollständig übertönt. Darauf und auf die Tatsache, dass Skip McClellan von einer sowjetischen Granate in Stücke gerissen wurde, waren die Agenten der Sondereinheit Uranus nicht vorbereitet. Alles geschah so schnell, so unerwartet und mit einer derartigen

Wucht, dass bis auf einen blutjungen texanischen Raketentechniker, dem es wenigstens gelang, seine Waffe zu ziehen, alle fünf Männer mithilfe gezielter Schüsse zu Boden gestreckt wurden. Doch die sowjetischen Elitesoldaten, denen befohlen worden war, so wenige Gegner wie möglich zu töten, hatten nicht mit der Entschlossenheit ihrer Widersacher gerechnet. Einem von ihnen, der lediglich einen Streifschuss abbekommen hatte, blieb genug Zeit, eine Giftkapsel zu schlucken. Drei weitere, darunter zwei ehemalige Marineinfanteristen, schossen sich eine Kugel durch den Kopf. Der Texaner hingegen setzte sich erbittert zur Wehr, weshalb den Rotarmisten nichts anderes übrig blieb, als ihn mit vereinten Kräften zu liquidieren.

Trotz alledem konnten die sowjetischen Fallschirmjäger, aus denen sich das Gros der Angreifer rekrutierte, zufrieden sein. Sämtliche Kameraden waren noch am Leben, der Raketenwerfer, mehrere 100.000 Rubel wert, völlig intakt. Die imperialistischen Agenten dagegen waren tot, allen voran ihr Kommandeur, dessen Leichnam derart verstümmelt war, dass man sich die Identifizierung getrost sparen konnte.

26

Berlin-Tiergarten, Lehrter Stadtbahnhof

| 23.03 h

»Und du willst mir wirklich nicht sagen, was ihr vorhabt?«

»Lieber nicht«, wiegelte Sydow ab, parkte seinen Aston Martin gegenüber dem Haupteingang des Lehrter Stadtbahnhofes und ließ die Hand auf der Schulter seiner Frau Lea ruhen. »Dazu ist später noch Zeit.«

»Später, aha. Unter der Voraussetzung, dass du dann noch am Leben bist. Schon vergessen, was dir vor eineinhalb Stunden widerfahren ist?«

»Glaub mir, Lea – es ist besser so«, beschwor Sydow seine Frau, umrundete seinen in die Jahre gekommenen Sportwagen und drückte ihr einen Kuss auf den Mund. »Das Wichtigste ist, dass du jetzt losfährst, Veronika und ihren Vopo-Kavalier aus der Falle klingelst und die beiden möglichst rasch in den Westen eskortierst. Falls Letzterer Zicken macht, schnappst du dir deine Tochter, nimmst die nächstbeste S-Bahn und siehst zu, dass du vor Mitternacht wieder hier drüben bist. Vor Mitternacht, hörst du? Treffpunkt: Brandenburger Tor. Und jetzt beeil dich, sonst kommst du zu spät, mein Schatz.«

»Eye, eye, Sir!«, antwortete Lea Sydow und konnte es sich nicht verkneifen, spaßeshalber zu salutieren. »Ich nehme an, der Held meiner Backfischjahre ist alt genug, um zu wissen, was er tut. Apropos – was ist eigentlich mit Eduard?«

»Unterwegs in geheimer Mission.«

»Hört sich nach Agentenroman an.«

»Klingt nicht nur so, sondern ist einer!«, seufzte Sydow aus vollem Herzen, nahm seine Frau bei der Hand und zog sie Richtung Eingang mit sich fort. Dort angekommen, strich er ihr über die Wange und sagte: »Wie er ausgeht, hängt ganz allein von Kuragin ab.«

»Und davon, dass der Kurier des Zaren rechtzeitig zur Stelle ist!«, verulkte Lea Sydow ihren Mann und drückte ihm den Umschlag in die Hand, von dessen Inhalt nicht nur das Schicksal ihrer Tochter, sondern auch dasjenige seines Mannes und, wie sie nicht zu Unrecht vermutete, die Zukunft der ganzen Stadt abhing. »Sie wollen die Grenze dichtmachen, stimmt's, Tom?«, rief sie ihrem Mann hinterher, nachdem der sich hastig verabschiedet und ihr auf seinem Weg zum Spreeufer noch rasch eine Kusshand zugeworfen hatte.

Doch Sydow, dessen Silhouette im Licht der Straßenlaternen nur noch schemenhaft zu erkennen war, wich einer Antwort aus, hob die Hand zum Gruß und erwiderte: »Mach dir keine Sorgen, Lea. Kuragin, Eduard und ich werden das Kind schon schaukeln. Und jetzt beeil dich – sonst sehen wir Vroni so schnell nicht wieder!«

*

Allein mit sich und dem, was vor ihr lag, stürmte Lea die Treppe hinauf, die zu den Geleisen führte, warf einen Blick auf die Uhr und kämpfte gegen die Panik an, die sich in ihrem Inneren breitzumachen begann. Gleich Viertel nach elf!, stellte sie mit banger Miene fest, und somit nur noch eine Dreiviertelstunde Zeit. Und von der Linie 5, auf die sie wartete, keine Spur.

Um sich die Wartezeit zu verkürzen, aber auch, um ihre Angst zu überspielen, öffnete Sydows Frau ihre Handtasche und blätterte ihren Ausweis durch. ›Geburtsort: Neuhardenberg‹. Ein rotes Tuch für so manchen Grenzbeamten, wobei sie im Stillen hoffte, von Kontrollen verschont zu bleiben. Als Tochter eines enteigneten Großgrundbesitzers aus der Mark hatte sie für einen Staat, der sich als demokratische Republik ausgab, in Wahrheit aber eine Diktatur war, bei deren Gründung Stalin die Rolle des Taufpaten übernommen hatte, ohnehin noch nie viel übrig gehabt. Was es bedeutete, in einer solchen Diktatur zu leben, hatte sie am eigenen Leibe erfahren, vor allem, was es hieß, mit einem Standartenführer der SS verheiratet zu sein. Dass sie und Hans-Hinrich bald getrennte Wege gegangen waren, war nur ein schwacher Trost, zumal ihre Tochter, bei Kriegsende neun Jahre alt, sehr darunter zu leiden gehabt hatte.

Doch das war erst der Anfang allen Übels gewesen. Im Frühjahr 1946, während eines Besuches bei ihren Eltern, war sie Zeuge der Enteignung und Vertreibung geworden und hatte miterlebt, wie ihr lebensfroher, heimatverbundener und alles andere als nationalsozialistisch gesonnener Vater binnen Tagen zu einem gebrochenen und von Schwermut und Apathie heimgesuchten Wrack geworden war. Zwei Jahre später, kurz nach der Währungsreform, war er schließlich gestorben, mit dem Ergebnis, dass ihre Mutter offenbar jeglichen Lebensmut verloren und keinen anderen Ausweg mehr gesehen hatte, als ein halbes Jahr danach Selbstmord zu begehen.

Abgesehen von einer Ehe, die nur noch auf dem Papier bestand, war ihre Tochter Veronika somit das Einzige gewesen, wofür es sich für Sie noch zu leben lohnte. Hätte es Tom nicht gegeben, der vor acht Jahren wie aus dem Nichts bei ihr aufgetaucht war, wäre sie vermutlich an ihrem Dasein verzweifelt. So aber hatte sie wieder Freude daran gefunden, war in ihren erlernten Beruf zurückgekehrt und hatte einen Schlussstrich unter die Vergangenheit gezogen. Ein Wermutstropfen der besonderen Art war dann allerdings der Umstand gewesen, dass sich ihre Tochter, Studentin der Kunstgeschichte an der FU Berlin, vor knapp zwei Jahren in einen durch und durch systemtreuen jungen Hauptmann der Volkspolizei aus Ostberlin verliebt hatte. Rein persönlich war ihr der junge Mann nicht unsympathisch gewesen, aber da seine Ergebenheit gegenüber dem System keine Grenzen kannte, hatte es zwischen ihm und Tom immer wieder hitzige Wortgefechte und politische Diskussionen gegeben, die, wie nicht anders zu erwarten, das ohnehin gespannte Verhältnis zwischen den beiden über Gebühr strapaziert hatten. Was Ulbricht und Co. betraf, war mit Tom nicht zu reden, und daran würde sich so schnell nichts ändern.

»Stimmt etwas nicht mit Ihnen, gnädige Frau?« In Gedanken bei ihrem Mann und der Frage, was bei dem Treffen mit Kuragin herauskommen würde, hatte Lea das Eintreffen der S-Bahn, die in Kürze weiterfahren würde, nicht bemerkt. »Benötigen Sie Hilfe?«

»Geht schon, kein Problem.« Lea bedankte sich bei dem distinguierten älteren Herrn, dessen Frage sie wieder wachgerüttelt hatte, stieg ein und tat so, als sei diese Fahrt das Selbstverständlichste auf der Welt. Dass dem nicht so war, wurde ihr klar, als der Zug den Bahnhof verließ und mit quietschenden Rädern auf die Brücke zurollte, welche den Humboldthafen überspannte und den westlichen Teil von Berlin mit dem Osten ihrer Wahlheimat verband. Irgendwo da draußen verlief die Grenze, wo genau, war im Dunkeln nicht zu erkennen. Sehr bald aber, in einer Dreiviertelstunde, würde sich das ändern. Aus den Bemerkungen, die Tom fallen gelassen hatte, konnte man wahrlich keine anderen

Schlussfolgerungen ziehen. Das Schlupfloch, durch das im laufenden Jahr Tausende entkommen waren, würde gestopft werden.

Mithilfe von Wachtürmen, Stacheldraht – und, wer weiß, am Ende vielleicht sogar mit Beton.

Lea schluckte, beim Gedanken an die Zukunft schnürte es ihr die Kehle zu. Dennoch ließ sie sich nichts anmerken, gab es kein Zurück mehr für sie. Sie musste den Styx überqueren, je schneller, desto besser.

Als die S-Bahn in den Bahnhof Friedrichstraße einfuhr, klopfte Lea das Herz bis zum Hals. Nach außen hin die Ruhe selbst, stieg sie aus und lief die Treppen hinunter, die zum U-Bahnhof führten. Nirgendwo, auch nicht am Fahrkartenschalter, war ein Grenzbeamter zu sehen, aber das hatte nicht viel zu sagen. Kontrolliert wurde bisweilen auch von Staatsdienern in Zivil, wenn man das Pech hatte, an den Falschen zu geraten, konnte man jede Menge Scherereien bekommen. Westberliner, die in den Osten fuhren, waren den DDR-Behörden ohnehin ein Dorn im Auge, allen voran der Staatssicherheit, vor der man nirgendwo sicher war. Leas Atem ging rascher, sie hatte Mühe, ihre Beklommenheit zu verbergen. Jeder hier, jeder einzelne der knapp zwei Dutzend Fahrgäste, welche auf die Linie 8 warteten, konnte ein Spitzel sein, und wenn es etwas gab, das sie in Panik versetzte, dann die Gefahr, ausgerechnet jetzt in eine Personenkontrolle zu geraten.

Entgegen ihren Befürchtungen war dies jedoch nicht der Fall, weder beim Einsteigen noch im weiteren Verlauf der Fahrt. Von dem, was sich um sie herum abspielte, bekam Lea nicht viel mit, für sie zählte nur eins – ihre Tochter. Wie diese allerdings darauf reagieren würde, wenn ihre Mutter mitten in der Nacht auftauchte, um sie in den Westen zu lotsen, stand in den Sternen. Vroni, so ihr Spitzname, war alles andere als eine willfährige junge Dame, was die Befürchtungen, welche Lea im Stillen hegte, neue Nahrung gab.

Heilfroh, die erste Etappe ihrer Mission hinter sich zu haben, stieg Lea am Bahnhof Bernauer Straße aus, hastete ins Freie und blickte sich rasch nach allen Seiten um. Um diese Zeit, genauer gesagt kurz nach halb zwölf, waren die Straßen wie ausgestorben und sie eine der Wenigen, die unterwegs waren. Das allein hätte allerdings nicht ausgereicht, um die beiden Stasi-Beamten, welche wie aus dem Nichts aufgetaucht waren, auf Lea aufmerksam zu machen. Es war ihre Hast, die sie verriet, weshalb sich die beiden Zivilfahnder, auf der Suche nach verdächtigen Personen, umgehend an ihre Fersen geheftet hatten. »Staatssicherheit – bleiben Sie stehen!«, rief der ältere der beiden, der Lautstärke nach zu urteilen nur wenige Meter hinter ihr.

Lea gehorchte.

27

Berlin-Tiergarten, Sowjetisches Ehrenmal

| 23.18 h

Keineswegs frei von nostalgischen Gefühlen, die ihn beim Anblick des sowjetischen Ehrenmales überkamen, sprach Sydow die Frage, die ihm auf der Zunge lag, nicht aus, sah sich prüfend um und folgte Kuragin auf dem Fuße. Genau hier, am Anfang der ehemaligen Ost-West-Achse, war er zusammen mit Rebecca in den Mosquito-Bomber eines Freundes aus Etoner Tagen geklettert und der Gestapo, die mit allen verfügbaren Kräften Jagd auf ihn gemacht hatte, nur um Haaresbreite entkommen. Den Rest des Krieges hatte er in England verbracht, weit weg von dem Inferno, das über Berlin hereinzubrechen begann. Mehr als sechs Jahre später, bei der Aufdeckung eines Komplotts ehemaliger SS-Angehöriger, hatte er dann Bekanntschaft mit Kuragin gemacht. Die Lösung des Falles war zwar nicht ganz einfach, für beide Seiten jedoch von Vorteil gewesen. Knapp fünf Jahre später wiederum hatten sich ihre Wege erneut gekreuzt. Aus der gemeinsamen Jagd nach dem Bernsteinzimmer war eine Freundschaft geworden, die, wäre es nach Sydow gegangen, auch nach der Lösung des Falles fortbestanden hätte. Genau das war jedoch nicht eingetroffen, da Kuragin, hochrangiger Offizier des sowjetischen Geheimdienstes, wenige Tage nach seiner Flucht in den Westen von der Bildfläche verschwunden war. Nur um heute, volle acht Jahre nach seinem plötzlichen Abgang, wieder aus der Versenkung aufzutauchen, ihm einen Umschlag mit hochbrisanten Informationen zuzuschanzen und sich in eine Privatfehde mit der CIA verwickeln zu lassen, bei der bislang vier amerikanische Agenten auf der Strecke geblieben waren. Sydow war lange genug im Dienst, um zu erkennen, dass dies jede Menge Scherereien nach sich ziehen würde, wovon er mittlerweile die Nase gestrichen voll hatte.

Ein Grund mehr, dem Mann, auf den er immer noch große Stücke hielt, mit Skepsis zu begegnen. »Und warum gerade ich?«, wollte Sydow, bei dem sich die Wiedersehensfreude in Grenzen hielt, nach reiflicher Überlegung wissen. »Hättest du dir nicht jemand anderen raussuchen können?«

»Das schon«, antwortete Kuragin gedehnt, nicht ganz bei der Sache und so bedrückt, dass Sydow beinahe Mitleid mit ihm bekam. »Aber niemanden, auf den ich mich verlassen kann.«

»Vertrauen oder nicht – ich darf doch annehmen, dass der Tote in der S-Bahn auf dein Konto geht, oder?«

»Darfst du.« Für seine Verhältnisse ungewöhnlich einsilbig, durchschritt Kuragin einen der

Kolonnadengänge, welche in den rückwärtigen Teil des Ehrenmals führten, wo mehr als zweieinhalbtausend Rotarmisten bestattet waren, hielt unvermutet inne und ließ den Blick auf den dortigen Gräbern ruhen. »Gerade noch mal gut gegangen.«

»Was meinst du damit?«

»Nichts, Tom, nichts!«, beeilte sich Kuragin, dessen Verhalten Sydow einmal mehr Rätsel aufgab, zu versichern. »Wo waren wir gerade stehen geblieben?«

»Bei dem Kollegen, mit dem du heute Morgen aneinandergeraten bist.«

»Stimmt!«, antwortete Kuragin, löste sich aus seiner Erstarrung und begann zu Füßen des Kriegerstandbildes, welches die Anlage überragte, auf und ab zu gehen. Ringsum herrschte Totenstille, und der einzige Laut, welcher in der Dunkelheit widerhallte, war das Geräusch seiner Schritte auf dem verwitterten Asphalt. Kuragin tat sich mit einer Antwort schwer, und Sydow fragte sich nicht zum ersten Mal, welche Überraschungen ihm am heutigen Tage noch zuteil werden würden. »Allerdings dürftest du mich gut genug kennen, um zu wissen, dass ich keine andere Wahl hatte.«

»Komisch, aber ich war immer der Meinung, bei der CIA halten sie zusammen wie Pech und Schwefel.«

»Ich auch.«

»Und wieso dann der Shoot-out in der S-Bahn?«

»Weil es Leute gibt, denen das, was ich herausgefunden habe, nicht ins Konzept zu passen scheint.«

»Mag sein, Juri«, wandte Sydow herausfordernd ein. »Aber das braucht dich nicht zu kümmern. Soweit ich weiß, hat doch wohl der Präsident das Sagen, oder?«

»Tut mir leid, deine Illusion zunichte machen zu müssen, Tom«, hielt Kuragin dagegen, »aber so einfach, wie du denkst, liegen die Dinge nicht. Im Kongress, bei der CIA, dem Militär und sogar innerhalb der gegenwärtigen Administration scheint es Kräfte zu geben, denen der Ton, den Kennedy gegenüber Chruschtschow anschlägt, viel zu moderat ausfällt. Schon einmal etwas vom Kennedy-Syndrom gehört?«

»›Krieg nur dann, wenn es sein muss‹– wüsste nicht, was es an dieser Maxime auszusetzen gäbe.«

»Du sagst es, alter Junge. Verstehst du jetzt, warum man versucht hat, mich aus dem Weg zu räumen? Sämtliche Informationen, an die ich über meinen Mittelsmann herangekommen bin, laufen auf ein und dasselbe hinaus. Chruschtschow denkt nicht im Traum daran, in die Offensive zu gehen. Nirgendwo, Tom, am allerwenigsten in Berlin. Das eigentliche Problem besteht darin, dass Ulbricht die Leute davonlaufen, so viele, dass er sich etwas einfallen lassen musste, damit die DDR nicht … wie sagt man bei euch doch gleich?«

»Den Bach runtergeht?«

»Genau. Dumm nur, dass ich die Pläne meiner Ex-Kollegen durchkreuzt habe.«

»Indem du vier von ihnen umgelegt hast, wolltest du sagen.«

»Drei, alter Junge, drei. Mach mich nicht schlechter, als ich bin.« Auge in Auge mit Sydow, zündete sich Kuragin einen kubanischen Zigarillo an, auf den er auch jetzt, da er sich in Erklärungsnöten befand, nicht verzichten konnte.

»Und Nummer vier?«

»Mein ehemaliger Führungsoffizier. Alter Haudegen, mitunter etwas impulsiv. Aber loyal. Sehr sogar. Eine echte Vaterfigur. Eben so, wie man sich einen Iren aus der Bronx vorzustellen hat.«

»Auf gut Deutsch, ihr seid in einen Hinterhalt geraten.«

»Korrekt.«

»Dieser … dieser – wie hieß dein Führungsoffizier doch gleich?«

»Brannigan. James Landon Brannigan.«

»Knapp 50, anscheinend gehbehindert, mittlere Größe?«

»Wie ich sehe, bist du von deinem Assistenten umfassend informiert worden.«

»Wieso wolltest du dich mit ihm treffen?«

»Weil er Verbindungsoffizier zu den Briten und somit der Einzige war, der die Möglichkeit besaß, mich an Bord eines Flugzeuges zu schmuggeln.

Wogegen meine beiden Widersacher in der Waldbühne etwas einzuwenden hatten.«

»Frage: Kann es sein, dass es sich bei besagtem Herrn um einen kräftigen, durchtrainierten und etwa 1,80 Meter großen Schwarzen …«

»Ich muss schon sagen, Tom! Du beeindruckst mich immer wieder.« Kuragin blieb stehen, zog noch einmal an seinem Zigarillo und schnippte ihn in den Schatten, welche die von vorn angestrahlten Kolonnaden warfen. »Für den Fall, dass du es genau wissen willst, Herr Hauptkommissar: Es handelt sich um Jermaine Ross, Leiter unserer Filiale in Berlin und rechte Hand von Luciano Calabrese, seines Zeichens Leiter der Abteilung für verdeckte Operationen. Enger, wenn nicht gar engster Vertrauter des Direktors der CIA. Anders ausgedrückt: Der Befehl, mich zu töten, kam von ganz oben, nämlich von ihm, um das Kind beim Namen zu nennen. Wobei du getrost davon ausgehen kannst, dass Calabrese vorsichtig genug war, um sich die Aktion von Dulles absegnen zu lassen. Was lernen wir daraus? Um missliebige Kollegen auszuschalten, scheut man in Langley nicht davor zurück, sie durch gedungene Killer aus dem Weg räumen zu lassen. Das zum Thema Berufsethos, Tom. Pech aber auch, dass ich nicht bereit war, mich in mein Schicksal zu fügen. Begreifst du jetzt, warum ich gezwungen war, die Unterlagen bei dir zu deponieren? Ich wollte kein Risiko eingehen, das, und nur das, war der Grund. Um den Schreibtischtätern in der Heimat das Handwerk zu legen, muss man Beweise haben, sonst braucht man es gar nicht zu versuchen. Keine Ahnung, ob ich meinen Plan in die Tat umsetzen kann, aber für den Fall, dass ich davonkomme, können sich die Herren in Langley auf einiges gefasst machen. Darauf gebe ich dir mein Wort, alter Freund.«

»Mein lieber Schwan.« Sydow atmete tief durch, wieder halbwegs mit seinem Duzfreund versöhnt. »Jetzt wird mir einiges klar, Juri.«

»Findest du nicht, es ist an der Zeit, mich umfassend ins Bild zu setzen? Man weiß ja nie, was am heutigen Tage noch alles passiert.«

»Das sagt gerade der Richtige.« Sydow, in dessen Gesicht die vergangenen Stunden deutliche Spuren hinterlassen hatten, trat ins Licht und warf einen Blick auf die Uhr. Fünf nach halb. Wenn alles gut ging, würden sich Lea, Veronika und er in einer halben Stunde wiedersehen. Wenn nicht, wäre er mit seinem Latein definitiv am Ende.

»Kopf hoch, Tom, wird schon werden.« Die Hand von Kuragin auf der Schulter, atmete Sydow laut und vernehmlich aus und ließ den Tag, dessen Ausklang er sich wahrlich anders vorgestellt hatte, nochmals Revue passieren. Dann überwand er sich und begann die Geschehnisse, mit denen er konfrontiert worden war, in aller Ausführlichkeit zu schildern. Einmal in Fahrt, weihte er Kuragin in sämtliche Details seiner Ermittlungen ein, angefangen bei der Spurensuche in Wannsee, bis hin zum Schicksal von Blaschkowitz und den Indizien, auf die er und seine Kollegen gestoßen waren. Kuragin hörte aufmerksam zu, unterbrach Sydow nur dann, wenn ihm etwas unklar war, und verfolgte die Schilderung des Tathergangs mit versteinerter Miene. Zu guter Letzt, im Angesicht eines immer nachdenklicheren Gesprächspartners, kam Sydow auf den Hinterhalt zu sprechen, dem er nur knapp und mit einer gehörigen Portion Glück entronnen war. Kuragin quittierte es mit einem Stirnrunzeln, um einiges schlauer, jedoch um ein Vielfaches nachdenklicher gestimmt.

»Kannst du verstehen, wenn ich allmählich die Schnauze voll habe?«, fragte Sydow, voll ohnmächtigem Zorn gegenüber denen, die ihm all dies eingebrockt hatten. »Wenn ich könnte, würde ich es diesen Kerlen heimzahlen.«

»Ruhig Blut, Tom, ich denke, es gibt da jemanden, der dir die Mühe abnehmen wird.«

»Na, du machst mir vielleicht Spaß, Junge. Wenn dieser Jemand wirklich existiert, kann es sich doch wohl nur um den … ich meine … dafür käme doch wohl nur der Präsident infrage, oder?«

»Genau.«

»Soll das ein Witz sein, Juri? Gesetzt den Fall, dir gelingt es, deine ehemaligen Kollegen zu düpieren – wie willst du es schaffen, an Kennedy ranzukommen? Ausgerechnet du, auf den mittlerweile die halbe CIA Jagd machen dürfte?«

»Keine Sorge, Tom. Das kriege ich schon ich hin.«

»Tea Time bei JFK – ich glaube, du stellst dir das alles ziemlich einfach vor.« Sydow machte ein skeptisches Gesicht. »Gesetzt den Fall, deine Rechnung geht auf – glaubst du wirklich, du hast genug in der Hand, um diesem Calabrese das Handwerk legen zu können?«

»Ich glaube es nicht nur, lieber Tom«, flüsterte Kuragin, durch ein Geräusch irritiert, das er irgendwo in der Nähe vernommen hatte. »Ich weiß es. Vorausgesetzt, meine Informationen kommen in die richtigen Hände, werden in Langley demnächst Köpfe rollen. Darauf kannst du wetten.« Kuragins Blick verengte sich. »Anstiftung zum Mord an einem CIA-Agenten, der sein Leben aufs Spiel gesetzt hat, um seinen Auftrag zu erfüllen, Mord an einem unbescholtenen Bürger, der das Pech hatte, einem Lockvogel der Firma auf den Leim zu gehen und in ein Komplott verstrickt zu werden, welches mit hoher Wahrscheinlichkeit gegen den Präsidenten gerichtet ist, und, weil es so schön war, versuchter Mord an einem CIA-Agenten, der das Pech hatte, auf Dokumente zu stoßen, die einigen Herren nicht in den Kram passen – ein dickes Sündenregister, findest du nicht auch? Und dann, als Krönung des Ganzen, der Überfall auf eine sowjetische Raketenbatterie, mit dem Ziel, sämtliche Geschosse …«

»Wie bitte? Das ist doch wohl nicht dein Ernst.«

»… auf Ziele in Westberlin abzufeuern.« Außer sich vor Erregung, schnappte Kuragin nach Luft. »Du hast richtig gehört, Tom! Auf Ziele in Berlin! Pech, dass ich meinen Ex-Kollegen zuvorgekommen bin. Oder Glück, kommt drauf an, von welcher Seite aus man die Dinge betrachtet. Du verstehst, was ich damit sagen will, alter Freund? Wenn das nicht ausreicht, um Dulles und Calabrese das Genick zu brechen, will ich Nikita Sergejewitsch Chruschtschow heißen.«

»Und ich John Fitzgerald Kennedy. Oder Fidel Castro, wenn dir das lieber ist«, kalauerte Sydow und hatte es plötzlich sehr eilig, Kuragin den Umschlag zu überreichen, auf den es anscheinend nicht nur die CIA, sondern zu allem Unglück auch noch die Stasi abgesehen hatte. Er war heilfroh, ihn endlich los zu sein, gab es doch Dinge, an denen er momentan weitaus mehr zu kauen hatte. Abgesehen von Berlin, dessen Schicksal auf Messers Schneide stand, stand die Frage, was aus seiner Familie werden würde, natürlich an erster Stelle. Für ihn, Sydow, hatte sie oberste Priorität, bedeutsamer als alles, womit er am heutigen Tage konfrontiert worden war. Sollte ihn der Herr Kriminalrat ruhig schikanieren, Prügel zwischen die Beine werfen und vom Dienst suspendieren. Es berührte ihn nicht. Derzeit gab es Wichtigeres zu tun, weit Wichtigeres sogar.

»Freut mich, dass dir dein Humor nicht abhanden gekommen ist«, erwiderte Kuragin, nachdem er das Kuvert in Empfang genommen, ins Licht getreten und einen neuerlichen Blick auf die Uhr geworfen hatte. »20 vor zwölf. Ich muss jetzt wirklich los. Höchste Zeit, dass der Umschlag in die richtigen Hände …«

»Finde ich auch.«

Beim Klang der Stimme, die ihnen aus der Dunkelheit entgegenhallte, waren Sydow und Kuragin zunächst wie erstarrt. Vor allem Letzterer, dem Geschehen bereits um Stunden voraus, war so überrascht, dass er sich nicht von der Stelle rührte.

»An Ihrer Stelle, Herr Kommissar, würde ich die Finger von meiner Waffe lassen. Und was Sie betrifft, Kuragin: Her mit dem Umschlag, aber ein bisschen plötzlich!«

»Die Genossen von der Staatssicherheit – welch unerwartete Ehre.«

»Die Freude ist ganz auf meiner Seite, Kuragin«, erwiderte die Gestalt, welche soeben aus dem nahen Birkenwäldchen auftauchte, auf ihn zu trat und die Hand nach dem Umschlag ausstreckte. Die Tokarew in seiner Hand sprach eine deutliche Sprache, was Sydow jedoch völlig kalt zu lassen schien. »Ich darf dann wohl bitten, oder?«

»Überlegen Sie sich genau, was Sie tun.«

»Heißt das, Sie wollen mir drohen?«, zischte Bartosz, die eine Körperhälfte im Licht, welches durch die Kolonnaden flutete, die andere im Schatten, von wo aus Sydow jede seiner Bewegungen beobachtete. Im Gegensatz zu Kuragin blieb er erstaunlich ruhig, was dem Oberleutnant der Stasi, dessen Blick zwischen ihm und Kuragin hin und her pendelte, aber nicht aufzufallen schien. »Na los, her mit dem Umschlag!«

»Zu Ihrer Information, Genosse: Über die Pläne Ihrer Regierung, so sie in die Tat umgesetzt werden sollten, wissen nicht nur wir beide Bescheid.«

Bartosz ließ sich nicht beirren. »Ich zähle jetzt bis drei«, flüsterte er, nur noch wenige Meter von Kuragin entfernt. »Sollten Sie bis dahin keine Vernunft angenommen haben, wird mein Begleiter, der unweit von hier Stellung bezogen hat, das Feuer auf Sie eröffnen.«

»Tun Sie sich keinen Zwang an, Genosse. Freiwillig werde ich Ihnen den Umschlag jedenfalls nicht herausrücken.«

»Dann eben nicht. Schade, ich hätte gern noch ein wenig mit Ihnen geplaudert.«

»Um mich anschließend zu liquidieren? Vergessen Sie's, Towarischtsch.«

Kuragins Widersacher schoss die Zornesröte ins Gesicht. »Her mit dem Umschlag!«, kochte Bartosz, weit entfernt von dem Gentleman, als den er sich mit Vorliebe präsentierte. »Oder Sie werden ihr blaues Wunder erleben.«

»Oder Sie, kommt drauf an, von welcher Seite man die Dinge betrachtet.«

Puterrot vor Zorn, wirbelte Bartosz herum, riss seine Tokarew in die Höhe und richtete sie auf Sydows Stirn. »Na schön«, knirschte er, ein wildes Zucken im Gesicht. »Dann sind Sie eben als Erstes dran. Es sei denn, der Herr Kriminalhauptkommissar erklärt sich bereit zu kooperieren. Falls nicht, sehe ich mich gezwungen, Sie an Ort und Stelle zu liquidieren. Was ist, Sydow – haben Sie etwa die Sprache …«

Es sollte die letzte Drohung sein, die Mischa Bartosz, Oberleutnant in Diensten der DDR-Staatssicherheit, von sich gab. Die letzte in einer langen Reihe, welche sich im Verlauf seiner elfjährigen Karriere angesammelt hatte. Der Tod traf ihn unvorbereitet, so plötzlich, dass Bartosz selbst dann, als die Kugel in seinen Schädel eindrang, erstaunlich lang mit aufgerissenem Mund stehen blieb. Etliche Sekunden später erst, die Pistole immer noch in der Hand, schwand die Erstarrung, welche ihn befallen hatte, und ein Laut löste sich von seinen Lippen, ein Geräusch, bei dem es einem eiskalt den Rücken hinunterlief. Daraufhin ließ er seine Pistole fallen, verlor die Balance und torkelte auf Sydow zu, der, wie gebannt durch das bizarre Spektakel, erst im letzten Moment zur Seite trat und Zeuge wurde, wie Bartosz unweit von ihm zusammenbrach.

Der Schusswechsel, der im gleichen Moment

begann, dauerte nicht lange, alles in allem nur wenige Sekunden. Danach lag der Stasi-Agent, welcher die Szene aus sicherer Entfernung beobachtet hatte, ebenfalls am Boden, von einer Kugel getroffen, die aus kurzer Entfernung auf ihn abgefeuert worden war.

*

»Kompliment, Kroko«, stieß Sydow voller Bewunderung für seinen Assistenten hervor, den Daumen demonstrativ nach oben gereckt. »Hab gar nicht gewusst, wie treffsicher du bist.«

»Man tut eben, was man kann«, erwiderte Eduard Krokowski und steckte seine Waffe ins Halfter zurück, bemüht, nach außen hin kühl und abgeklärt zu wirken. »Apropos. Du tust gut daran, Naujocks eine Flasche Schampus zu spendieren. Wenn du dich schon bedankst, dann bei ihm.«

Spürbar entspannt, zog Sydow seinen Assistenten am Ohr und drückte dem Leiter der Spurensicherung die Hand. »Gute Arbeit, Waldi«, spendete er demonstrativ Lob, wobei sich die Erleichterung, die er empfand, allerdings in Grenzen hielt. »Ohne dich und Kroko wären wir glatt aufgeschmissen, was, Juri?«

»Das kannst du aber laut sagen!«, verkündete Kuragin im Brustton der Überzeugung. Und fügte, aufgrund der unerwarteten Wendung nach wie vor ein wenig perplex, mit hintergründigem Lächeln hinzu: »Daran erkennt man eben den Profi, Tom. Auf die Idee, dass dein Telefon abgehört wird, konnte wirklich nur ein geborener Kriminalist kommen. Schade, dass ich nicht eingeweiht gewesen bin. Sonst hätte ich das Spektakel noch viel mehr genießen können.«

»Hoch gepokert und gewonnen!«, erwiderte Sydow und zog es vor, über Kuragins Vorwurf hinwegzuhören. »Pech für die Genossen, dass sie sich ihrer Sache zu sicher waren. Und überhaupt – wer weiß, was passiert wäre, wenn Kroko und Waldi nicht zur Stelle gewesen wären.« Sydow zog Krokowskis Fliege glatt und tätschelte ihm die Wange. »Pünktlich wie die Maurer. Und treffsicherer als John Wayne. So was macht euch beiden keiner …«

»Euch dreien, wenn schon, denn schon«, meldete sich Heribert Peters zu Wort, über den Leichnam von Bartosz gebeugt und dermaßen in seine Arbeit vertieft, dass es den Anschein hatte, er befände sich in der Gerichtsmedizin. Und packte die Gelegenheit beim Schopf, um eine erneute Kostprobe seines Humors zu liefern: »Macht zusammen ein halbes Dutzend, wenn ich mich nicht irre.«

»Sieben, Heribert, sieben«, korrigierte ihn sein Freund und wies mit dem Daumen über die rechte Schulter. »Ein Unschuldiger, zwei von der Stasi, vier von der CIA. Macht zusammen sieben.« Sydow machte ein nachdenkliches Gesicht. Mit wie vielen Toten er im Verlauf seiner Tätigkeit konfrontiert worden war, konnte er beim besten Willen nicht sagen, und wenn er ehrlich war, wollte er es auch nicht genau wissen. Fest stand, dass es zu viele gewesen waren, entschieden zu viele sogar. Sydow senkte den Blick und fuhr mit der Handfläche über die Stirn. Die bleierne Müdigkeit, welche ihn umfing, kam nicht von ungefähr. Wäre die Sorge um Lea nicht gewesen, welche alles andere überwog, hätte er sich in seinen Aston Martin gesetzt und wäre verduftet. »Hoffen wir, dass es demnächst nicht noch mehr werden.«

»Denkst du wirklich, die da drüben machen ernst?«

»Ulbricht und Genossen? Darauf kannst du wetten, Waldi«, antwortete Sydow, trat zu Peters und fragte: »Alles dabei, worum ich dich gebeten habe?«

Peters rappelte sich auf und nickte. »Aber klar doch«, versicherte er und deutete auf den Aktenkoffer, welchen er direkt neben der Leiche abgestellt hatte. »Hier, bedien dich – alles drin, was das Herz begehrt. Angaben über die Todesursache der Getöteten, speziell über diejenige von Blaschkowitz. Einschließlich der Fotos, die ich im Verlauf des heutigen Tages geschossen habe. Rekonstruktion des Tathergangs in der Waldbühne. Forensische Gutachten.« Während er sprach, griff Peters in die Innentasche seines Jacketts, zog eine Schwarz-Weiß-Aufnahme hervor und reichte sie an Sydow weiter. »Einer der drei Toten von vorhin. Sieht so aus, als sei in der Waldbühne ganz schön was los gewesen.«

»Kann schon sein«, erwiderte Sydow lapidar, mit den Gedanken offenbar weit weg, warf er einen Blick auf das Foto und drückte es Kuragin in die Hand. »Ich nehme an, Juri, du hast den Herrn schon einmal gesehen.«

»Das kannst du aber laut sagen«, bekräftigte der Angesprochene und ließ den Blick zwischen der Aufnahme, seinem Gegenüber und dem Koffer hin und her pendeln. »Was dagegen, wenn ich mir eure Unterlagen kurz ausleihe?«

»Darf man fragen, was du unter ›kurz‹ verstehst?«

»Ein paar Jahre vielleicht, mehr nicht«, flachste Kuragin, nickte Peters dankend zu und hatte es auf einmal eilig, die Schwarz-Weiß-Aufnahme in seinem Sakko verschwinden zu lassen. »Und der Koffer?«, lauerte er. »Was habt ihr damit …?«

»Eine kleine Aufmerksamkeit des Hauses«, kam Sydow ihm zuvor, ein hintergründiges Lächeln im Gesicht. »Mit den besten Empfehlungen der Kripo Berlin. Greif zu, sonst überlegen wir es uns noch anders.«

Kuragin ließ sich nicht lange bitten. »Wenn das nicht ausreicht, um den Kerlen das Handwerk zu legen, dann weiß ich nicht mehr!«, frohlockte er.

Und beeilte sich hinzuzufügen: »So, jetzt muss ich aber wirklich los. Sonst … sonst … was ist denn das?«

»Die Schlüssel für meinen Aston Martin«, antwortete Sydow, ein Lederetui in der rechten Hand. »Alte Klapperkiste, steht drüben vor dem Bahnhof. Damit dir nicht die Felle davonschwimmen, falls es das ist, was du gerade sagen wolltest.«

»Du denkst aber wirklich an alles, Tom«, lobte Kuragin, bemüht, sich das Vibrato in seiner Stimme nicht anmerken zu lassen. »Danke für alles – auf bald.«

»Ich habe zu danken. Und Berlin natürlich auch«, entgegnete Sydow und wies mit dem Kinn in die Richtung, wo sich der Lehrter Bahnhof befand. »Mach's gut, alter Tschekist, und lass von dir hören.«

»Hier – als Entschädigung.«

»Für mich?« Völlig perplex, starrte Sydow die mit dem Vermerk ›Streng geheim!‹ versehene Liste, welche Kuragin urplötzlich in Händen hielt, mit weit aufgerissenen Augen an. »Wo hast du denn die aufgetrieben?«

»Dienstgeheimnis!«, wehrte Kuragin lächelnd ab und ergänzte: »Man beachte den IM* mit der Nummer sieben. Dürfte dir bekannt vorkommen, oder?«

---

* Informeller Mitarbeiter des Ministeriums für Staatssicherheit der DDR

»Und ob.« Je länger er das Dossier anstarrte, auf dem die Namen von Stasi-Spitzeln bei der Westberliner Polizei aufgelistet waren, desto bleicher, bestürzter und niedergeschlagener wurde er. »Wie aufmerksam von dir.«

Kuragin wollte etwas erwidern, drehte sich jedoch auf dem Absatz um und eilte davon, vorbei an einem der beiden T 34-Panzer, welche das Ehrenmal an der Straße des 17. Juni flankierten. Am Ende der Freitreppe angekommen, hielt er kurz inne, gab seinem Impuls, sich erneut umzudrehen, allerdings nicht nach und verschwand so schnell, dass es schien, er habe sich in Luft aufgelöst.

»Und was ist mit dem da?«, murmelte Peters mit Blick auf Bartosz, aus dessen Schädel immer noch Blut sickerte. Und beantwortete seine Frage gleich selbst: »Am besten wir deklarieren ihn und seinen Kumpel als Opfer einer Schießerei Zuhälter-Milieu, findest du nicht auch?«

»Gute Idee«, pflichtete ihm Sydow bei und flüsterte Krokowski etwas ins Ohr, woraufhin dieser nickte, Naujocks einen Wink gab und sich gemeinsam mit ihm entfernte. »Bis bald, Leichenfledderer – ich habe zu tun!«

28

Hyannis Port, Massachusetts / USA
| 18.20 h Ortszeit, 0.20 h Berliner Zeit

Er hatte genug von familiären Problemen, weshalb er beschloss, vor dem Dinner noch einen Spaziergang zu machen. Gerade eben hatte ihm Jackie wieder einige Vorhaltungen gemacht, da tat ein wenig Seeluft ganz gut. Es gab Tage, an denen wirklich nicht gut Kirschenessen mit ihr war, der heutige Samstag, so stand zu befürchten, war einer davon. Vorhin, auf der Terrasse in der Irving Avenue, waren ganz schön die Fetzen geflogen, woran er selbst nicht ganz schuldlos war.

Was seine Affären betraf, hatte er das Zählen allmählich aufgegeben, für ihn, den passionierten Schürzenjäger, war es noch nie sonderlich schwierig gewesen, eine Frau für sich zu gewinnen. Jackie, mit der er seit knapp acht Jahren verheiratet war, war ihm natürlich bald auf die Schliche gekommen, groß gekümmert hatte es ihn nicht. Im Gegenteil. Seine Eroberungen, unter ihnen ihre Pressesekretärin, die Schwägerin eines engen Freundes, Sekretärinnen im Weißen Haus und jede Menge adrette Damen, an deren Namen er sich beim besten Willen nicht entsinnen konnte, hatten Jackie regelrecht zur Weißglut getrieben.

An Anlässen, sich von ihm scheiden zu lassen, hatte folglich kein Mangel geherrscht, was seine Frau allerdings nicht weiter verfolgte. Wahrscheinlich war ein Leben im Luxus, wofür ihre Privatschatulle bei Weitem nicht ausreichte, allemal attraktiv genug gewesen, um hin und wieder ein Auge zuzudrücken. Der Präsident lächelte gequält. Fast die Hälfte des Geldes, das Jackie buchstäblich zum Fenster hinauswarf, ging für Kleider drauf, im laufenden Jahr bereits so viel, dass ihre Ausgaben sein Jahressalär in Höhe von 100.000 Dollar mit hoher Wahrscheinlichkeit überschreiten würden.

Im Vergleich zu den Problemen, mit denen er sich in seiner Eigenschaft als Präsident herumschlagen musste, waren Jackies Extravaganzen weniger dramatisch. Das meiste Kopfzerbrechen bereitete ihm derzeit Berlin, und er hätte viel dafür gegeben, wenn man ihm eine realistische Einschätzung der Lage geliefert hätte. Auf Dulles oder gar Calabrese konnte man sich nicht verlassen, weder auf sie noch auf die gesamte CIA. Wenn es eine Lehre gab, die er aus dem Schweinebucht-Desaster gezogen hatte, dann diese: Die Herren aus Langley, allen voran seine beiden Intimfeinde, waren lediglich auf ihren eigenen Vorteil aus. Wäre er dazu imstande gewesen, hätte er sie längst vor die Tür gesetzt und einen Mann seines Vertrauens auf den Chefsessel bei der CIA gehievt. Liebend gern sogar. Aus Mangel an Beweisen war er jedoch zur Untätigkeit verdammt, was ihm beträchtlich auf den Magen geschlagen hatte.

»Mist, verdammter!« Der Präsident bückte sich, hob einen Kieselstein auf und schleuderte ihn in hohem Bogen ins Meer. Genau das war der Punkt. Um bei der CIA aufzuräumen, musste er etwas in der Hand haben. Sonst würde mit seinen Plänen, möglichst bald ein Großreinemachen zu veranstalten, nicht weit kommen. Und wenn es etwas gab, das er sich momentan nicht leisten konnte, dann eine neuerliche Schlappe, weder im Privatleben noch in der großen Politik. Watch your back, Jack!, lautete folglich die Devise, gerade jetzt, wo es an allen Ecken und Enden zu kriseln begann.

Ohne die Gewitterwolken zu beachten, welche sich über dem Nantuckett-Sund zusammenbrauten, streifte der Präsident seine Segelschuhe ab, krempelte das Hosenbein hoch und watete durch das flache Wasser, das Rauschen der Brandung im Ohr, welche sich an den Riffen vor der Küste brach. Als Kind hatte es ihn immer wieder hierher gezogen, an die Strände von Massachusetts mit ihrem feinkörnigen weißen Sand. Hier hatte er Segeln gelernt, Tennis gespielt, im Kreise seiner Familie zahllose Wochenenden verbracht. Hier hatte er die wildesten Partys weit und breit gefeiert, die hübschesten Mädchen aufgerissen, hin und wieder einen über den Durst getrunken. Hier war er stets Jack gewesen, eines von insgesamt neun Geschwistern, die auf dem weitläufigen Anwesen seines Vaters herumtobten. Heute aber, seit einem knappen Dreivierteljahr, war er Präsident der USA, und es gab Tage, an denen er sich fragte, ob der Weg, den er beschritten hatte, der richtige für ihn war.

»Mister President, Mister President – ein Anruf für sie.« Also wirklich. Keine 100 Meter vom 24.000 Quadratmeter großen Anwesen der Kennedys entfernt, ließ der Präsident seinen Kopf nach vorn sacken und hielt resigniert inne. Nicht einmal hier, geschützt vor neugierigen Blicken, hatte man seine Ruhe. Nicht einmal am Samstagabend. »Es ist dringend!«

»So dringend, dass es nicht bis Montagmorgen warten kann?«

Der stellvertretende Stabschef des Präsidenten, ein Hüne mit baltischen Wurzeln, der ebenso gut hätte Footballprofi werden können, schlug die Augen nieder. »Mister President, Sir –«, druckste er herum. »Der stellvertretende Leiter der BOB* behauptet, er müsse unbedingt mit Ihnen reden.«

»Gar nichts muss er, es sei denn, der dritte Weltkrieg bricht demnächst aus. Egal, um was es sich handelt – ich bin nicht zu sprechen, verstanden? Weder für ihn noch für seinen Chef.«

»Genau das ist das Problem, Sir.«

»Was denn? Mein Gott, Andy, machen Sie es nicht so …«

---

* Berlin Operational Base der CIA

»Irgendwas stimmt da drüben nicht, Sir. Was genau, wollte mir McCleod allerdings nicht sagen.«

»Und sein Boss, was ist mit dem?«, wollte Kennedy wissen. »Zu beschäftigt, um sich Zeit für den Präsidenten zu nehmen?«

»Keine Ahnung«, gestand der baltische Kleiderschrank mit betretener Miene ein. »Sieht so aus, als ginge es in Berlin drunter und drüber.«

»Den Eindruck habe ich allerdings auch!«, vollendete Kennedy, im Begriff, sich auf den Rückweg zur 35-Zimmer-Villa seines Vaters zu machen, deren dreigiebeliges Dachgeschoss schon von Weitem zu erkennen war. »Wenn wir gerade von Durcheinander reden – schon etwas von Calabrese gehört?«

»Via Fernschreiber. Er lässt ausrichten, er sei gegen Mittag hier – wie von Ihnen gewünscht, Sir.«

»Gut zu wissen«, stieß Kennedy in einem Anflug von Sarkasmus hervor, blieb stehen und ließ den Blick über die sich mit rasender Geschwindigkeit nähernde Gewitterfront schweifen. »Höchste Zeit, dass ich mir den Herrn zur Brust nehme!«

SIEBEN

›Als es am 13. August gegen fünf Uhr zu dämmern begann, waren die ostdeutschen Baubrigaden und ihre bewaffneten Eskorten bereits bei der Arbeit. Das Überraschungsmoment war auf ihrer Seite gewesen, und so hatten sie ungestört an die Arbeit gehen können. Honeckers Triumph mit der ›Operation Rose‹ war unübersehbar.‹

(Aus: Frederick Taylor, Die Mauer. 13. August 1961 bis 9. November 1989. München 2009, S. 208)

DORNEN

Berlin / Hyannis Port, Massachusetts

(13.08.1961)

29

Berlin-Mitte, Brandenburger Tor | *01.05 h*

Es war genau ein Uhr, als das Licht ausging. Und es war Tom Sydow, dem in diesem Moment klar wurde, dass er einen Fehler gemacht hatte.

Einen Fehler, der nicht mehr wiedergutzumachen war.

Vor gut einer Stunde, bei seiner Ankunft vor dem Brandenburger Tor, war er zwar nervös, aber dennoch voller Zuversicht gewesen. Lea wusste genau, was sie tat und würde sich und Veronika nicht in Gefahr bringen. Besser, sie würde nichts überstürzen, kein unnötiges Risiko eingehen und angesichts der Gefahr, in die sie sich begeben hatte, ruhig und besonnen bleiben. Nur so würde es ihr gelingen, der Aufmerksamkeit der allgegenwärtigen Ordnungshüter zu entgehen und Veronika über die Grenze zu schleusen. Lea würde schon nichts passieren, hatte er sich selbst Mut gemacht, ganz gleich, wie riskant ihr Vorhaben war.

Kurz nach eins, als die Straßenbeleuchtung am Brandenburger Tor plötzlich erlosch, war seine Zuversicht jedoch wie weggeblasen. Zum Glück war da noch Karlheinz Pasewalk, ein alter Bekannter aus den Tagen der Blockade, vor dessen Imbisswagen er Position bezogen und den Sektorenübergang im Auge behalten hatte. Nach Bouletten und Berliner Kindl war ihm zwar nicht zumute, aber da es sich bei Fluppen-Kalle um einen waschechten Berliner mit beträchtlichem Erzähltalent handelte, hatte er es irgendwie geschafft, nicht durchzudrehen.

Zehn Minuten später, als die ersten gepanzerten Fahrzeuge auftauchten, war das Gespräch, in dessen Verlauf Sydow immer einsilbiger geworden war, jäh beendet. Beide, Sydow fast noch mehr als Pasewalk, waren zunächst wie paralysiert, und es dauerte mehrere Minuten, bis der Boulettenverkäufer, alles andere als auf den Mund gefallen, seine Sprache wiederfand.

»Ick gloob, mir tritt 'n Gaul!«, murmelte er vor sich hin, einen Zigarrenstummel im Mund, der sich allmählich in seine Bestandteile auflöste. »Die roten Socken da drüben machen tatsächlich ernst.«

In der Tat, sie machten tatsächlich ernst. Nicht fähig, einen klaren Gedanken zu fassen, wandte sich Sydow abrupt ab und bewegte sich wie in Trance auf den Sektorenübergang zu. Wie vor den Kopf geschlagen, loderte unbändiger Zorn in ihm empor, wäre Lea nicht gewesen, nach der er verzweifelt Ausschau hielt, hätte er vermutlich die Beherrschung verloren.

Und so nahmen die Ereignisse ihren Lauf, als sei das, was sich jenseits der Sektorengrenze abspielte, eine Selbstverständlichkeit. Sydow fehlten die Worte, und er fragte sich, wie es sein konnte, dass die Vorbereitungen für dieses Überrumpelungsmanöver geheim geblieben waren. Die Hände in den Hosentaschen vergraben und umgeben von einer wachsenden Menge, die aus ihrer Verbitterung keinen Hehl machte, ließ er den Blick über die Köpfe seiner Mitbürger schweifen und ballte die Rechte zur Faust. Ein Panzerwagen nach dem anderen, Wasserwerfer und kolonnenweise Betriebskampfgruppen, die automatischen Waffen griffbereit vor der Brust. Uniformierte hinter Stacheldraht, so weit das Auge reichte, dicht an dicht, Dutzende, wenn nicht gar Hunderte. Regungslos, starr, zu allem entschlossen. Auf westlicher Seite dagegen nur hier und da ein Polizist, von den Briten, der angeblichen Schutzmacht, keine Spur.

Sydow stieg die Zornesröte ins Gesicht. »Scheiß Briten!«, fluchte er halblaut vor sich hin, und das, obwohl seine Mutter Engländerin war. Ausgerechnet jetzt, im Angesicht der nahenden Katastrophe, schreckten die Alliierten davor zurück, Flagge zu zeigen. Ausgerechnet jetzt, wo man sie vielleicht hätte abwenden können. Sydow geriet ins Grübeln. Nun ja, mit Betonung auf ‚vielleicht'. Je länger er nachdachte, desto klarer wurde ihm, dass es nur eine Alternative zum sich anbahnenden Szenario gab.

Und diese Alternative hieß Krieg.

Hier Ami, dort Russki, lautete folglich die

Devise, keiner, so schien es, wollte dem anderen ins Gehege kommen. Für Sydow nichts als blanker Hohn, wusste er doch genau, dass man eine Stadt nicht so einfach aufteilen konnte. Allein der Versuch, dies zu tun, war für ihn ein Verbrechen. Ein Gewaltakt, der seinesgleichen suchte.

Eingekeilt in die immer dichter werdende Menge, sah sich Sydow Hilfe suchend um. Vopos, Stacheldraht und Militärfahrzeuge, so viele, dass man mit dem Zählen beinahe nicht nachkam. Und was geschah? Nichts. Das sollte mal einer verstehen. Ein halbes Dutzend amerikanische Panzer, und Chruschtschows Lakaien, die all das hier zu verantworten hatten, würden den Schwanz einziehen. Davon war er felsenfest überzeugt. Zutiefst verbittert, hatte Sydow Mühe, seinen Groll gegen die Machthaber in der DDR zu unterdrücken. Ende der Vorstellung, Pustekuchen. An einer Konfrontation mit den Russen waren Kennedy, Macmillan*, de Gaulle und wie sie sonst noch alle hießen, anscheinend nicht interessiert. Nicht im Entferntesten. Paroli bieten ja, aber wenn, dann nicht in Berlin. So und nicht anders lautete die Botschaft, welche aus London und Washington übermittelt wurde.

Die Menge, mittlerweile mehrere Hundert Passanten stark und zusehends in Rage, dachte anschei-

* Harold Macmillan (1894–1986), zum Zeitpunkt des Mauerbaus britischer Premierminister

nend ebenso wie er. Drohungen wurden ausgestoßen, Parolen skandiert, die Uniformierten vor dem Brandenburger Tor mit Schimpfwörtern überhäuft. Das Gedränge wuchs, und mit jeder Minute, die verstrich, auch die Gefahr, dass die Lage eskalieren würde. Auge in Auge mit einer wütenden, nach vorn drängenden und vermutlich zu allem entschlossenen Menge, hatten die Westberliner Polizisten alle Hände voll zu tun, um die Passanten, für die es offenbar kein Halten mehr gab, in Schach zu halten. Es hätte nicht viel gefehlt, und der Zorn, welcher sich im Angesicht der waffenstarrenden Phalanx entlud, wäre in Gewalt umgeschlagen. Sydow tat sein Bestes, um die Umstehenden zu besänftigen, aber da es für ihn Wichtigeres gab, bahnte er sich einen Weg durch die Menge und ließ das Brandenburger Tor, vor dem in diesem Augenblick Geschichte geschrieben wurde, hinter sich.

Er hatte genug gesehen, zumindest für den Augenblick. Was zählte, war allein Lea, Lea und nochmals Lea. Und natürlich Veronika. Was war mit ihr passiert, weshalb waren sie und Vroni nicht am vereinbarten Treffpunkt erschienen? War sie kontrolliert, am Ende gar von den Vopos aufgegriffen worden? Oder hatte sie vielleicht jemand denunziert? Oder hatte sie, weshalb auch immer, auf einen anderen Sektorenübergang ausweichen müssen? Nur noch von dem Gedanken beseelt, Lea ausfindig zu machen, eilte Sydow zum Potsdamer Platz, vorbei an den Vopos, welche entlang der Ebertstraße Aufstellung nahmen und die Sektorengrenze mithilfe von Stacheldraht abzusichern begannen. Noch war ihr Werk nicht vollendet, noch gab es Stellen, an denen beherzte Westberliner die Spirallagen zur Seite schoben, Lücken, durch die auf der anderen Seite wartende Ostberliner entkommen konnten. Sydow half, wo er nur konnte. Doch dann, nur einen Steinwurf vom Potsdamer Platz entfernt, tauchten mehrere Schützenpanzer auf, gefolgt von Baukolonnen, die weitere Stacheldrahtspiralen verlegten. Auf die wiederum ein Trupp Volkspolizei folgte, im Begriff, möglichst viele Ostberliner an der Flucht zu hindern.

Drauf und dran, seine Waffe zu ziehen, blieb Sydow stehen und sah den Hauptmann, der den Befehl zur Ergreifung einer vierköpfigen Familie gab, mit einer Mischung aus Wut und Entsetzen an. Vor 16 Jahren, bei Kriegsende, hatte er noch gehofft, dass sich Szenen wie diese so schnell nicht wiederholen würden. Nicht einmal im Traum hätte er damals daran gedacht, dass er eines Besseren belehrt werden würde.

»Hände weg von den Leuten!«, herrschte Sydow den Hauptmann der DVP* an, ziemlich sicher, ihn schon einmal gesehen zu haben. Dieser wiederum, höchstens 20 Meter von ihm entfernt, dachte offenbar nicht daran, klein beizugeben, stemmte die

---

* Deutsche Volkspolizei

Hände in die Hüften und näherte sich der Demarkationslinie, um Sydow zurechtzuweisen.

Sehr weit kam der schneidige, hoch aufgeschossene und dunkelhaarige Endzwanziger mit der tadellos sitzenden grünen Uniform, Prototyp des dienstbeflissenen Staatsdieners, jedoch nicht. Den Mund halb offen, blieb ihm die Antwort, die er Sydow geben wollte, gleichsam im Halse stecken. Im Licht der Scheinwerfer, welche auf östlicher Seite aufgestellt worden waren, wirkte er noch bleicher als sonst, bleicher als der forsche Absolvent der Polizeischule, den sein Gegenüber, kaum weniger überrascht als er, bereits mehrfach getroffen hatte.

Es war Sydow, der als Erstes die Sprache wiederfand, just in dem Moment, als die Ostberliner Familie eine Lücke im Stacheldraht erspähte, die Verblüffung der Uniformierten, welche ihrem Vorgesetzten fragende Blicke zuwarfen, kurzerhand ausnutzte und wohlbehalten auf die andere Seite der Demarkationslinie entkam. »Wo sind Lea und Veronika?«, schrie Sydow den Vopo an, froh über die Drahtrolle, welche ihn davon abhielt, eine neuerliche Dummheit zu begehen. Der Hauptmann, an dem seine Stieftochter aus unerfindlichen Gründen einen Narren gefressen hatte, öffnete den Mund, um etwas zu sagen, überlegte es sich jedoch anders und bedeutete seinen Leuten, die Lücke im Stacheldraht zu schließen. »Raus mit der Sprache, Viktor, sonst kannst du was erleben!«

»Wenn Sie klug sind, guter Mann, halten Sie jetzt den Mund!«, bellte der Vopo zurück und tat so, als habe er Sydow noch nie gesehen. Dies gelang ihm mehr schlecht als recht, was jenen erst richtig in Rage brachte. »Sonst sehe ich mich gezwungen, Maßnahmen gegen Ihre Provokation zu ergreifen!«

»Du sagst mir jetzt, wo die beiden sind«, knirschte Sydow, kurz davor, ausfallend zu werden, und trat gegen den Pfosten, an dem der Stacheldraht befestigt worden war, »haben wir uns verstanden, *Herr Kunersdorf*? Sonst ...«

»Wachtmeister Kallwass, Leutnant Strelitz – weisen Sie den Mann darauf hin, dass er sich des unerlaubten Grenzübertritts schuldig gemacht und für den Fall, dass er seine Provokationen nicht unterlässt, mit ernsthaften Konsequenzen zu rechnen hat.«

»Sag mal, du Schnösel, hast du eigentlich nichts Besseres zu tun als den Hilfssheriff zu spielen?«, brüllte Sydow, während seine Hand unter dem Sakko verschwand und nach dem Halfter tastete, in dem sich seine Dienstwaffe, eine geladene Walther P4, befand. »Grenzverletzung – komm mir doch nicht mit so was. Welche Grenze denn, verdammt noch mal? Ohne Chruschtschow und die Genossen in Moskau hättet ihr doch schon lange einpacken können. Und jetzt kommt der Herr Hauptmann daher und besitzt die Frechheit, das Wort Grenze in den Mund zu nehmen. Soll ich dir was sagen, du Klugscheißer? Wenn ihr schlau seid, hängt ihr eure Uniform an den Nagel und seht zu, dass ihr die Kurve kratzt. Sonst sehe ich schwarz, junger Mann!«

»Noch ein Wort, und ich sehe mich gezwungen, von der Waffe Gebrauch zu machen!«

»Nur zu, tu dir keinen Zwang an. Zum letzten Mal, Viktor – wo sind Lea und Veronika?«

»Lea? Veronika? Nie gehört.«

»Na schön, Herr Hauptmann, du hast es ja nicht anders gewollt!«, knurrte Sydow, den Griff seiner Waffe bereits in der Hand. »Ich zähle jetzt bis drei, und dann werden wir sehen, ob du und deine Kumpels ihr Handwerk verstehen!«

»Falls du es genau wissen willst, Tom«, zischte Kunersdorf und bedeutete seinen Leuten, sich außer Hörweite zu begeben, »Vroni ist dort, wo sie hingehört.«

»Bei dir zu Hause, stimmt's? Ohne von dem, was hier abläuft, auch nur die geringste Ahnung zu haben.«

»Du hast es erfasst.«

»Und Lea?«

»Verhaftet!«, stieß Kunersdorf mit verkniffener Miene hervor, »keine 100 Meter von meiner Wohnung entfernt.«

»Verhaftet? Von wem?«

»Na, von wem wohl?«, blaffte der Hauptmann

und sah sich rasch nach allen Seiten um. »Hör zu, Tom, ich war gerade auf dem Weg zum Dienst, als es … Ob du mir's glaubst oder nicht, ich konnte wirklich nichts für sie tun!«

»Du sagst mir jetzt, wo sie hingebracht worden ist, Viktor, oder ich jage dir auf der Stelle eine Kugel durch den …«

Doch Sydow kam nicht dazu, seine Drohung auszusprechen. »Halt!«, unterbrach ihn eine wohlbekannte Stimme, längst nicht so besonnen, wie man es von ihrem Besitzer gewohnt war. »Was machst du da, Tom – hast du den Verstand verloren?«

Krokowski. Was hatte denn der hier zu suchen? Die Hand am Griff seiner Walther P4, wechselte Sydows Blick zwischen seinem Assistenten und einem gewissen Viktor Kunersdorf, mit dem er vom heutigen Tage eine Rechnung offen hatte, hin und her. Dann zog er die Hand zurück, verkniff sich die höhnische Bemerkung, welche ihm auf der Zunge lag, und wandte sich seinem konsternierten Assistenten zu. Der wiederum fackelte nicht lange und packte Sydow so fest am Handgelenk, dass ihm gar nichts anderes übrigblieb, als sich aus der Gefahrenzone eskortieren zu lassen.

»Wo kommst du eigentlich her?«, wollte Sydow auf dem Rückweg zum Brandenburger Tor wissen, insgeheim froh, dass Krokowski rechtzeitig zur Stelle gewesen war. »Sag bloß, du bist mir die ganze Zeit über auf den Fersen gewesen!«

»Du hast es erfasst, Tom – oder kennst du jemanden, bei dem du besser aufgehoben bist als bei mir?«

»Wenn du so fragst, Kroko – bei Lea.«

»Mach dir keine Gedanken, Tom, uns wird schon etwas einfallen!«, warf Krokowski ein, bemüht, seinen Kollegen auf andere Gedanken zu bringen. Beim Anblick des Jeeps, in dem vier britische Militärpolizisten saßen und so taten, als gehe sie das Spektakel auf dem Pariser Platz nichts an, fiel ihm dies jedoch schwer. Dennoch ließ er sich nichts anmerken und behielt die Befürchtungen, welche er insgeheim hegte, für sich. »Die werden ihr schon nichts tun.«

»Und wenn doch?«

»Dann, mein lieber Tom, können wir momentan nichts dran ändern. So deprimierend sich das auch anhören mag. Das Beste ist, du fährst nach Hause und ruhst dich ein bisschen aus. Alles andere kann warten. Wer weiß, vielleicht lassen sie Lea wieder laufen.«

»Und wenn nicht?«

»Na schön«, lenkte Krokowski mit schicksalsergebener Miene ein, »was hast du vor?«

»Gute Frage.« An der Sektorengrenze, mittlerweile hermetisch abgeriegelt und durch Stacheldraht und Spanische Reiter zusätzlich gesichert, war kein Durchkommen, Flucht ein Ding der Unmöglichkeit. Die DDR-Regierung hatte ganze Arbeit geleistet, zumindest was die Abriegelung der Grenze betraf. Hier kam nichts und niemand mehr durch, so viel stand fest. »Ich denke, es ist an der Zeit, einen kleinen Abstecher ins Präsidium zu machen.«

»Um diese Zeit? Wieso denn?«

»Erklär ich dir später.« Sydow gab Krokowski einen Wink, trat unter die nächstgelegene Laterne und drückte seinem verdutzten Assistenten die Liste in die Hand, welche Kuragin ihm überlassen hatte. »Na, alles klar, Herr Kommissar?«

»Jetzt haut es mich aber gleich um!«, murmelte Krokowski, dem es beim Überfliegen der Decknamen, Dienstgrade und Abteilungen, die auf dem Geheimdossier aufgeführt waren, beinahe die Sprache verschlug. »Da fragt man sich, wem man überhaupt noch trauen kann. Ich muss schon sagen, dieser Kuragin scheint sein Handwerk wirklich zu verstehen. Eine wahre Fundgrube, wenn du mich … halt! Das darf doch nicht wahr sein!«

»Weißt du jetzt, warum ich es nicht abwarten kann, bestimmten Herrschaften meine Aufwartung zu machen?«

Krokowski hob den Blick, gab Sydow das Dossier zurück und erwiderte: »Was heißt da ich – wenn es einem Vorgesetzten an den Kragen geht, bin ich natürlich mit von der Partie!«

30

Berlin-Hohenschönhausen, Zentrale Untersuchungshaftanstalt des MfS | *02.20 h*

Sie wusste nicht, wo sie sich befand, hatte keine Ahnung, was ihre Bewacher mit ihr vorhatten und erschauderte beim Gedanken an die Mittel, von denen diese Gebrauch zu machen pflegten. Aber sie wusste, dass die Staatssicherheit alles daransetzen würde, sie zum Sprechen zu bringen. Ganz gleich, wie lange sie dazu brauchen würde.

Genau das, schwor sich Lea, durfte jedoch nicht geschehen. Unter gar keinen Umständen, nicht einmal, wenn man sie auf jede nur erdenkliche Weise unter Druck setzen würde, durfte sie preisgeben, welchen Zweck sie mit ihrer Visite verfolgt hatte. Was besagte Methoden anging, welche die Herren vom MfS anwandten, gab sie sich keinerlei Illusionen hin. Vroni zuliebe, die sie aus allem heraushalten wollte, würde sie sämtliche Quälereien, zu denen Menschen überhaupt fähig waren, auf sich nehmen, Hauptsache, ihre Tochter, um die all ihre Gedanken kreisten, käme ungeschoren davon.

An Tom und die Hölle, durch die er ging, wollte sie dagegen lieber nicht denken, sie musste ihre ganze Kraft aufbieten, um die Gedanken an ihn aus ihrem

Kopf zu verbannen. Fürs Erste kam es darauf an, nicht die Fassung zu verlieren, Haltung zu bewahren, wie es ihr Vater, Junker, Preuße und damit Klassenfeind par excellence, ausgedrückt hätte. Angesichts der Situation, in der sie sich befand, vielleicht nur Wunschdenken, aber immerhin ein Weg, um dem Verhöroffizier, in dessen Zimmer sie soeben eskortiert worden war, Paroli zu bieten.

Schweigen, nicht einmal ein Blick hinüber zur Tür. Alle, mit denen sie bislang in Berührung gekommen war, hatten, wenn überhaupt, nur das Nötigste gesprochen. Angefangen bei den Zivilfahndern, die ihr zum Verhängnis geworden waren, bis hin zu den Wärterinnen, die sie in Empfang genommen, eine Leibesvisitation durchgeführt und sie anschließend in ihre Zelle gebracht hatten, war man sorgsam darauf bedacht gewesen, sie über die Gründe ihrer Verhaftung im Unklaren zu lassen. Lea wusste, dass dies Teil einer Strategie war, einer Taktik, die darauf abzielte, sie einzuschüchtern und so schnell wie möglich gefügig zu machen.

Mit so etwas, das heißt mit Psychoterror, hatte sie gerechnet, aber was ihr am meisten zugesetzt hatte, war, dass sie nicht wusste, wohin man sie gebracht hatte. Der Wartburg-Transporter, in den man sie verfrachtet hatte, war fensterlos, erst beim Aussteigen, etwa eine halbe Stunde nach ihrer Verhaftung, hatte ihr gedämmert, dass sie nicht auf die Wache, sondern gleich ins Gefängnis gebracht worden war.

Dort, in ihrer Zelle, war ihr endgültig klar geworden, auf was es in ihrer Situation ankommen würde. An diesem Ort, zwischen schallisolierter Tür, Pritsche, Fenster aus verstärktem Milchglas und weiß getünchter Wand, durfte sie keine Schwäche zeigen, weder im Angesicht der Grabesstille, welche sie umfing, noch beim Anblick des Stasi-Schergen, der so tat, als habe er sie nicht bemerkt.

»Ein Rat unter Landsleuten – wenn ich Sie wäre, würde ich mit offenen Karten spielen.« Der mittelgroße, zu Fettleibigkeit und widernatürlicher Blässe neigende Stasi-Beamte, nach Leas Schätzung gerade einmal 30, überflog die Akte, welche vor ihm auf dem Schreibtisch lag, und blickte gelangweilt auf. Er schien es nicht eilig zu haben, zumindest nicht nach außen hin. Um seine Entspanntheit, die lediglich Fassade war, zu dokumentieren, summte er leise vor sich hin und ließ die Ellbogen auf seinem Schreibtisch ruhen. Das vorspringende Kinn auf die Daumenkuppen gestützt, waren seine graublauen Augen auf die gepolsterte Doppeltür geheftet, welche das Verhörzimmer mit der Außenwelt verband. Lea wusste, was ihr dieser Blick klarmachen sollte, nämlich dass es kein Entkommen gab und dass sie ihrem Gegenüber, aus dessen Blick der versierte Menschenschinder sprach, auf Gedeih und Verderb ausgeliefert war. Die drei Sterne auf seiner Uniformjacke, die auf einem Bügel neben dem Fenster hing, wiesen ihn als Oberleutnant in Diensten des Ministeriums für Staatssicherheit aus, als einen Mann, der, so stand zu befürchten, reichlich Erfahrung im Umgang mit Leuten wie ihr besaß.

Dies sollte sich prompt bestätigen. »Hinsetzen, Hände auf die Oberschenkel und Augen geradeaus!«, fuhr sie der Oberleutnant jäh an und deutete auf den Schemel neben der Tür. »Hinsetzen, oder brauchen Sie eine Extraeinladung?«

Lea wollte aufbegehren, besann sich jedoch eines Besseren und fügte sich.

»Na also, warum nicht gleich.« Von der Wirkung, die er erzeugt hatte, sichtlich angetan, fuhr der Verhöroffizier durch sein angefeuchtetes, sorgsam gescheiteltes braunes Haar und ließ den Blick auf der Kladde ruhen, welche vor ihm auf dem Schreibtisch lag. »Sie werden verstehen, Frau …«

»Sydow, Lea Sydow.«

»*Von* Sydow, es sei denn, die Kollegen von der Zivilfahndung hätten mich falsch informiert.«

»Sie haben recht. Wir legen jedoch keinen Wert darauf, mit ›von‹ angesprochen zu werden.«

»Wir?«

»Mein Mann und ich.«

»Ein alter Bekannter von uns. Zu ihm kommen wir später, keine Bange.« Ein süffisantes Lächeln auf den Lippen, neigte der Stasi-Beamte den Kopf zur Seite und ließ den Blick durch das nur wenige Quadratmeter große, spartanisch möblierte Zimmer gleiten, in dem sich außer dem Hocker, auf dem Lea saß, nur ein Schrank, ein Beistelltisch und eine reparaturbedürftige Kommode befanden. Alles andere als reparaturbedürftig und auf dem neuesten Stand der Technik war dagegen die Abhöranlage, welche sich im angrenzenden Zimmer befand. Aber davon wusste Lea, die sich voll und ganz auf ihren Kontrahenten konzentrierte, natürlich nichts. »Ein Grund mehr, sich mit Ihnen zu beschäftigen. Das sehen Sie doch ein, Frau *von* Sydow, oder?«

»Wenn Sie mich so fragen, Herr …«

»Oberleutnant, ganz einfach Oberleutnant, wenn es keine Mühe macht.«

»Wenn Sie mich so fragen, Herr Oberleutnant – nein.«

»Wirklich nicht?« Der Verhöroffizier brach in gekünsteltes Gelächter aus. »Macht nichts, dann muss ich eben ein bisschen nachhelfen. Um es kurz zu machen, gnädige Frau: Mit dem Märchen, das sie meinen Kollegen aufgetischt haben, kommen Sie bei mir nicht durch. Nehmen wir an, Sie wären an meiner Stelle – was würden Sie dazu sagen, wenn eine Westberlinerin mitten in der Nacht aufgegriffen wird und behauptet, Sie sei – aus Spaß an der Freude! – auf die Idee verfallen, eine Spritztour durch die Hauptstadt unserer Republik zu machen. Wie gesagt – einfach so, aus purer Langeweile. Was würden Sie dazu sagen?«

»Das weiß ich nicht.«

»Aha, das wissen Sie nicht!«, höhnte der Verhöroffizier und ließ den Zeigefinger über die Knöpfe der Gegensprechanlage gleiten, gerade so, als sei sie, Lea Sydow, im Grunde Nebensache für ihn. »Sie erwarten doch nicht, dass ich das glaube, oder?«

»Nein, Herr Oberleutnant«, lautete die Antwort, so entschieden, dass der Offizier überrascht aufblickte. »Was ich dagegen erwarte, ist, wie ein anständiger Mensch und nicht wie eine Verbrecherin behandelt zu werden.«

»Anständig?«, erboste sich der Oberleutnant und hieb mit der flachen Hand auf den Tisch. »Habe ich da eben richtig gehört? Eine ausländische Spionin, Saboteurin und Agentin, höchstwahrscheinlich in Diensten der CIA, besitzt die Frechheit, mir Vorschriften zu machen. Ich will Ihnen mal was sagen, Frau Oberlehrerin. Wenn Sie den Mund weiter so voll nehmen, werden Sie ihr blaues Wunder erleben. Ich muss Sie warnen, und das zum allerletzten Mal. Sollten Sie nicht kooperieren, werde ich zu anderen Mitteln greifen. Und was heißt hier überhaupt ›Verbrecherin‹! Wenn Sie keine sind, wer dann? Lässt sich hier einschleusen, schnüffelt herum, spioniert die Hauptstadt unseres sozialistischen Vaterlandes aus und tut so, als sei nichts geschehen. Das muss man sich mal vorstellen. Da gehört allerhand Dreistigkeit dazu. Beziehungsweise jede Menge kriminelle Energie.«

»Das glauben Sie doch wohl selbst nicht, Herr Oberleutnant.«

»So, meinen Sie«, erwiderte ihr Gegenüber, von

einem Moment auf den anderen wieder beherrscht und so ruhig, dass es den Anschein hatte, als habe es seinen Wutausbruch nicht gegeben. »Tja, wenn das so ist, führt an einem verschärften Verhör kein Weg vorbei.«

Verschärftes Verhör. So nannte man das also. Lea biss auf die Oberlippe und schwieg.

»Damit haben Sie nicht gerechnet, was? Das macht Ihnen Angst, man sieht es Ihnen an. Vorschlag. Nennen Sie mir die Namen Ihrer Hintermänner, und ich setzte mich dafür ein, dass die Haftstrafe, welche Ihnen droht, nicht allzu hoch ausfallen wird.«

»Gefängnis – ich?«

»Ja, was haben Sie denn gedacht? Doch nicht etwa, dass wir Sie wieder laufen lassen würden? Da kennen Sie mich aber schlecht. Höchste Zeit, dass Sie kooperieren, gute Frau. Sonst werden Sie den Rest Ihres Lebens hinter Gittern verbringen. Also, was ist – sind Sie bereit, auf mein Angebot einzugehen oder nicht?«

»Danke für Ihre großzügige Offerte, Herr Oberleutnant, ich weiß es wirklich zu schätzen. Was mich betrifft, ziehe ich es vor, Abstand davon zu nehmen.«

»Unter uns, Frau Von und Zu – glauben Sie wirklich, dass ein Wiedersehen mit Ihrem Mann unter den gegebenen Umständen überhaupt zur Debatte steht? Ja? Wenn dem so ist, muss ich Sie enttäuschen. Eine Rückkehr in heimische Gefilde können Sie auf unbestimmte Zeit vergessen. Traurig, aber wahr. Und wissen Sie auch, wieso? Bei uns macht man mit Agenten, Saboteuren und subversivem Gesindel nämlich kurzen Prozess. Das zum Thema Zukunftsperspektiven. Wobei ich Ihnen den Rat geben darf, mich beim Wort zu nehmen. Apropos – wie wär's mit einem kleinen Rundgang durch unsere Katakomben? Glauben Sie mir, Frau von Sydow: Dort drunten sind schon ganz andere Kaliber als Sie schwach geworden.«

»Das heißt, Sie beabsichtigen, mich mit Gewalt zum Reden zu bringen.« Lea strich ihr Haar hinter die Ohren, musterte den Verhöroffizier und beeilte sich hinzuzufügen: »Insofern es überhaupt etwas zu gestehen gibt.«

»Nennen Sie es, wie Sie wollen.« Die Stirn in Falten, hielt der Oberleutnant Ihrem Blick mühelos stand. »Ob Sie mir's glauben oder nicht – über kurz oder lang komme ich sowieso ans Ziel. Auch ohne verschärftes Verhör, spezielle Diät, Dunkelarrest, U-Boot* oder Mätzchen jedweder Art.«

»Fragt sich nur, wie.«

»Vorsicht, Frau von Sydow, Sie spielen mit dem Feuer!«, drohte der Stasi-Offizier und schnellte zähnefletschend nach vorn. »Sie reden sich um Kopf und Kragen. Wie ich Sie zur Vernunft zu

* Spitzname für den unterirdisch gelegenen Zellentrakt, in dem sich weitere Zellen befanden

bringen gedenke, wollen Sie wissen? Nichts leichter als das.«

»Wenn Sie meinen.«

»Ihre Überheblichkeit wird Ihnen vergehen, keine Sorge.« Der Oberleutnant stand auf, umrundete den Schreibtisch und baute sich breitbeinig vor Lea auf. »Wissen Sie eigentlich, gnädige Frau, dass wir jede Menge Junggesellen in unseren Reihen haben? Auch solche, die auf Leute Ihres Schlages nicht übermäßig gut zu sprechen sind? Kollegen, für die es eine Freude wäre, mal wieder richtig – wie drücke ich mich jetzt bloß aus? Genau! –, Kollegen, für die es eine Freude wäre, endlich mal wieder ausspannen zu können?« Ein hämisches Grinsen im Gesicht, legte der Verhöroffizier den Zeigefinger unter Leas Kinn, drückte es in die Höhe und warf einen Blick auf die Uhr. »Kurz nach halb drei«, verkündete er mit tonloser Stimme. »Zeit, sich ein paar Stunden aufs Ohr zu legen. Nein, nein – nicht Sie, Gnädigste. Gestatten Sie mir, dass ich mich zurückziehe. Was die freundschaftliche Unterhaltung betrifft, welche Ihnen bevorsteht, ist ein Kollege von mir an der Reihe. Keiner von der vorhin beschriebenen Sorte, das kann ich Ihnen versichern.« Der Oberleutnant zog den Zeigefinger zurück und wandte sich zur Tür. »Sollten Sie es sich bis zu meiner Rückkehr um neun Uhr nicht anders überlegt haben, sehe ich mich gezwungen, Ihr Schicksal in die Hände von Mitarbeitern zu legen, deren Benehmen – speziell gegenüber Frauen – stark zu wünschen … die ein ausgesprochen zupackendes Wesen besitzen, wollte ich sagen! Bedauerlich, aber nun mal nicht zu ändern.« Die Hand auf der Klinke, drehte sich Leas Peiniger um und schloss mit den Worten: »Ich hoffe, wir verstehen uns, Frau *von* Sydow. Gewaltanwendung ist mir nämlich ein Gräuel. Und was Ihren Mann betrifft, werde ich mir die Freiheit nehmen, ihn über die missliche Lage, in der Sie sich befinden, in Kenntnis setzen zu lassen.«

»Lassen Sie Tom aus dem Spiel, hören Sie?«

»Bedaure, Frau von Sydow, das wird nicht möglich sein.«

»Lassen Sie ihn in Ruhe, er hat Ihnen nichts …«, begann Lea, brach jedoch mitten im Satz ab und schwieg.

»Und ob er uns etwas getan hat, du dämliche Pute«, presste der Oberleutnant hervor, das Gesicht zu einer wütenden Grimasse verzerrt. »Zur Feier des Tages haben wir uns auch etwas ganz Besonderes einfallen lassen. Um deinem Beschäler mal so richtig auf den Zahn fühlen zu können, tragen wir uns mit dem Gedanken, ihm einen kleinen Tauschhandel vorzuschlagen. Dein Leben für dasjenige deiner besseren Hälfte, auf deren Eintreffen wir uns schon jetzt riesig freuen. Na, was sagst du dazu? Wahrlich ein Grund zum Feiern, oder?«

31

Berlin-Schöneberg, Dienstgebäude der Kripo in der Gothaer Straße | 08.30 h

»Pünktlich zum Dienst – so haben wir's gern.«

»Was fällt Ihnen eigentlich ein, Sydow!«, spie Kriminalrat Oelßner wutschnaubend hervor und warf die Tür von Sydows Dienstzimmer hinter sich zu. »Kaum bin ich hier, erfahre ich, dass Sie sich meinen Anordnungen widersetzt und auch noch die Frechheit besessen haben, hier aufzukreuzen. Was haben Sie sich eigentlich dabei gedacht? Damit wir uns richtig verstehen, Herr Hauptkommissar: Wenn ich jemanden vom Dienst suspendiere, meine ich es auch so!« Dunkelrot vor Zorn, plusterte sich Oelßner wie eine Krähe auf und reckte ihm wütend den Zeigefinger entgegen. »Das wird Konsequenzen haben, darauf können Sie sich verlassen!«

»Wenn hier einer mit Konsequenzen zu rechnen hat, dann Sie, Oelßner«, kanzelte Sydow seinen Vorgesetzten ab, schwang die Füße von der Tischkante und richtete sich zu voller Größe auf. »Sie und ein halbes Dutzend weitere Kollegen, die für die gleiche Firma tätig sind. Dumm nur, dass es dem Herrn Kriminalrat bei der Stasi zu langweilig geworden ist, sonst hätte er wohl kaum den Entschluss gefasst, bei der Konkurrenz anzuheuern. Heute MfS, morgen CIA. Kompliment, Oelßner. Ein atemberaubender Aufstieg, den Sie da hinter sich haben. Macht nichts – man muss ja schließlich sehen, wo man bleibt. Hauptsache, die Kohle stimmt. Oder die eigene Karriere im Dienst von Vater Staat wird von unsichtbarer Hand gelenkt.« Kurz davor, auf Oelßner loszugehen, klammerte sich Sydow an den Tisch und funkelte seinen Widersacher grimmig an. »Wenn das nicht nach Konsequenzen schreit, Sie Mistkerl, will ich nicht Tom Sydow heißen!«

Der Frontalangriff wirkte. »Stasi?«, echote Oelßner, wich einen Schritt zurück und ließ sich im Zeitlupentempo auf den Stuhl sinken, den Krokowski ihm mit süffisantem Grinsen unter die Sitzfläche schob, bevor er in aller Eile das Zimmer verließ. »CIA?«

»Immer hübsch der Reihe nach!«, erwiderte Sydow, umrundete den Schreibtisch und rieb dem Kriminalrat das Dossier unter die Nase, welches ihm von Kuragin zugespielt worden war. »So viel Zeit muss sein! Zur Sache. Trifft es zu, dass es sich bei dem IM mit dem Decknamen Kolberg, von Beruf Kriminalrat und laufende Nummer sieben auf dieser Liste, und einem gewissen Ferdinand Oelßner, seines Zeichens Chef der Mordkommission, um ein und dieselbe Person handelt? Raus mit der Sprache, Sie Ganove, bevor ich die Geduld verliere!«

»Was erlauben … woher wollen Sie das … das ist ja wohl wirklich die …«

»… Höhe, finde ich auch, Sie … Aber lassen wir das.« Sydow ballte die Rechte zur Faust, riss sich jedoch am Riemen und kehrte vorsichtshalber hinter den Schreibtisch zurück. »Eins muss man Ihnen lassen, Oelßner. Das haben Sie schlau eingefädelt. Hut ab. Wissen Sie eigentlich, wie ich dahinter gekommen bin, dass Sie arroganter Scheißkerl ein doppeltes Spiel mit uns treiben?«

»Eins muss man *Ihnen* lassen, Herr Kriminalhauptkommissar. Sie besitzen eine blühende Fantasie.«

»Ihr Rückzugsgeplänkel können Sie sich sparen. Bei mir verfängt so was nicht.« Sydow setzte sich. »Zugegeben, es hat ziemlich lange gedauert, bis ich auf den Trichter gekommen bin. Tja, Herr Kriminalrat, so kann's gehen. Da beschließt man, einer subalternen Charge den freien Tag zu vermiesen und drückt ihr einen Fall aufs Auge, ungeachtet der Tatsache, dass es genug Kollegen gibt, die ihn hätten übernehmen können. Und siehe da – der Schuss geht nach hinten los. Dumm gelaufen, Oelßner, wirklich dumm gelaufen. Wer weiß, was passiert wäre, wenn Sie den Fall jemand anderem übertragen hätten.« Die Beine über Kreuz, machte Sydow aus seiner Genugtuung keinen Hehl. »Fehler Nummer zwei: Gestern Abend kreuzen Sie ohne Vorankündigung hier auf, hängen den Kriminalrat raus und entziehen mir den Fall wieder, und das ohne triftigen Grund. Da kommt man ins Grübeln, Oelßner, und fragt sich, was der Herr Vorgesetzte damit bezweckt. Antwort: Weil ihm klar wurde, dass er sich den Falschen rausgepickt hat. Und weil er die Order bekam, seinen Fehler zu korrigieren.«

»Order? Was Sie nicht sagen. Und wer, sieht man einmal vom Polizeipräsidenten ab, wäre befugt, mir Befehle zu erteilen? Mister X?«

»Nein, Mister Ross. Aber dazu kommen wir gleich. Die Frage, die sich mir aufdrängt, ist nämlich eine andere.«

»Und die wäre?«

»Wie kommt es, dass niemand spitzgekriegt hat, auf welcher Seite Sie in Wahrheit stehen? Vor allem, wenn man bedenkt, dass es Ihnen gelungen ist, eine Abhöranlage zu installieren, mit deren Hilfe Sie sämtliche Telefongespräche ihrer Untergebenen nach Belieben mitverfolgen konnten. Immer mit der Ruhe, Oelßner. Leugnen hat keinen Zweck. Krokowski und ich haben uns nämlich die Freiheit genommen, Ihre Gemächer auf den Kopf zu stellen. Hat uns zwar ein wenig Zeit und beträchtliche Mühe gekostet, aber wie heißt es doch so schön? ›Wer sucht, der findet.‹ Tut mir leid, dass wir Ihren Schreibtisch in sämtliche Einzelteile zerlegt haben. Aber was soll's – benützen werden Sie ihn ohnehin nicht mehr.« Sichtlich entspannt, lehnte sich Sydow zurück und ließ das Kinn auf dem Daumen der rechten Hand ruhen. »Was Fehler Nummer drei angeht, haben Sie sich, mit Verlaub, wie ein blutiger Anfänger angestellt. Sie ahnen, worauf ich anspiele? Das Telefonat mit meiner Frau am gestrigen Abend – genau. Ich weiß schon, was Sie gleich sagen werden, Herr Kriminalrat. Privatgespräche im Dienst sind strikt untersagt. Recht so, Oelßner, so was lenkt nur ab. Was aber, wenn man plötzlich ein Knacken in der Leitung hört? So laut, dass man taub sein müsste, um es nicht zu bemerken? Da hört einer mit, denkt man, keine Frage. Zumal dieser Jemand, nämlich Sie, Herr Kriminalrat a. D., kurz darauf den Chef raushängen und die Frechheit besitzen wird, Sie vom Dienst zu suspendieren. Wie gesagt, da kommt man ins Grübeln, lässt sich aber nicht unterkriegen und ermittelt auf eigene Faust. Wollen Sie noch mehr hören, Oelßner, oder haben Sie endlich kapiert, wie der Hase läuft?«

»Nur zu – tun Sie, was Sie offenbar nicht lassen können.«

»Lassen dürfen, Herr Kriminalrat, lassen dürfen. Handelt es sich bei der Nummer, die Sie abgezogen haben, doch um das Dreisteste, was mir seit Langem untergekommen ist. Setzen wir also noch eins drauf, Sie Meisterspion. Nicht genug damit, dass Sie laufende Ermittlungen blockieren, kriegen Sie kurz darauf spitz, dass es in der Waldbühne zu einer wilden Schießerei gekommen ist. Böses ahnend, begeben Sie sich schleunigst zum Tatort und stellen zu Ihrem Schrecken fest, dass Jermaine Ross, Leiter der BOB der CIA und Ihnen somit bestens bekannt, dabei auf der Strecke geblieben ist. Zwei weitere Agenten, die das gleiche Schicksal erlitten haben, nicht zu vergessen. Das Verwunderliche daran: Einer von ihnen, ein gewisser James Landon Brannigan, ist von den Kugeln durchsiebt worden, die aus der Waffe des Dritten im Bunde stammt, dessen Namen wir bedauerlicherweise – noch nicht – kennen. So zumindest mein Freund und Kollege Heribert Peters, einer der ersten, der am Tatort erschien. Jetzt hatten Sie ein Problem, hab ich recht, Oelßner? Um von sich abzulenken, zögern Sie nicht lange und alarmieren die CIA, welche kurz darauf am Tatort erscheint, die Angelegenheit zu einer rein amerikanischen erklärt und meinen Freund Peters, der bedauerlicherweise Verdacht geschöpft hat, und die Kollegen von der Spurensicherung unverrichteter Dinge nach Hause schickt. Soweit alles korrekt, Oelßner?«

»Stasi, CIA – eine Räuberpistole so recht nach Ihrem Geschmack, stimmt's?«

»Auf gut Deutsch, Sie vermissen die Beweise. Kommen wir zunächst zur Stasi, nicht gerade fantasievoll, wenn es um die Kreation von Decknamen geht. Ich nehme an, Sie wissen, auf was ich anspiele, Genosse Kolberg. Um es kurz zu machen, Krokowski und ich waren so frei, einen Blick in Ihre Personalakte zu werfen. Stimmt, Oelßner, so was tut man natürlich nicht, aber da der Zweck nun einmal die Mittel heiligt, muss ich Sie bitten, über dieses fluchwürdige Vergehen hinwegzusehen. Da stehen wir also, können nicht anders und durchforsten Ihre Akte. Und was sehen unsere müden Augen? Unser allseits geschätzter Vorgesetzter stammt nicht, wie ursprünglich angenommen, aus Hannover, sondern wurde anno 28 im … Sie verstehen, worauf ich hinaus will, oder? … Genau, im beschaulichen Städtchen Kolberg in Hinterpommern geboren, von wo aus es ihn unter ungeklärten Umständen in den Westen verschlug. Würde mich nicht wundern, wenn dies nach der Gründung des ersten Arbeiter-und-Bauern-Staates der Fall gewesen wäre, völlig legal und mit freundlicher Unterstützung des VEB Horch, Guck und Greif. Was die Gründe für Ihre berufliche Veränderung angeht, kann man zwar nur spekulieren. Fest steht indes, dass Sie für die CIA tätig gewesen sind. Und zwar nicht erst seit gestern Nachmittag. Oder wollen Sie etwa behaupten, dass der Anruf, den Sie gestern Abend kurz vor halb neun von Ihrem Apparat aus getätigt haben, nicht an das BOB gerichtet war? Sie sehen, Oelßner, Krokowski und ich haben unsere Hausaufgaben gemacht, weder Kosten, noch Mühen und schon gar nicht die Recherche bei der zuständigen Dame von der Fernmeldebehörde gescheut, damit wir etwas gegen Sie in die Hand bekommen. Stichhaltige Beweise sozusagen.

Damit Ihnen die Lust auf jedwede Sperenzchen von vornherein vergeht.«

»Und was haben Sie jetzt vor, Sydow? Mir eine Kugel durch den Kopf zu jagen?«

»Wenn ich ehrlich bin, hätte ich große Lust dazu!«, konterte Sydow, urplötzlich wie verwandelt, und sprang mit hochroter Miene auf. »Etwas anderes haben Sie auch nicht verdient. Da ich Ihrer Dienste aber noch bedarf, werde ich davon absehen, von meinem Schießprügel Gebrauch zu machen.«

»Dienste? Wie darf ich das verstehen?«

»Kein Wunder, dass Sie so dämlich aus der Wäsche gucken«, spottete Sydow, durchmaß den Raum und lehnte sich mit dem Rücken an die Tür. »An Ihrer Stelle würde mir der Hintern jetzt auch auf Grundeis gehen. Zumal Sie sich hier in Berlin nirgendwo mehr blicken lassen können. Es sei denn, Sie haben vor, mit einer Schlinge um den Hals rumzulaufen. Schöne Aussichten, was? Aber keine Sorge. Als wahre Menschenfreunde haben mein Freund Krokowski und ich uns etwas ganz Besonderes einfallen lassen. Sie werden Ihre helle Freunde daran haben, das kann ich Ihnen versprechen.«

»Rache an einem Wehrlosen – keine Kunst.«

Sydow krümmte sich vor Lachen. »Da haben Sie recht, Oelßner. Was das betrifft, sind Ihre Ex-Kollegen in der Normannenstraße wesentlich einfallsreicher als wir.«

Kreidebleich im Gesicht, wirbelte Oelßner herum, öffnete den Mund und starrte seinen Gegenspieler mit angsterfüllter Miene an.

Sydow ließ ihn jedoch nicht zu Wort kommen. »Normannenstraße«, wiederholte er, »Sie haben richtig gehört. Ich muss nicht extra betonen, dass die Rückkehr in Ihre angestammte Heimat die einzige Chance für Sie ist, Ihren Kopf zu retten. Und für Ihre Mitstreiter natürlich auch.«

»Das … das können Sie doch nicht machen.«

»Und ob ich das kann. Aber keine Angst. Was mich betrifft, werden die dortigen Genossen nichts von Ihrer Nebenbeschäftigung erfahren. Ist mir egal, welchen Bären Sie denen aufbinden. Apropos Bär, Oelßner. Selbstverständlich ist der Polizeipräsident über die geplante Aktion im Bilde und würde Sie und die übrigen Genossen lieber heute als morgen loswerden. Kann ich verstehen. Ganz schön peinlich, wenn herauskäme, wer sich im Lauf der Jahre so alles bei der Kripo getummelt hat.«

»Und wo ist der Haken? Sie machen das doch nicht ohne Grund.«

Anstelle einer Antwort, auf die sein Widersacher mit versteinertem Gesichtsausdruck wartete, wandte sich Sydow nach rechts, wo sich ein mit Akten, juristischen Handbüchern und Zeitschriften vollgestopftes Regal befand, trat ganz nahe an einen Leitzordner heran und sagte: »Mikro aus,

Kroko.« Und dann, mit ein paar Sekunden Verspätung: »Was es jetzt zu besprechen gibt, geht nur mich und Herrn Oelßner etwas an.«

32

Hyannis Port, Massachusetts
| 03.10 h Ortszeit (09.10 h Berliner Zeit)

Eine Minute Dauerklingeln. Schriller, als man es sich überhaupt vorstellen konnte. Stille. Eine weitere Minute, vorsichtig geschätzt. Abermalige Stille, begleitet von infernalischem Schädelbrummen. Und dann, quasi als Zugabe, das Ganze noch einmal von vorn. Ausgerechnet jetzt, ein paar Sekunden nach dem Einschlafen, wo er doch gehofft hatte, in Ruhe seinen Rausch ausschlafen zu können.

Mit einem Wort – die perfekte Tortur.

Verkatert wie noch nie, ächzte Andy Peterson, stellvertretender Stabschef des Präsidenten der USA, wie unter Schmerzen auf, begrub seinen Brummschädel unter dem Kissen und nahm sich vor, das Läuten des Telefons zu ignorieren. Dies schlug jedoch fehl, zum einen, weil der unbekannte Anrufer nicht aufgab, zum anderen, weil es sich bei dem trinkfesten Sohn eines schwedischen Vaters und einer Lettin aus Riga um einen der loyalsten Weggefährten Kennedys handelte. Der Gedanke, er werde gebraucht, ließ ihm keine Ruhe, und so wälzte sich der sechs Fuß und fünf Inch große und 112 Kilo schwere Hüne auf den Bauch, hechelte wie ein Marathonläufer und machte den Versuch, nach dem Hörer zu greifen. Bis er ihn endlich zu fassen bekam, verstrich eine volle Minute, genug Zeit, um sich und seinen ausgeprägten Hang zu harten Drinks gleich mehrfach zu verfluchen.

Doch dann, nach mehreren vergeblichen Versuchen, hatte er es endlich geschafft. »Ja?«, krächzte Andris alias Andy Peterson, die Augen zugepresst und so benommen, als ob er von Cassius Clay persönlich ausgeknockt worden wäre. »Was … was zum Henker ist denn eigentlich los?«

Zu mehr war das baltische Kraftpaket nicht imstande, aller Trinkfestigkeit zum Trotz.

»Guten Morgen, Andris. Na, gut geschlafen?«

Den Hörer am Ohr und einen Geschmack im Mund, von dem ihm noch schlechter wurde, als dies ohnehin der Fall war, rang Peterson nach Worten, kam jedoch über ein unartikuliertes Lallen nicht hinaus. Die Stimme kam ihm bekannt vor, zumindest so weit, dass er den Gedanken an etwas Dringliches oder die Aufgaben, die mit seiner Funktion als Chefkoordinator und Berater des Präsidenten zusammenhingen, getrost beiseiteschieben konnte. Wider Erwarten trug deren Klang jedoch nicht zu seiner Beruhigung bei, sondern sorgte für das genaue Gegenteil. Gerade eben noch halb in Trance, schlug Peterson die Decke zurück, ließ die Beine über die Bettkante gleiten und richtete sich langsam auf, begleitet von der trügerischen Hoffnung,

Opfer von Halluzinationen oder Hirngespinsten geworden zu sein.

Doch weit gefehlt. Da war etwas an dieser Stimme, das ihn aufhorchen ließ, etwas, das die Nachwirkungen der Zechtour, welche er und ein paar Agenten vom Secret Service durch die Bars, Hafenkneipen und den Jachtclub von Hyannis Port unternommen hatten, auf ein Mindestmaß reduzierte. »Geht so«, murmelte Andy Peterson, kurz nach Kriegsende aus seiner Heimat geflüchtetes Mitglied einer lettischen Untergrundorganisation, welche nach der Vertreibung der deutschen Besatzer und der Eroberung Rigas durch die Rote Armee ins Fadenkreuz des sowjetischen NKWD geraten und ohne Rücksicht auf den Blutzoll, den sie geleistet hatte, zerschlagen worden war. »Und mit wem habe ich das Vergnügen?«

»Du trinkst zu viel, Andris«, ließ der Anrufer, offenbar nicht mehr ganz jung und mit kaum wahrnehmbarem russischen Akzent, seelenruhig verlauten und erweckte den Anschein, als habe er es mit seinem kleinen Bruder und nicht etwa mit einem der einflussreichsten Männer im Weißen Haus zu tun. »Wenn du so weitermachst, gerätst du auf die schiefe Bahn. So wie damals, als ihr euch mit uns angelegt habt.«

»›Mit uns‹?«, echote Peterson, bemüht, sich die Verwirrung, welche Besitz von ihm ergriff, nach Möglichkeit nicht anmerken zu lassen. »Darf man fragen, wer Sie sind?«

»Ich muss schon sagen, Andris, du enttäuscht mich sehr«, lamentierte der Anrufer mit unverhohlenem Spott. »Und das ausgerechnet mir, nach allem, was ich für dich getan …«

Urplötzlich wie elektrisiert, ging ein Ruck durch Petersons Körper, und während sein Pendant weitersprach, fiel es ihm wie Schuppen von den Augen.

»… habe. Oder hast du die Zeit, in der dein Leben an einem seidenen Faden hing, etwa schon vergessen?«

»Nein.« Wie konnte er auch. Um zu vergessen, was sich der NKWD hatte einfallen lassen, um ihn und seine Kameraden gefügig zu machen, hätte er sich nicht nur alle paar Wochen, sondern jeden Tag bis zum Rand volllaufen lassen müssen. Dunkelhaft, Schlafentzug, verschärftes Verhör und was es sonst noch alles gab. So etwas konnte man nicht vergessen. Ein Lebtag nicht. »Auf keinen Fall.«

»Freut mich zu hören. Darf man fragen, wem es zu verdanken ist, dass du im Gegensatz zu deinen patriotisch angehauchten Gefährten nicht an die Wand gestellt worden bist?«

Man durfte. Die Antwort lautete: Einem NKWD-Leutnant, der es nicht fertiggebracht hatte, einen 15-Jährigen zu exekutieren und im Wald verscharren zu lassen.

»Gut zu wissen, dass deine Erinnerung noch funktioniert!«, frohlockte der Anrufer, an einer

Antwort offenbar nicht übermäßig interessiert. »Wenn wir gerade dabei sind, *Andy* – weshalb bist du eigentlich bei der CIA ausgestiegen?«

»Gegenfrage. Weshalb bist du immer noch mit von der Partie? Wo du doch weißt, welcher Mittel man sich in der Firma mittlerweile bedient.«

»Du wirst lachen, Andris – genau deswegen rufe ich an.«

»Was willst du, Juri?«

»Warum denn so barsch, Chief of Staff? Etwas mehr Freundlichkeit stünde dir gut zu Gesicht.«

»Sag, was du willst, Juri. Du rufst doch nicht an, um dich nach meinem Wohlbefinden zu erkundigen, oder?«

Kuragin gluckste. »Immer noch der Alte, wie man hört. Nun gut, Andy. Was mein Anliegen betrifft, würde ich es sehr zu schätzen wissen, wenn du eine kalte Dusche nähmest, dich anzögest und dich anschließend auf schnellstem Wege zur nächsten Telefonzelle begäbest. Warum, muss ich dir wohl nicht groß erklären?«

»Doch.«

»Es geht um einen alten Bekannten, Andy. Aus gemeinsamen Tagen bei der CIA.« Um die Wirkung seiner Worte zu steigern, hielt Kuragin kurz inne. Dann sagte er: »Einen Freund, für den wir beide absolut nichts übrig haben. Was, wie ich wohl nicht extra betonen muss, auch für deinen obersten Dienstherren gilt.«

»Heißt das etwa, du hast etwas gegen … gegen …«

»Du wirst erfreut sein, Andris Peterson. Ich habe so viel gegen ihn in der Hand, dass es möglich sein wird, unseren Freund aus alten Tagen aus dem Amt zu katapultieren. Und nicht nur ihn, Deputy Chief of Staff, wenn du verstehst, was ich meine.«

»Im Ernst?«

»Traust du mir etwa nicht, Andyboy?«

»Gegenfrage: Wie kann ich dich erreichen, Juri?«

»Wusste ich's doch, dass dich die Sache interessiert!«, triumphierte Kuragin und fügte eilig hinzu: »Unter der Nummer in Reykjavik, die ich dir jetzt durchgeben werde. Glaub mir, mein Freund, du und Mister Kennedy werdet es nicht bereuen!«

33

Berlin-Friedrichshain, Oberbaumbrücke

| *10.50 h*

»Einen Moment noch«, sagte der Stasi-Beamte neben ihr, und er sagte es so, dass sie dachte, ihr würde das Herz stehen bleiben. Dort drüben, auf der anderen Seite der Spree, wartete die Freiheit auf sie, ein Schritt noch, und die Hölle, durch die sie gegangen war, würde für immer hinter ihr liegen. Vorausgesetzt, die beiden Stasi-Schläger, welche sie auf der gegenüberliegenden Seite der Brücke aus dem Wagen gezerrt, in ihre Mitte genommen und bis hierher eskortiert hatten, würden sie gewähren lassen. Und genau danach sah es im Moment aus.

Doch sie irrte. Hier handelte es sich nicht um eine der zahlreichen Schikanen, mit denen sie in den zurückliegenden Stunden konfrontiert worden war. Ein Blick auf die andere Seite, und Lea dämmerte, was der Grund für das Zaudern ihrer Bewacher war.

Kaum hatte sie innegehalten, tauchte auf der Kreuzberger Seite ein Mannschaftswagen der Westberliner Polizei auf und rollte im Schritttempo auf die Brückenmitte zu. Dort blieb er mit laufendem Motor stehen, unmittelbar vor der Demarkationslinie, das Heck der Sperre zugewandt, mit dem die Fahrbahn blockiert worden war. Die beiden Stasi-Beamten, nach wie vor ganz auf sie fixiert, zuckten nicht einmal mit der Wimper, woraus Lea schloss, dass die Aktion von langer Hand vorbereitet worden war.

»Einen schönen Tag noch!«, hörte sie kurz darauf den Beamten links von ihr sagen, nachdem er ihr die Fesseln abgenommen und sie eingesteckt hatte. »Glück gehabt, würde ich sagen.«

Anstatt zu antworten, warf Lea einen kurzen Blick nach links, wo sich soeben die Hecktür des Mannschaftswagens öffnete. Insgesamt sieben Männer, allesamt in Zivil, sprangen kurz danach heraus, hielten den Blick gesenkt und zwängten sich durch die Gasse, welche extra für sie freigeräumt worden war, vorbei an spanischen Reitern, Betonblöcken und Hindernissen aus Stacheldraht. Die Szene hatte etwas Bizarres und zutiefst Beklemmendes an sich, doch bevor sich Lea von ihrer Verblüffung erholt hatte, war der Spuk beendet und die Männer in einem Pulk von Volkspolizisten, welcher sie von allen Seiten umringte, verschwunden.

»Wie gesagt – gerade noch mal Glück gehabt.« Es war nur ein Schritt, der sie von der Freiheit trennte. Nur ein einziger Schritt, und die schnurgerade weiße Linie, welche die beiden Mitteltürme, das U-Bahn-Viadukt und die monumentale Backsteinverkleidung aus der Kaiserzeit in zwei gleich große Teile zerschnitt, wäre überwunden.

Für immer.

Hin und her gerissen zwischen Vorfreude und Angst, verharrte Lea auf der Stelle. In nur 100 Metern Entfernung, auf der anderen Seite der Spree, konnte sie die hoch aufragende Gestalt ihres Mannes sehen, umgeben von MPs, Schaulustigen und einem ganzen Pulk von Anwohnern, welche die Vorgänge jenseits des streng bewachten Grenzstreifens mit banger Miene verfolgten. Einen Kopf größer als die Umstehenden, war Toms Blick auf die Mitte der Brücke geheftet, und wäre der Kordon aus Uniformierten nicht gewesen, welche die Menge in Schach hielten, hätte es vermutlich kein Halten für ihn gegeben.

So aber blieb Tom einfach stehen und hielt Ausschau nach ihr, wartete, bis sie, Lea, den alles entscheidenden Schritt tun würde. Schwindel ergriff sie, und ihr Herz pochte so heftig gegen die Rippen, dass sie kaum noch Luft bekam. Vor lauter Freude wäre sie am liebsten losgerannt, hatte sie doch mit dem, was gleich geschehen würde, nicht im Traum gerechnet. Aber da war nicht nur dieses Hochgefühl, diese unbändige Freude, welche die Spuren der letzten Nacht auf einen Schlag vertrieb. Da war auch Angst in ihr, mehr als ihr lieb war, und sie musste ihre ganze Kraft aufbieten, um sie zu unterdrücken. Die Sorge um ihre Tochter war allgegenwärtig, daran würde sich weder jetzt noch in Zukunft etwas ändern.

»Auf geht's – oder haben Sie sich's anders überlegt?« Die Stimme des Stasi-Beamten, welcher ihr die Handschellen abgenommen hatte, klang exakt so, wie sich ihr Besitzer, ein unscheinbarer Anzugträger um die 30, nach außen hin präsentierte. Abweisend, kaltherzig und bar jeglicher Emotionen. »Wenn ja, wäre es mir eine Freude, Sie dorthin zu verfrachten, wo Sie gerade hergekommen sind. Also, was ist? Haben Sie vor, hier Wurzeln zu schlagen, oder sehen Sie endlich zu, dass Sie verschwinden?«

»Letzteres«, murmelte Lea und ließ den Blick zwischen ihren Bewachern hin und her wandern.

Dann rannte sie los.

*

Zum Teufel mit der Vorsicht, mit den Amis, Russen und sämtlichen Ordnungshütern dieser Welt!, dachte Tom Sydow und mogelte sich an den beiden Kollegen vorbei, deren Aufmerksamkeit durch die Vorgänge auf der Brücke derart in Anspruch genommen war, dass sie dies erst viel zu spät bemerkten. In Momenten wie diesen musste man vor allem an sich selbst denken. An sich und die Menschen, die einem etwas bedeuteten.

Es kümmerte ihn einen Dreck, ob die Militärpolizisten ihn zum Stehenbleiben aufforderten oder hinter ihm herbrüllten oder ihn darauf aufmerksam machten, dass das, was er gerade tat, purer Leichtsinn und im Grunde lebensgefährlich war. Und es kümmerte ihn einen Dreck, welche Konsequenzen sein Handeln nach sich ziehen würde. In diesem Moment konnten ihm sämtliche Ordnungshüter dieser Welt, die eigenen Kollegen mit eingeschlossen, gestohlen bleiben. Und sämtliche Geheimdienste des gesamten Planeten, allen voran CIA, KGB, Staatssicherheit – oder wie diese staatlich gelenkten Syndikate auch immer heißen mochten. Sydow wollte jetzt nur noch eins: endlich seine Frau, die lachend und winkend auf ihn zurannte, in die Arme schließen. Und er wollte die Ereignisse der letzten 20 Stunden und sämtliche Abgründe, von denen aus er in die Tiefe gestarrt hatte, vergessen. Morgen war auch noch ein Tag, wenn auch einer, an dem nichts mehr so sein würde, wie es war. Das galt, wie ihm sehr wohl bewusst war, nicht nur für Berlin, sondern auch für ihn, Tom Sydow, von Beruf Kriminalhauptkommissar. Solange keine Klarheit darüber herrschte, was mit Veronika passiert war, würde die Kripo Berlin die zweite Geige spielen, ganz gleich, was der Herr Polizeipräsident oder sonst wer dazu sagen würde.

»Verspricht du mir etwas, Tom?«, flüsterte ihm Lea ins Ohr, nachdem sie sich aus seinen Armen gelöst, ihn gestreichelt und seine Hand ergriffen hatte, um die wenigen Meter, die sie vom Westufer der Spree trennten, hinter sich zu bringen. »Versprichst du mir, nichts unversucht zu lassen, um … um …« Dann versagte ihr die Sprache, und sie hatte Mühe, ihre Tränen zurückzuhalten.

»Ich werde sie rausholen, koste es, was es wolle«, nahm Sydow seiner Frau die Worte aus dem Mund, verstärkte den Druck seiner Hand und durchschritt mir ihr die Gasse der Schaulustigen, welche sich wie von selbst gebildet hatte. »Und wenn ich einen Tunnel buddeln muss!«

ACHT

»Ich könnte die Alliierten zum Handeln bewegen, wenn er [Chruschtschow] irgendetwas mit Westberlin anstellt, aber nicht, wenn er in Ostberlin etwas tut.«

(Präsident Kennedy gegenüber Walt Rostow, Juli 1961)

›Kennedys Reaktionen auf den Mauerbau waren bewusst behutsam. Er blieb, wie geplant, bis zum Montagmorgen auf seinem Familiensitz und ließ lediglich durch das Außenministerium erklären, die Abriegelung West-Berlins habe keine Auswirkungen auf die alliierten Rechte in West-Berlin und den Zugang dorthin. In dieser zurückhaltenden Reaktion kommt zum Ausdruck, dass Kennedy die Berliner Mauer als Gottesgeschenk betrachtete.‹

(Aus: Robert Dallek: John F. Kennedy. Ein unvollendetes Leben. Frankfurt am Main 2007, S. 375)

ENTWARNUNG

Hyannis Port, Massachusetts

(13.08.1961)

34

Kennedy Compound
| 13.05 h Ortszeit (19.05 h Berliner Zeit)

»Keinerlei Indizien für einen Militärschlag, sehe ich das richtig, Dean?«, wollte John F. Kennedy wissen, den Blick auf Calabrese gerichtet und den Hörer am linken Ohr, aus dem die Stimme von Dean Rusk, Außenminister der USA, erklang. »Die igeln sich nur ein, oder?«

»Treffend formuliert, Mister President –«, antwortete der 53-jährige Karrierediplomat aus Georgia, seines betont kühlen und sonoren Tonfalls wegen Buddha genannt, »kein Grund zur Aufregung, wie man so schön sagt. Nach den mir vorliegenden Berichten ist zwar jede Menge Militär mit im Spiel, aber es hat den Anschein, als seien die Russen und ihre ostdeutschen Schoßhündchen darauf bedacht, die Finger von den Westsektoren zu lassen. Klipp und klar gesagt, Sir: Zum gegenwärtigen Zeitpunkt gibt es keinerlei Anhaltspunkte für eine militärische Offensive der Roten Armee oder NVA gegen Westberlin.«

»Na, dann ist ja alles in Ordnung.« Der Präsident stieß einen Seufzer der Erleichterung aus, lehnte sich zurück und ließ den Arm auf der Lehne des Plüschsofas ruhen, auf dem er kurz zuvor Platz genommen hatte. Mit dem Wohnzimmer seines Vaters, seinem gegenwärtigen Refugium, waren unzählige Erinnerungen verbunden, dokumentiert durch Dutzende von Porträts, auf denen er mit seinen Eltern, Geschwistern und anderen Mitgliedern des Clans abgebildet war. Hier, an diesem Ort scheinbar ungetrübter Idylle, hatte er sich stets geborgen gefühlt, vor allem, wenn es galt, Entscheidungen von großer Tragweite zu fällen. So wie jetzt, im Angesicht eines Mannes, der versucht hatte, ihn auf schmähliche Weise zu hintergehen.

»Halten Sie mich auf dem Laufenden, Dean«, bat Kennedy, ein Lächeln im Gesicht, welches beim Anblick von Calabrese buchstäblich gefror, und fügte mit Blick auf seinen Intimfeind hinzu: »Damit mir nur ja nichts aus dem Ruder läuft.«

»Selbstverständlich, Mister President.«

»Bis morgen, Dean.«

»Ich weiß ja nicht, wie Rusk zu der Auffassung kommt, dort drüben sei alles in Ordnung«, knirschte Calabrese, nachdem der Präsident aufgelegt hatte, bemüht, sich seine Nervosität nicht anmerken zu lassen. »Was mich betrifft, bin ich nach wie vor der Meinung, dass man den Russen nicht über den Weg …«

»Wenn es jemanden gibt, dem ich nicht über den Weg trauen kann, dann Ihnen, Luke!«, warf der Präsident grimmig ein, stützte das Kinn auf die rechte

Hand und mied den Anblick seines Kontrahenten, der, aller Nervosität zum Trotz, kerzengerade auf der Kante seines Sessels saß und sich nicht vom Fleck rührte. Eines Widersachers, der nichts unversucht gelassen hatte, um ihm und dem gesamten Land großen Schaden zuzufügen. »Das steht doch wohl fest.«

»Wie darf ich das verstehen, Sir?«

»So, wie ich es sage«, erwiderte Kennedy, von einem Moment auf den anderen betont kühl, und nippte an seinem Orangensaft, welchem ein Mittel gegen die Unterleibsschmerzen beigemischt worden war, an denen er seit zwei Tagen litt. »Oder sind Sie der Meinung, Hochverrat sei ein Kavaliersdelikt?«

»Wollen Sie damit andeuten, Mister President …«, begann Calabrese, Böses ahnend, und schnappte verzweifelt nach Luft. Und dann, Auge in Auge mit einem sichtlich erbosten Präsidenten, verließ ihn der Mut und er sackte in sich zusammen.

»Hochverrat, Chief Exekutive!«, fuhr Kennedy den Leiter für verdeckte Auslandsoperationen an. »Sie haben richtig gehört. Mit dem Ziel, unser Land in einen Krieg hineinzuziehen. Einen Krieg, in dem es nach landläufiger Meinung Millionen von Toten geben würde.« Kennedy knallte das Saftglas auf den Tisch und sprang erregt auf. »Eins muss man Ihnen lassen, Luke: Um mich zu hintergehen, haben Sie und dieser … dieser … wie heißt er doch gleich, Andy?«

»Ross, Mister President. Jermaine Ross. Leiter der BOB«, antwortete Andris Peterson, die Arme verschränkt und direkt hinter Calabrese postiert, als warte er auf das Zeichen, ihm den Hals umzudrehen. »Ein Jammer, dass er momentan verhindert ist.«

»Macht nichts, wir haben ja noch unseren guten alten Luke. Hand aufs Herz, Chief Executive – dass die Sache so endet, hätten Sie nicht gedacht, was?«

»Welche Sache?«

»Jetzt spielen Sie nicht den Ahnungslosen, Calabrese. Um mich auf Kriegskurs zu bringen, war Ihnen ja wohl jedes Mittel recht. Sie möchten, dass ich etwas deutlicher werde? Kein Problem. Doch zuvor möchte ich Ihnen meine Hochachtung ausdrücken. Was sich Ross, Ihr Alter Ego in Berlin, hat einfallen lassen, zeugt nämlich von wahrhaft krimineller Energie. Nicht gerade einfach, einen Statisten ostdeutscher Herkunft zu finden, der so naiv ist, dass er den Köder, dem sie ihm hingeworfen haben, ohne nachzudenken schluckt. Apropos Köder! Der brünette Lockvogel, ebenso wie der Dritte im Bunde Mitglied Ihrer Firma, wurde mitsamt ihrem Komplizen vor einer guten halben Stunde verhaftet und bereits vom Secret Service verhört. Mit ein Verdienst der Berliner Kripo, wie ich der Korrektheit halber betonen muss. Das ändert jedoch nichts daran, dass Sie, Signore, nicht davor zurückgeschreckt sind, mich mithilfe fingierter Dokumente zu täuschen.

Halten Sie mich und meine Mitarbeiter wirklich für so naiv, dass wir Ihnen den Bären, den Sie uns aufbinden wollten, tatsächlich abkaufen würden? Kommen Sie schon, Luke, daran haben Sie doch wohl selbst nicht geglaubt. Eine Agentenkomödie mit tödlichem Ausgang – so etwas konnte ja wohl nicht gut gehen.«

Hochrot vor Zorn, umrundete Kennedy das Sofa und begann vor dem Fenster auf und ab zu gehen. Draußen auf dem Meer, nur wenige hundert Meter vom feinkörnigen Privatstrand entfernt, zog die ›Marlin‹ ihre Bahn, der Kabinenkreuzer seines Vaters, auf dem Jackie und die Kinder einen sonntäglichen Segeltörn unternahmen. Selbst ein passionierter Segler, hätte er liebend gerne daran teilgenommen, ein Grund mehr, dass sich sein Zorn auf Calabrese und Dulles, mit dem er als Nächstes abrechnen würde, bedrohliche Ausmaße annahm. »Von Anfang an. Irgendwelche Fragen, Chief Executive?«

Calabrese verschränkte die Hände, senkte den Kopf und schwieg.

»Es folgt der Tragödie zweiter Teil, weitaus schlimmer als der erste.« Kennedy und Peterson tauschten einen vielsagenden Blick. Dann nahm der Präsident den Gesprächsfaden wieder auf. »Wissen Sie, was ich glaube, Rick?«, fragte er, Seite an Seite mit einem der größten Schurken, der ihm jemals über den Weg gelaufen war. »Sie haben sich schlicht und ergreifend verkalkuliert. Wie alle Spielernaturen. Anders kann ich mir die Tatsache, dass Ihre Pläne durch das unvermutete Auftauchen eines Ihrer Agenten über den Haufen geworfen wurden, nämlich nicht erklären. Schon gut, schon gut – wer rechnet denn mit so etwas! Dass besagter Agent über genau die Informationen verfügte, welche Ihre gesamte Strategie über den Haufen werfen würde, konnten Sie natürlich nicht wissen. Künstlerpech. Oder Anfängerfehler – je nachdem.

»Informationen?«

»Aufmarschpläne der Roten Armee und der NVA, Mannschaftsstärke der beteiligten Einheiten, Sammelpunkte, Einsatzpläne, Mannschaftsstärke der abzukommandierenden Betriebskampfgruppen, Menge der zu verwendenden Materialien, als da sind Stacheldraht, spanische Reiter, Betonpfähle – eben alles, was man braucht, um eine Stadt in zwei Hälften zu teilen.«

»Darf man fragen, woher …«

»Woher ich das alles weiß, meinen Sie?«, fiel Kennedy seinem Kontrahenten ins Wort und gab Peterson einen Wink, woraufhin sich sein stellvertretender Stabschef nach dem Koffer bückte, der direkt neben dem Sofa stand und nach vorn trat, um ihn vor Calabreses Gesicht hin und her schaukeln zu lassen. »Von einem Ihrer Agenten, Luke, der, wäre es nach Ihnen gegangen, von einem gedungenen Killer aus den eigenen Reihen beseitigt worden wäre.«

»Lüge, alles Lüge.«

»Finden Sie? Na gut, Luke, Sie haben es nicht anders gewollt.« Kennedy ließ sich den Koffer aushändigen, deponierte ihn auf den Tisch und sagte zu Peterson: »Tun Sie mir den Gefallen, Andy, und bitten Sie Mister Kuragin herein.« Und zu Calabrese: »Er wird Ihnen alles schildern, Chief Executive. Bis ins Detail. Vor allem den Verlauf der Schießerei mit den eigenen Kollegen. Eins können Sie mir nämlich glauben: Ein Krimi ist nichts dagegen. Wissen Sie, worüber ich mich am meisten wundere?«

»Nein.«

»Wirklich nicht?«

»Ehrlich gesagt – ich weiß nicht, wozu das ...«

»Ich wundere mich, wie man so kaltschnäuzig sein kann wie Sie. Aber keine Sorge – Sie und Dulles werden die Quittung dafür bekommen. Im Klartext heißt das, ich werde mir die Freiheit nehmen, Sie beide vor die Tür zu setzen.«

»Vor die Tür setzen? Dulles und mich?«

»In der Tat!«, bekräftigte Kennedy, während sich die Wohnzimmertür öffnete und Peterson und Kuragin auf der Schwelle erschienen. »Na ja – ›vor die Tür setzen‹ ist vielleicht nicht das richtige Wort. ›In den Ruhestand versetzen‹ hört sich da schon wesentlich besser an, hab ich recht, Andy? Schließlich ist Dulles schon 68. Höchste Zeit, dass er in Pension geht, finde ich. Und dass bei der CIA mal so richtig ausgemistet wird. Jetzt gucken Sie nicht so, Luke. Okay, es werden ein paar Köpfe rollen – Ihrer mit eingeschlossen – aber nur im übertragenen Sinn. Eins darf nämlich auf keinen Fall passieren: dass die Öffentlichkeit von Ihren Machenschaften erfährt. Das kann ich mir nicht leisten, Sie ja wohl auch nicht. Daraus folgt, dass Bobby und ich äußerst behutsam vorgehen werden. Eine Pensionierung hier, ein Rücktrittsgesuch da – und schon beginnen sich die Fronten zu klären. Wo kämen wir hin, wenn ich einen verdienten Mitarbeiter wie Sie einfach vor die Tür setzen würde. Keine Sorge, Luke, schließlich weiß ich, was sich gehört. Erst kommt Dulles, und dann, wenn halbwegs Gras über die Sache gewachsen ist, sind Sie an der Reihe. Und der eine oder andere aus Ihrer Zunft, über dessen Loyalität ich mir nicht im Klaren bin.« Wieder halbwegs ruhig, blieb Kennedy stehen und sah seinem Rivalen ins Gesicht. »So ist es eben in der Politik, Rick. Der Schein muss gewahrt bleiben, um jeden Preis. Ginge es nach mir, würde ich Sie an der nächstbesten Laterne aufknüpfen lassen, das wissen Sie so gut wie ich. Oder ist Ihnen bei der CIA schon mal jemand über den Weg gelaufen, der so rücksichtlos ist wie sie? So gewissenlos, dass er vor nichts haltmacht, nicht einmal davor, Berlin mit Raketen beschießen zu lassen?« Kennedy holte tief Luft, ein schadenfrohes Lächeln im Gesicht. »Ein Grund mehr, Urlaub in Guantanamo zu machen, finden Sie nicht auch, Calabrese?«

»Das Fiasko in der kubanischen Schweinebucht und Kennedys Weigerung, eine massive Luftwaffen- und Marineunterstützung für die Brigade 2056 zu genehmigen oder sich gar für eine Militärinvasion zu entscheiden, ließ ihn für viele Exil-Kubaner und Falken zu einer Hassfigur werden.«

(Aus: Andreas Etges, John F. Kennedy, München 2003, S. 75f.)

EPILOG

Washington, D. C.

(20. Januar 1961)

35

Georgetown, Club Santiago, 3050 K St. NW

| 20.00 h

»Heute ist Sonntag, der 20. Januar 1963. Guten Abend, meine Damen und Herren. Washington. Präsident Kennedy, auf den Tag genau zwei Jahre im Amt, hat erneut betont, den von ihm eingeschlagenen außenpolitischen Kurs beibehalten zu wollen. Langley, Virginia. Der Republikaner John McCone, Nachfolger von CIA-Direktor Dulles, hat die von ihm getroffenen Personalentscheidungen als absolut notwendig und vollauf gerechtfertigt …«

»Schalt den Kasten aus, Felipe, sonst hast du einen Stammkunden weniger!«

»… zu Justizminister Bobby Kennedy nachgesagt wird.«

»Schon gut, Compañero, reg dich ab.« Felipe Dos Santos, Kubaflüchtling und Barkeeper im Santiago, schüttelte das ergraute Haupt und beeilte sich, dem Wunsch seines Kunden nachzukommen. Er kannte ihn nur beim Vornamen, hatte aber schon des Öfteren mitbekommen, dass mit seinem etwa 30 Jahre alten Landsmann nicht zu spaßen war. Deshalb hatte er auch keine Lust, sich mit ihm anzulegen, schaltete das Radio aus und zog sich ans andere

Ende des Tresens zurück, um möglichst weit weg vom Schuss zu sein.

An der Laune von José Pérez San Román, unlängst aus kubanischer Haft freigekaufter Regimegegner und erklärter Castrohasser, änderte dies jedoch nichts. Die Augen zu kaum wahrnehmbaren Schlitzen verengt, fletschte das Paradebeispiel eines lateinamerikanischen Pistoleros die elfenbeinfarbenen Zähne, trank seinen Cuba Libre auf ex und machte sich erst gar nicht die Mühe, mit seiner Antipathie gegenüber den Kennedys hinterm Berg zu halten. »Bastardos!«, stieß er gleich mehrfach hervor, »Fucking bastards!«, ohne Rücksicht darauf, wie die übrigen Gäste auf seinen Temperamentsausbruch reagieren würden. Die wiederum, allen voran der Barkeeper, zogen es indessen vor, ihm und möglichen Scherereien aus dem Weg zu gehen.

Nicht so sein Nachbar, ein schäbig gekleideter Glatzkopf Anfang 50, der den Temperamentsausbruch des Kubaners mit stoischer Gelassenheit hingenommen und selbst dann nicht mit der Wimper gezuckt hatte, als San Román die Kennedys auf das Übelste beschimpfte und laustark nach dem nächsten Cuba Libre verlangte. »Scheint so, als wären Sie nicht gut auf den Präsidenten zu sprechen«, raunte er San Román ins Ohr, darauf bedacht, dass niemand etwas davon mitbekam.

»Und wenn schon, was geht Sie das an?«

Geradezu ein Muster an Gelassenheit, verzog

San Románs Nachbar keine Miene, zündete sich eine Marlboro an und machte keinerlei Anstalten, auf die harsche Replik des ehemaligen Elitesoldaten zu reagieren.

»Sind Sie taub, oder warum geben Sie keine Antwort?«

»Keinesfalls, junger Mann, keinesfalls«, erwiderte der Angesprochene, den Blick in den Spiegel hinter dem Tresen gerichtet und offenbar nicht ganz bei der Sache. »Mir war nur daran gelegen, Ihnen mein Mitgefühl auszudrücken – mehr nicht.«

»Mitgefühl? Wie kommen Sie denn auf die Idee?«

San Románs Nebenmann, seinem Akzent nach zu urteilen Italo-Amerikaner, zog an seinem Glimmstängel und wog bedächtig das Haupt. »Wenn mich nicht alles täuscht, junger Mann, haben Sie mit den Kennedys oder der CIA oder mit beiden nicht sonderlich viel am Hut. Beziehungsweise noch eine Rechnung mit Ihnen offen.«

»Kann man wohl sagen.«

»Da fällt mir gerade ein: Kann es sein, dass ich Ihr Bild vor längerer Zeit in der Zeitung gesehen habe?«

San Román horchte auf. »Mein Bild? Wie kommen Sie denn darauf?«, lauerte er und blitzte seinen Nachbarn argwöhnisch an. »Hören Sie, Compañero. Wenn Sie denken, Sie könnten mich aushorchen, haben Sie sich geschnitten, klar?«

»Genau! Jetzt hab ich's!«, triumphierte der Unbekannte in scheinheiligem Ton, ohne sich am Unmut seines Nachbarn im Geringsten zu stören. »Sie waren bei der Schweinebuchtinvasion dabei, stimmt's?«

»Sagen Sie mal, sind Sie schwerhörig, oder was? Lassen Sie die Fragerei bleiben, sonst kriegen Sie es mit mir …«

»Wenn hier jemand schwerhörig ist, dann Sie, Compañero!«, fiel Giuseppe Andreotti, führendes Mitglied der Chicago-Mafia, dem aufgebrachten Latino ins Wort, und fügte, noch bevor dieser seine Verblüffung, überwunden hatte, in barschem Tonfall hinzu: »Gehe ich recht in der Annahme, dass wir beide, wenn schon nicht die gleiche Herkunft, so doch die gleichen Antipathien hegen? So was verbindet, finden Sie nicht auch?«

Bass erstaunt und beileibe nicht mehr ganz nüchtern, schob der ehemalige Anführer der Brigade 2506 sein Glas beiseite und wandte sich dem Mann, der die Frechheit besessen hatte, ihn, Pepe San Román, wie einen Rekruten zusammenzustauchen, mit angriffslustiger Miene zu. Und wurde angesichts des Pistolenhalfters, welches unter dem Trenchcoat seines Gesprächspartners hervorlugte, auf einen Schlag lammfromm. »Antipathien – was meinen Sie damit?«

»Schon gewusst, dass es hierzulande eine Menge Zeitgenossen gibt, die nicht unbedingt gut auf die

Kennedys zu sprechen sind?«, fragte Andreotti und fuhr mit dem Zeigefinger an seiner Hakennase entlang, die von dunklen, bei San Románs Anblick jäh aufblitzenden Habichtsaugen flankiert wurden. »Brave Bürger, die – vulgär ausgedrückt – ihnen am liebsten eine Kugel durch den Kopf jagen würden?«

»So zum Beispiel ein paar hohe Herren von der CIA?«

»Falsch getippt, junger Freund. Ich bin nicht bei der CIA.« Andreotti setzte ein verschlagenes Lächeln auf. »Das heißt aber nicht, das wir nicht hin und wieder bereit sind, der Crème unter den Agenten den einen oder anderen Gefallen zu erweisen.«

»Wir«?

»Vorschlag zur Güte. Sie tun gut daran, nicht allzu viele neugierige Fragen zu stellen.«

»Und Sie, Compañero, tun gut daran, mich nicht für dumm zu verkaufen. Na schön, Sie arbeiten für die CIA. Oder – präziser ausgedrückt – für gewisse Herren, die es begrüßen würden, wenn sich jemand auftreiben ließe, der diesem Hosenscheißer ein paar Kugeln durch die Birne jagt. Jemand, der einen derartigen Hass auf die Kennedys hat, dass es ihm eine Freude wäre, diesen irischen Weichling wie einen räudigen Köter abzuknallen.« San Román pausierte, wandte sich ab und flüsterte: »Jemand wie mich, stimmt's?«

»Ich sehe, wir verstehen uns«, freute sich Andreotti, zog einen Umschlag aus dem Trenchcoat und drückte ihn seinem Nebenmann in die Hand. »Bis bald, Compañero«, flüsterte er San Román beim Aufstehen ins Ohr, hochzufrieden, auf keinerlei Widerstand gestoßen zu sein. »Wir hören voneinander – beziehungsweise Sie von uns!«

ENDE

Weitere Krimis finden Sie auf den folgenden Seiten und im Internet: www.gmeiner-verlag.de

UWE KLAUSNER

Bernstein-Connection

421 Seiten, Paperback.
ISBN 978-3-8392-1113-7.

GEHEIME KRIEGSBEUTE Berlin, im Juni 1953. In unmittelbarer Nähe von Schloss Bellevue wird eine männliche Wasserleiche entdeckt. Kurz darauf wird das Grab des unlängst bestatteten Geschäftsmannes Hans-Hinrich von Oertzen auf makabere Art und Weise geschändet.

Alles nur Zufall? Keineswegs. Hauptkommissar Tom Sydow findet heraus, dass die beiden Männer Mitglieder einer streng geheimen Sondereinheit der SS waren, deren Aufgabe kurz vor Kriegsende darin bestand, das legendäre Bernsteinzimmer vor der heranrückenden Roten Armee in Sicherheit zu bringen …

UWE KLAUSNER

Odessa-Komplott

278 Seiten, Paperback.
ISBN 978-3-8392-1053-6.

TÖDLICHE SEILSCHAFTEN Berlin, 31. August 1948. Die verstümmelte Leiche einer Stadtstreicherin wird in der Nähe des Lehrter Bahnhofs gefunden. Nichts Besonderes im Berlin der Nachkriegszeit und so glaubt Hauptkommissar Tom Sydow zunächst an einen Routinefall. Doch warum sammelte das Mordopfer Zeitungsausschnitte über den stadtbekannten Kriegsgewinnler, Schieber und Spekulanten Paul Mertens?

Bei seinen Ermittlungen kommt Sydow einer Organisation auf die Spur, deren Verbindungen in höchste Kreise von Justiz und Politik zu reichen scheinen …

GMEINER

Wir machen's spannend

Alle Gmeiner-Autoren und ihre Romane auf einen Blick

GARDENER, EVA B.: Lebenshunger **GEISLER, KURT**: Friesenschnee • Bädersterben **GERWIEN, MICHAEL**: Alpengrollen **GIBERT, MATTHIAS P.**: Zeitbombe • Rechtsdruck • Schmuddelkinder • Bullenhitze • Eiszeit • Zirkusluft • Kammerflimmern • Nervenflattern **GORA, AXEL**: Das Duell der Astronomen **GRAF, EDI**: Bombenspiel • Leopardenjagd • Elefantengold • Löwenriss • Nashornfieber **GUDE, CHRISTIAN**: Kontrollverlust • Homunculus • Binärcode • Mosquito **HAENNI, STEFAN**: Scherbenhaufen • Brahmsrösi • Narrentod **HAUG, GUNTER**: Gössenjagd • Hüttenzauber • Tauberschwarz • Höllenfahrt • Sturmwarnung • Riffhaie • Tiefenrausch **HEIM, UTA-MARIA**: Feierabend • Totenkuss • Wespennest • Das Rattenprinzip • Totschweigen • Dreckskind **HENSCHEL, REGINE C.**: Fünf sind keiner zu viel **HERELD, PETER**: Das Geheimnis des Goldmachers **HOHLFELD, KERSTIN**: Glückskekssommer **HUNOLD-REIME, SIGRID**: Janssenhaus • Schattenmorellen • Frühstückspension **IMBSWEILER, MARCUS**: Die Erstürmung des Himmels • Butenschön • Altstadtfest • Schlussakt • Bergfriedhof **JOSWIG, VOLKMAR / MELLE, HENNING VON**: Stahlhart **KARNANI, FRITJOF**: Notlandung • Turnaround • Takeover **KAST-RIEDLINGER, ANNETTE**: Liebling, ich kann auch anders **KEISER, GABRIELE**: Engelskraut • Gartenschläfer • Apollofalter **KEISER, GABRIELE / POLIFKA, WOLFGANG**: Puppenjäger **KELLER, STEFAN**: Totenkarneval • Kölner Kreuzigung **KINSKOFER, LOTTE / BAHR, ANKE**: Hermann für Frau Mann **KLAUSNER, UWE**: Kennedy-Syndrom • Bernstein-Connection • Die Bräute des Satans • Odessa-Komplott • Pilger des Zorns • Walhalla-Code • Die Kiliansverschwörung • Die Pforten der Hölle **KLEWE, SABINE**: Die schwarzseidene Dame • Blutsonne • Wintermärchen • Kinderspiel • Schattenriss **KLÖSEL, MATTHIAS**: Tourneekoller **KLUGMANN, NORBERT**: Die Adler von Lübeck • Die Nacht des Narren • Die Tochter des Salzhändlers • Kabinettstück • Schlüsselgewalt • Rebenblut **KÖHLER, MANFRED**: Tiefpunkt • Schreckensgletscher **KÖSTERING, BERND**: Goetheglut • Goetheruh **KOHL, ERWIN**: Flatline • Grabtanz • Zugzwang **KOPPITZ, RAINER C.**: Machtrausch **KRAMER, VERONIKA**: Todesgeheimnis • Rachesommer **KRONENBERG, SUSANNE**: Kunstgriff • Rheingrund • Weinrache • Kultopfer • Flammenpferd **KRUG, MICHAEL**: Bahnhofsmission **KRUSE, MARGIT**: Eisaugen **KURELLA, FRANK**: Der Kodex des Bösen • Das Pergament des Todes **LASCAUX, PAUL**: Mordswein • Gnadenbrot • Feuerwasser • Wursthimmel • Salztränen **LEBEK, HANS**: Karteileichen • Todesschläger **LEHMKUHL, KURT**: Dreiländermord • Nürburghölle • Raffgier **LEIMBACH, ALIDA**: Wintergruft **LEIX, BERND**: Fächergrün • Fächertraum • Waldstadt • Hackschnitzel • Zuckerblut • Bucheckern **LETSCHE, JULIAN**: Auf der Walz **LICHT, EMILIA**: Hotel Blaues Wunder **LIEBSCH, SONJA / MESTROVIC, NIVES**: Muttertier @n Rabenmutter **LIFKA, RICHARD**: Sonnenkönig **LOIBELSBERGER, GERHARD**: Mord und Brand • Reigen des Todes • Die Naschmarkt-Morde **MADER, RAIMUND A.**: Schindlerjüdin • Glasberg